은해상단 막내아들 15

초판 1쇄 발행 2024년 8월 19일

지은이 | 향란
발행인 | 최원영
편집장 | 이호준
편집디자인 | 최은아
영업 | 김민원 조은걸

펴낸곳 | ㈜ 디앤씨미디어
등록 | 2002년 4월 25일 제20-260호
주소 | 서울시 구로구 디지털로32길 30 코오롱디지털타워빌란트 1301-1308호
전화 | 02-333-2513(대표)
팩시밀리 | 02-333-2514
E-mail | papy_dnc@dncmedia.co.kr
블로그 | blog.naver.com/gnpdl7

ISBN 979-11-364-5545-1 04810
ISBN 979-11-364-4602-2 (SET)

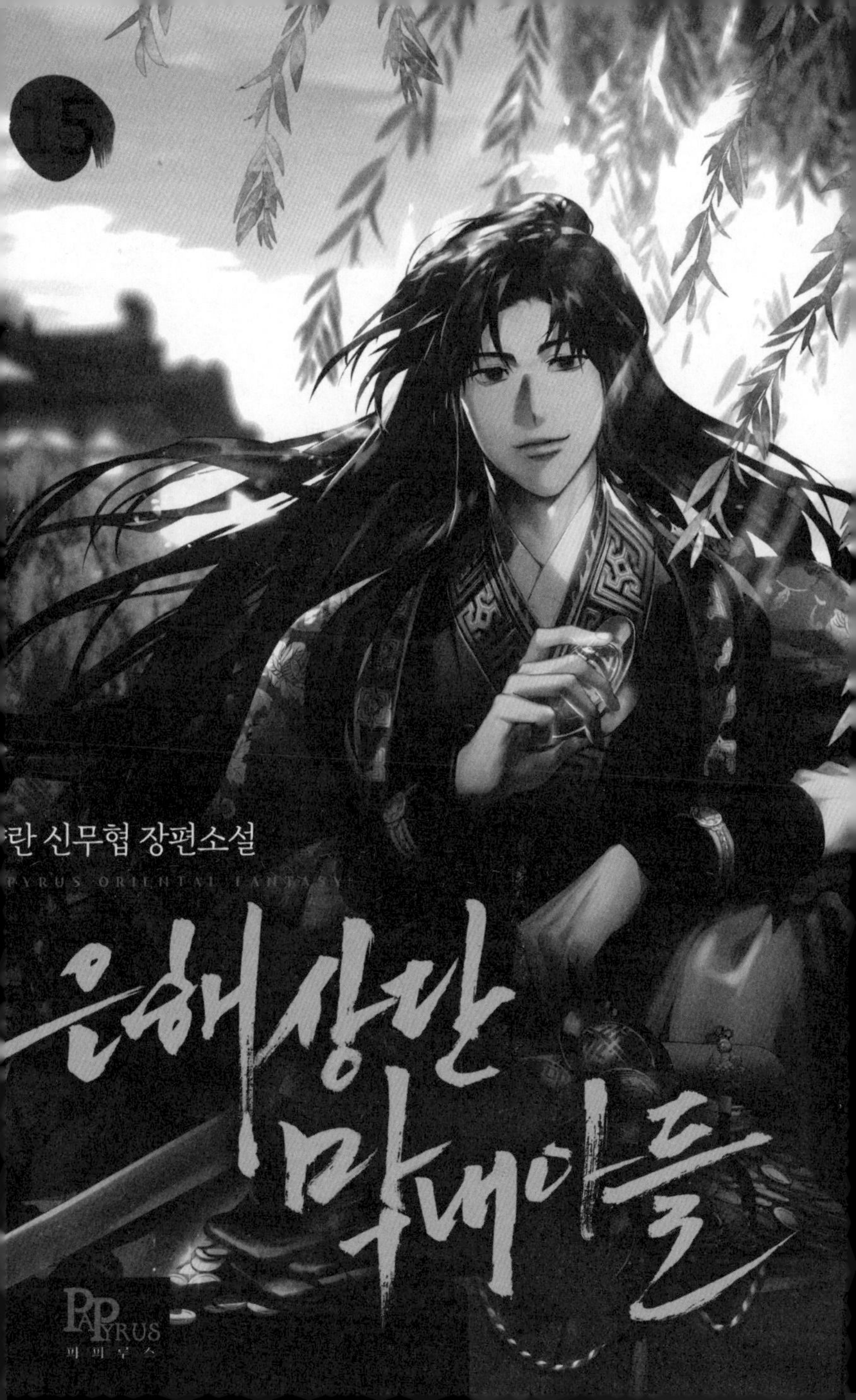
15
란 신무협 장편소설
PYRUS ORIENTAL FANTASY
은해상단 막내아들
PAPYRUS
파피루스

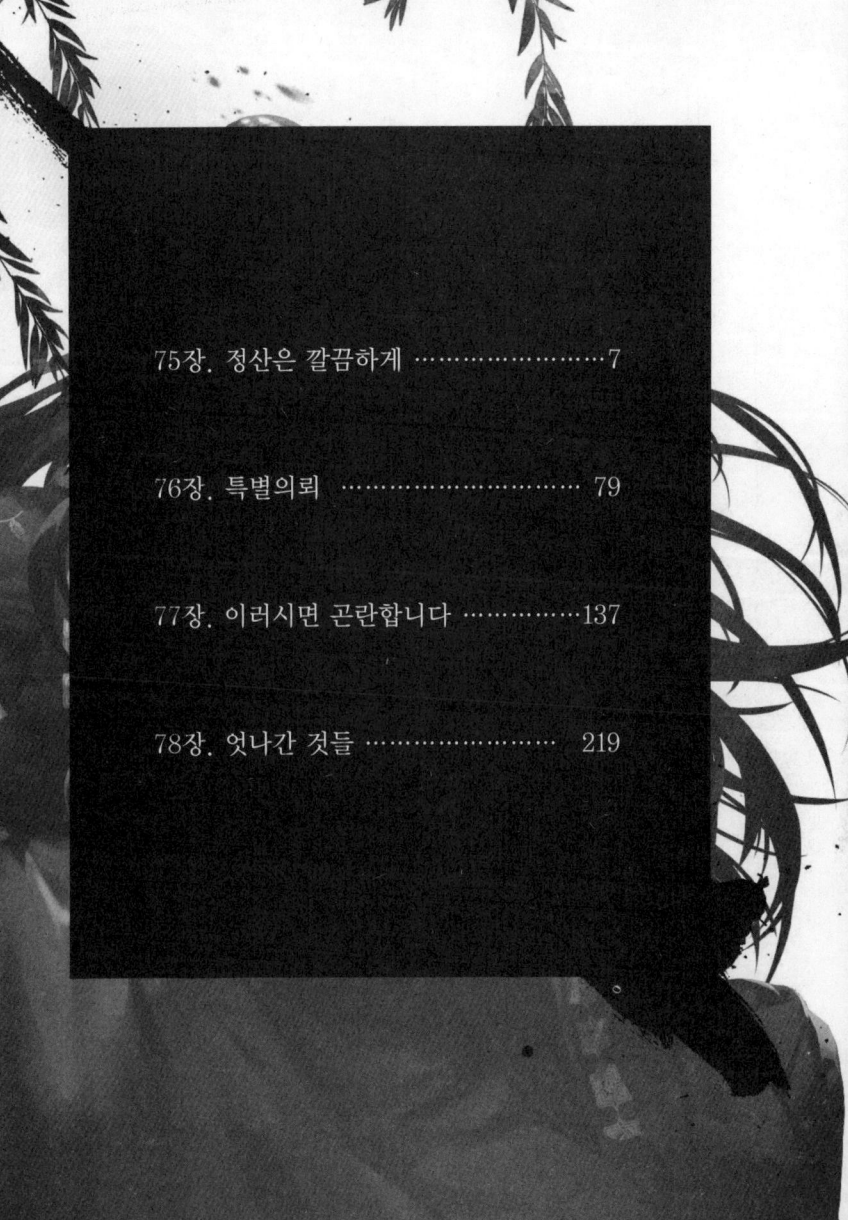

75장. 정산은 깔끔하게

정산은 깔끔하게

공동산에서 운철을 손에 넣고 사흘이 지났다.

그동안 우리는 객잔에서 아주 푹 잘 쉬었다.

사실 처음에는 점점 쌓여 가는 일거리를 생각하니까 잠도 잘 안 왔는데, 문득 그런 생각이 들었다.

걱정해서 해결될 일도 아닌데 걱정해 봤자 뭐 하냐는 그런 생각.

그래서 그냥 마음을 비우고, 이 기회에 정말 푹, 아주 푹, 완전 푹 쉬었다.

역시 휴식 좋아, 늘 최고야!

그렇게 사흘간 아무것도 하지 않고 뒹굴뒹굴하던 나는 슬슬 공동산을 내려갈 채비를 했다.

노는 것이 지겨워져서는 절대 아니다.

더 놀아도 되긴 하지만, 이제 곧 방 노사님과 금의위

대협들이 북경에 도착할 때가 되었기 때문이다.

그러니 이곳에 더 있을 필요가 없지.

나는 침상에서 일어났다.

"팔갑아."

"예, 부르셨습니까요."

"응. 차 한 잔 줘."

내 말에 팔갑이 의외라는 듯 고개를 갸웃했다.

"차를 마시면 잠이 오지 않아서 싫다고 하시더니, 오늘
은 웬일이시래요?"

"이제 정신을 차려야 하니까."

"아, 이제 공동산에서 내려갈 때가 된 겁니까요?"

"응. 이제 집에 가야지."

곧 팔갑은 차를 우려 왔고, 나는 차를 마시며 이후의
일을 정리했다.

그렇게 차를 마시니 머리가 좀 맑아졌고, 정리를 끝내
고 자리에서 일어나 마당으로 나갔다.

챙-! 채챙-!

냉병기 부딪치는 소리가 들렸다.

지금 내 호위 중 나를 호위하는 두 명을 제외한 이들은
마당에서 수련 중이었다.

이전에도 수련에 열심이긴 했다. 그런데 왠지 요즘 들
어 더 열심히 수련하고 있었다.

전에 내가 산채의 채주를 상대하면서, 그의 조갑에 부
상을 당했던 이후로 묘하게 더 수련에 더욱 힘쓰는 것 같

다고 느껴지는 건 착각이겠지?

곧 저녁이 되었고, 저녁 식사를 함께 하며 호위 무사들에게 말했다.

"이제 슬슬 북경으로 돌아가야 할 때가 된 것 같습니다."

"하긴, 좀 오래 있긴 했습니다."

"그럼, 언제 출발하는 겁니까?"

"내일 아침에 움직일 생각입니다."

우리는 모두 떠날 준비를 마치고 잠자리에 들었다.

날이 밝기 무섭게, 우리는 일 층으로 내려가 간단히 요기를 하고는 짐을 가지고 다시 내려왔다.

"도사님들께서 여러모로 배려해 주신 덕분에 잘 쉬다가 갑니다."

"아무쪼록, 시주님들의 여정에 무운이 가득하시기를 빕니다."

그렇게 우리는 객잔을 나서서 다시 북쪽으로 올라갔다.

그 산채로 다시 가 보기 위해서였다.

분명 그 의문의 무리들이 우리의 행적을 쫓았다면 그 산채에도 다다랐을 것이 분명하니까.

그런데 그곳에는 전혀 뜻밖의 모습이 보였다.

"음? 왜 여기에 전투의 흔적이……."

그곳을 살피던 서우 무사와 진유 무사가 말했다.

"두 집단이 충돌했군요. 그런데 두 집단 모두 흑도의 무리들입니다."

"저희를 습격한 이들의 무공 흔적이 남아 있는 걸 보니, 그들과 또 다른 흑도 무리가 충돌한 것 같습니다."

"승패가 제대로 갈리지 않고 양패구상한 듯합니다."

음…… 뭐지?

나를 쫓던 의문의 흑도 집단이 이곳에서 다른 곳과 충돌했다고?

"그런데 그 다른 흑도 집단의 흔적이 잘 보이지 않습니다."

"그럼 답은 하나군요."

"네?"

"원래 이 산채의 상부. 그들 말고는 여기에 나타날 흑도가 없으니까요."

"과연! 그렇군요!"

"양패구상이라고 한다면……."

나는 씨익 웃었다. 웬 행운이 덩굴째 굴러왔네.

"더 이상 저 치들의 눈치를 볼 필요는 없겠군요. 돌아갑시다. 북경으로."

"네!"

* * *

북경.

방효명과 진영을 비롯한 일행은 북경에 도착하자마자 황제를 알현했다.

"방 상서, 먼 길 오느라 수고 많았네."

"아니옵니다. 소신은 그저 편하게 배를 타고 왔을 뿐이옵니다."

"역시 자네의 총기는 아직 흐려지지 않았어. 그런데 어찌 나를 버리고 낙향해 버릴 수 있단 말인가?"

"……소신은 이번 일에서 정말 약간의 첨언만을 했을 뿐입니다."

황제는 방효명의 말에 알 듯 모를 듯 미소를 지었다. 그리고 고개를 돌려 진영을 비롯한 네 명의 금의위 무사들을 보았다.

"장계는 미리 받아 보았다. 그 간악한 이들에게 잡혀 상당한 고초를 당했다고 들었다. 자네들이 실종되어 짐의 근심이 참 컸다."

"소신들이 불민하여 황제 폐하께 근심을 안겨 드렸습니다. 벌을 내려 주시옵소서."

"아니다. 아니야."

황제는 손을 저었다.

"이렇게 무사히 살아 돌아왔다는 것만으로도 천지신명께 참 감사한 일이야. 고생 많았다."

"저희가 이렇게 무사히 돌아올 수 있었던 건, 황제 폐하께서 소신들을 버리지 않으셨기 때문입니다. 폐하의 은덕에 감읍할 따름이옵니다."

진영이 말을 이었다.

"이 은혜, 죽어서도 잊지 못할 것이옵니다."

황제는 그들의 말에 인자한 표정을 지었다가 이내 고개를 갸웃했다.

"그런데 여기 있어야 할 다른 녀석이 있을 텐데, 왜 그 녀석은 보이지 않는 것인가?"

그 물음에 대답한 건 방효명이었다.

"은서호 공자는 자신을 쫓는 무리의 시선을 돌리기 위해 잠시 감숙성에 남았습니다."

"그 녀석이?"

"예, 소신이 부족하여 어린 청년이 그런 희생을 자처하게 했사옵니다."

황제는 피식 웃었다.

"덕분에 이리 무사히 돌아왔군. 역시 그 녀석을 보내는 게 정답이었어."

"……."

황제는 금의위 무사들을 보았다.

"그동안 고생이 많았다. 한 달의 휴가를 줄 터이니 몸을 정양하도록 하라."

"성은이 망극하옵니다."

"그리고 이번에 추포한 이들은 금의위의 손에 넘기도록 하마. 금의위는 이만 물러가도 좋다."

그렇게 네 명의 금의위 무사들이 물러가고, 황제는 태감에게 명했다.

"저들에게 어의를 보내게."

"그리하겠사옵니다. 폐하."

"아, 그리고 이번에 그 청관이라는 자 때문에 금의위 무사들이 제법 고초를 당했다던데…… 어찌 생각하나?"

담백한 질문에 태감은 즉시 그 자리에 부복했다.

"아랫것을 제대로 다스리지 못한 소신을 죽여 주시옵소서!"

"아니네. 내 어찌 이런 일로 정 태감에게 죄를 묻겠나? 개인의 사리사욕까지 다 살펴볼 수는 없으니까."

"……."

"하지만, 그로 인해 썩은 부분이 있다면 도려내는 건 상급자의 몫이지."

"소신이 책임지고 도려내도록 하겠습니다."

"지켜보겠네."

"성은이 하해와 같사옵니다."

정 태감은 깊게 고개를 숙이며 속으로 이를 갈았다.

'이 × 같은 새끼!'

그렇게 자신의 욕심을 위해 정보를 팔고, 금의위 무사들까지 팔고, 은서호 일행까지 팔려고 했던 청관의 본격적인 고난이 시작되었다.

산채에 잡혀서 당했던 고난은, 고난이라고 할 수 없을 만큼의 고난이.

은서호가 들었다면 '자업자득'이라고 할 만한 일이었다.

황제는 옅은 미소를 지으며 방효명에게 물었다.

"그래, 나를 떠나 낙향해 보니 어땠던가?"

"아주 좋았습니다. 꿀맛도 그런 꿀맛이 없었습니다."

그 대답에 황제는 피식 웃었다.

"솔직히 나도 그대를 황궁에 다시 불러오고 싶진 않았어."

"폐하, 그런 말씀을 하시려면 웃음기는 빼고 하셔야 하는 거 아닙니까?"

방효명의 말에 황제는 표정을 매만지며 말했다.

"이렇게 말인가?"

"네. 좀 안타까운 표정도 지으시면서 말입니다."

그는 말을 이었다.

"이번에 실종된 금의위 무사들을 찾아오라고 하신 건, 제가 황궁에 복귀할 수 있는 발판을 마련하기 위함이셨습니까?"

그 물음에 황제는 고개를 끄덕였다.

"그래. 맞아. 자네를 불러오는 것에 대해 분명 이러쿵저러쿵 말이 많을 테니까. 그러니 그 누구도 반론을 제시하지 못할 만큼의 공적을 세우게 한 거지."

황제는 말을 이었다.

"물론 금의위 녀석들도 찾고. 내가 제법 아끼는 녀석들이거든."

"역시 그랬군요. 하지만 폐하, 은서호 공자만 보냈어도 충분히 금의위 무사들을 찾을 수 있었을 겁니다."

"호오, 그런가? 자네가 그 녀석을 그리 높게 평가할 줄은 몰랐는데."

"오히려 그가 저를 배려해 준다는 느낌을 받았습니다. 그런 천하의 기재를 곁에 두고 계시는데, 굳이 제가 필요하십니까?"

"쯧쯧, 어딜 미꾸라지처럼 빠져나가려고?"

"이런, 들켰군요."

그는 말을 이었다.

"하지만, 은서호 공자의 능력에 대한 제 감상은, 진심이옵니다."

"나도 그 녀석이 기재라는 건 알고 있다. 그러니 자네에게 보낸 거지."

"친하게 지내라는 말씀이십니까?"

황제는 미소 지으며 고개를 끄덕였다.

"도망가지 않게 말이지."

"그러지 않으셔도 친하게 지낼 생각이었습니다. 모처럼 마음에 드는 녀석이라서요."

"아무튼 녀석은 그 나름대로 해야 할 일이 있다. 그리고 자네에게는 이 황궁의 일을 맡기려고 한다."

"그래서, 무슨 일 때문에 부르신 겁니까?"

"이 황궁에 쥐새끼들이 있다. 다른 자를 주인으로 섬기는 쥐새끼들이."

"……"

"모두 잡아 족쳐라."

나는 다시금 난주로 향했다.

왔던 길 그대로 강을 따라 개봉까지 가서 북경으로 올라갈 생각이다.

하지만 산채에 들렀다가 가는 바람에 난주까지 바로 가지 못하고, 야숙을 하게 되었다.

일행은 능숙하게 야숙 준비를 했다.

처음 명종 무사와 창운 무사는 야숙을 준비하는 것에 서툴렀었다.

하지만 이제는 곧잘 알아서 준비하게 되었다.

그 사이, 여응암 무사와 이필 무사가 산속에서 노루 한 마리를 잡아 와 손질했고, 팔갑이 그걸 꼬챙이에 꽂아서 모닥불에 굽기 시작했다.

노루고기를 보니까 문득 방효명 노사님이 생각나네.

고기를 진짜 잘 드셨지.

그때 우리에게 노루 고기를 권하시긴 했지만, 정작 본인이 고기의 절반을 다 드셨다.

그렇게 고기를 잘 드시니까 육식공이라는 명호로 불리셨겠지.

고기가 잘 익었다 싶어서 꼬챙이 하나씩 들고 고기를 먹기 시작했다.

음…… 노사님께서 주신 고기보다 맛이 없다.

역시 고기는 숯불에 구워야 한다니까.

방 노사님이 왜 숯과 석쇠를 가지고 다니시는지 알 것 같았다.

나도 숯이라도 가지고 다녀야 하나?

지금 농담 아니다. 나름 진지하게 생각하고 있는 거라고.

그때였다.

"......!"

나는 한숨을 내쉬며 노루고기 꼬치를 내려놓고는 허리에서 검을 뽑았다.

"먹을 땐 개도 안 건드린다는데."

내 말에 팔갑이 대답했다.

"개는 건드리면 무니까 건드리지 않는 거 아닙니까요?"

"나도 물어."

그것도 그냥 앙! 하고 물지 않는다.

내 호위들 역시 나를 따라 검을 뽑아 들었고, 경계 태세를 갖추었다.

삭!

사사삭!

우리를 포위하듯 다가오는 기척을 보니 확실했다.

우리를 노리는 자들이다.

잠시 후, 그들은 모습을 드러냈다.

복면은 쓴 그들의 기운이 익숙했다. 여전히 역겨웠지만.

"드디어 다시 만났구나!"

"누구십니까?"

내 물음에 그들 중 가운데 있던 자가 입술을 비틀며 말했다.

"하! 우린 네놈을 한시도 잊지 않았는데, 네놈은 우리를 잊어버려?"

"짝사랑입니다."

"됐고, 전에는 거짓말을 했더군. 황제의 서신을 가지고 있지 않다고 잡아떼더니!"

"……그 말은 즉, 저에게 황제 폐하의 서신이 있음을 확신하고 계시다는 건데…… 그 확신의 증거가 뭐죠?"

"그야, 위에서 그리 말했으니까."

"그 윗선이 제법 높은 자리에 계시는가 봅니다?"

"쓸데없는 참담은 거기까지다! 서신을 내놓아라!"

"없는데요? 그걸 지금까지 제가 가지고 있겠습니까? 이미 전했습니다."

시종일관 장난스러운 내 말에 그는 입술을 깨물었다.

"그 서신의 내용은 뭐지?"

"제가 그걸 어떻게 압니까?"

"분명 그 서신을 읽어 봤을 거 아니냐?"

"서신을 전하기도 전에 남의 서신을 읽는 건 결례입니다. 그건 상식인데, 이리도 당당하게 제가 그 서신을 읽었다는 가정하에 말하는 것을 보니 그런 상식도 없는 분들이군요."

"큭!"

그들은 말문이 막힌 듯, 입을 다물었다.

"아무튼, 그 서신이 무슨 내용인지 저는 모릅니다."

물론, 뻥이다.

방 노사가 그 서신을 보여 주어서 그 내용은 알고 있지만, 그걸 내가 굳이 말해야 하는 이유는 없잖아.

"그럼, 누구에게 그 서신을 전했는지 말해라."

"말하면요? 그자에게 가서 무슨 내용이었는지 물어보시려고요?"

나는 피식 웃었다.

"그런데 어떡하죠? 그 서신을 받은 자는 이미 이곳을 떠서 북경으로 갔는데."

"뭐라고?"

"북경으로 갔다고요. 아마 지금쯤 북경에 도착해서 황제 폐하를 알현했겠네요."

"……."

그들의 눈빛에 허탈함이 차오르기 시작했다.

나는 웃으며 그들에게 쐐기를 박아주었다.

"그러니까, 지금까지 개고생 하셨는데 그거 다 헛고생이었다는 겁니다."

내 말에 그들은 울분에 차 괴성을 질렀다.

"으아아아악!"

"아아아악!"

"우으으윽!"

그들의 괴성에서 깊은 빡침이 느껴졌다. 곧 그들의 눈이 광기로 번들거렸다.

"이렇게 된 이상! 살아서 북경으로 돌아갈 수 없도록 해 주지!"

"언제 그 말 하나 했습니다. 그런데 그쪽 일행의 수가 좀 많이 줄은 것 같은데…… 뭔 일 있으셨나 봐요?"

"……."

내 말에 그들의 광기는 더더욱 짙어졌다.

제대로 판단하지 못할 만큼.

뒤에서 팔갑이 속삭였다.

"역시 도련님은 대단하십니다요."

나도 이번엔 팔갑의 말에 동의한다.

내가 상대방을 빡치게 하는 데 좀 재능이 있는 것 같다.

곧 그들은 검을 빼 들고 달려들었다.

"갈가리 찢어서 들짐승의 먹이로 주마! 으아아악!"

상대의 숫자는 열 명 정도였다.

처음에 우리를 습격했을 때만 해도 저 두 배는 되었던 것 같은데.

처음 충돌했을 때 우리 본 실력을 보이지 않아서 그런지, 저들은 우리의 실력을 아직 잘 모르는 듯했다.

그러니까 그 실력으로 수적으로 더 우위에 있다고 착각하고 달려드는 거겠지.

하긴, 나나 내 호위무사들이 특이한 거다.

이 정도 나이에 일류나 절정에 오른 이들이 이렇게 모이긴 쉽지 않으니까.

길고 짧은 건 재 봐야 한다고 하지만, 재지 않아도 알 수 있는 경우도 많다.

지금처럼.

퍽-!

"아이쿠!"

서걱!

"컥!"

우리를 습격한 이들은 순식간에 쓰러졌다.

나는 느긋하게 무리의 수장으로 보이는 이에게 다가갔다.

"나는 아무것도 말하지 않겠다. 그냥 죽여라!"

"아까 들어 보니까, 상부가 누군지 아는 눈치인 듯하던데. 진짜 말 안 하실 생각인가요?"

"그렇다."

음, 이렇게 나온단 말이지…… 이걸 어떻게 할까.

잠시 고민하던 나는 씩 웃었다.

내가 이걸 왜 고민했을까? 내게 말하기 싫다면 다른 사람 앞에서 말하게 해 주면 되는데.

"이자를 단단히 포박하세요."

"어떻게 처리하실 생각입니까?"

"황제 폐하께 선물로 드리려고요. 좋아하시겠죠?"

내 말에 그자의 얼굴이 새파랗게 질렸고, 얼른 혀를 깨물어 자결을 시도했다.

퍽-!

"끅!"

그렇게는 안 되지.

나는 그자의 뒤통수를 차서 그 시도를 저지했다. 그리고 혈도를 짚어 움직이지 못하게 했다.

"다른 자들은 어찌할까요?"

"데리고 가죠. 자고로 여행을 갔다 돌아올 때 자그마한 선물이라도 하나 주는 게 인지상정 아니겠습니까? 황제 폐하께 드릴 선물로 딱이네요."

전투 중에 두 명이 죽어서 남은 건 여덟 명.

마침 우리도 여덟 명이니, 포박해서 끌고 가는 건 그리 힘들지 않은 일이다.

"그럼 우리는 저녁을 마저 먹을까요?"

아까 노루고기를 구운 거 한 입 먹다 말았거든.

흑도 무리들은 묶어서 허튼짓 못 하게 나무에 매달아 놓았다.

그리고 우리는 다시 모닥불 앞에 둘러앉아 노루고기를 먹기 시작했다.

"팔갑아, 혹시 호초 있어?"

"있습니다요."

"그거라도 좀 뿌려 먹자."

호초가 좀 비싸긴 하지만, 누린내를 잡는 데 호초만 한 게 또 없다.

이왕 먹는 거 맛있게 먹어야지.

"꿀꺽!"

뒤에서 군침을 삼키는 소리가 들렸지만, 우리는 싹 무시하고 저녁을 마저 먹었다.

다음 날 아침.

우리는 난주의 나룻터에 도착했다. 배를 찾기 위해 움직이던 중 반가운 얼굴을 보았다.

"아니! 선협미랑 대협이 아니십니까?"

일전에 우리가 난주에 올 때 타고 왔던 배의 선장과 선원들이다.

"다시 뵙게 되어 반갑습니다."

"그런데 뒤에는?"

"아…… 흑도 무사들입니다. 호송 중입니다."

그가 무슨 상황인지 이해했다는 듯, 고개를 주억거렸다.

"그렇다면 안전하고 빠른 배가 필요하시겠군요."

"그렇습니다. 하여 개봉으로 향하는 배를 찾고 있습니다."

그러자 그가 환한 미소를 지으며 말했다.

"이렇게 은혜를 갚을 일이 생기는군요. 저희 배를 이용하시는 것은 어떻습니까? 지금 당장 개봉으로 갈 수 있습니다."

"하지만 저희만으로는 정원을 채울 수 없을 텐데, 그러면 손해가 나지 않겠습니까?"

"원래 은혜를 갚는다는 건 손해를 감수하는 것 아니겠습니까? 그러니 사양하지 말아 주십시오."

그의 그 말이 고마웠다. 도착하고 뱃삯으로 조금 더 얹어 줘야겠군.

"그럼, 신세 좀 지겠습니다."

그나저나 바로 나루터로 왔기 때문에 배를 타고 갈 준비가 안 되었다.

식량을 비롯해서 이것저것 준비를 해야 하는데, 포박해 온 이들이 문제네.

혈도도 점해 뒀고, 꽁꽁 묶어 뒀으니 별일은 없겠지만 혹시 모르는 일이니까.

그러다가 문득 얼마 전에 받은 것이 떠올랐다.

"이거 말이냐?"

"네. 남았으면 좀 주십시오. 저도 써먹을 데가 있을 듯합니다."

"뭐, 이번에 고생했으니 좀 주마. 옜다."

"감사합니다."

이번에 방 노사에게 받아 둔 수면독, 그걸 저자들에게 먹이면 되겠군.

방 노사의 설명에 의하면 쌀알 반 개 정도만 먹어도 열 시간은 내리 잔다고 했다.

그래서 수면제가 아닌 수면독이다.

그리고 효과가 강한 만큼, 많이 먹었을 때의 부작용도 상당하다고 한다.

며칠 이상을 깨지 않고 자는 것은 물론, 깨어나서도 꿈속에 있는 것 같고 머릿속이 흐릿하다고 한다. 당연히 며칠 동안 움직이지 않고 잠만 잤으니 영양실조가 오고, 팔다리의 근육이 손실되어 움직이는 게 힘들어지고.

그래도 뭐, 내가 편하게 가면 되는 거잖아?

저들이 부작용을 겪는 건 자업자득이니까.

．

．

．

방 노사의 말대로 저들은 수면독을 이기지 못하고 순식간에 잠들었다.

혹시나 잠든 척하는 게 아닌가 해서 바늘로 콕콕 찔러 봤는데, 미동도 없는 것이 잠든 것이 확실했다.

그래도 혹시 모르는 일이니 진유 무사와 창운 무사에게 그들을 지키게 하고는 나머지 일행들만 데리고 필요한 것들을 사 왔다.

"이번에는 강을 거슬러 가는 게 아니기에 훨씬 빠를 겁니다. 대신 흔들림도 그만큼 심하니 조심하십시오."

"알겠습니다."

그렇게 배가 움직이기 시작했다.

정산은 깔끔하게 〈27〉

* * *

그는 악몽을 꾸었다.

엄청나게 잘생긴 귀신이 그를 괴롭히는 그런 꿈이었다.

"개고생 오리탕과 개고생 볶음국수에 개고생 만두, 개고생 술입니다. 드시지요."

"싫어! 더 이상 개고생은 싫어!"

"드십시오. 안 드시면 개고생이 헛고생이 될 겁니다."

"흐어어억!"

그는 비명을 지르며 잠에서 깼다.

하지만 두 눈을 깜박일 수밖에 없었다.

뭔가 엄청나게 끔찍한 말을 듣고 놀라서 깼는데…… 그 잘생긴 귀신이 눈앞에 있었으니까.

"귀, 귀신, 으아아악!"

"이봐요. 이제 정신 차릴 때도 됐잖아요."

"으으악! 귀, 귀신!"

짜악!

그의 뺨이 화끈해지며 그제야 제정신이 돌아왔다.

"이제 좀 진정됐네. 이것도 부작용인가?"

뭔가 알 수 없는 말을 중얼거리던 청년, 은서호가 말했다.

"다 왔어요. 북경이라고요."

은서호의 말에 그는 뭔가 멍한 표정을 지었다.

북경? 그게 뭐지? 알고 있는 단어 같은데?

"헉!"

그는 은서호가 준 차를 마셨던 것을 기억해 냈다.

그리고…… 졸려서 잠깐 잠든 것 같은데, 여기가 북경이라고?

그는 믿을 수가 없었다.

"그동안 엄청 피곤하셨나 보네요. 이곳까지 오면서 아주 푹 자더라고요."

자신을 놀리는 듯한 미소.

사실 그는 배를 타고 이동한다는 말에 속으로 쾌재를 불렀었다.

다른 이들은 모르는 그의 특기가 수공이었으니까.

하여 틈을 봐서 도망치려고 했지만, 이미 때는 늦었다.

"끌고 가세요."

"네!"

금군들에 의해 다시 재갈이 물리고 질질 끌려가는 신세가 되었기 때문이다.

문득 그런 생각이 들었다.

은서호가 상부에 대해 불라고 했을 때 순순히 불었으면, 편하게 죽여 줬을 것 같다는 생각이.

* * *

나는 금군들에 의해 끌려가는 이들을 일별했다.

그나저나 방 노사님이 주신 수면독, 효과 엄청 좋네. 노사님께 부탁해서 좀 구해 놔야겠다.

그때 팔갑이 말했다.

"그런데 저자는 왜 도련님을 보고 귀신이라고 소리를 질렀을까요?"

"아직 잠이 덜 깼나 보지, 뭐. 그럼 나는 황궁에 다녀올 테니까, 먼저 처소에 가 있어."

"알겠습니다요."

나는 그리 말하며 내관을 따라 황궁 안으로 들어갔다. 그 순간 뭔가 쎄한 감각이 느껴졌다.

설명할 순 없지만, 느낌이 안 좋았다.

혹시 저들에게 내가 모르는 뭔가가 있던 건가?

"잠시만요!"

나는 다급히 내가 데리고 온 흑도 무리가 끌려간 곳으로 향했다.

"어?"

하지만 그들의 흔적은 전혀 보이지 않았다.

어디지? 어디로 갔지?

뒤늦게 내관이 내 뒤를 허겁지겁 쫓아왔다.

"뇌옥으로 가는 길은 이쪽으로 알고 있습니다. 그런데 저들은 어디로 갔을까요?"

"그, 그러고 보니 이상하군요."

내 말에 내관도 당황한 표정으로 주변을 두리번거렸다.

그도 이 상황에 대해 전혀 모르는 모습.

나는 눈을 감고 기감에 집중했다. 다행히 나는 저들의 기운을 알고 있었으니까.

역겨운 흑도의 기운.

어디냐? 어디로 간 것이냐?

"……!"

나는 눈을 뜨고 말했다.

"저쪽입니다!"

나는 한 곳을 가리키며 달려갔다.

내관이 내 뒤를 잘 따라오는 것을 보니 그의 소속이 짐작이 갔다.

동창이군.

그렇게 내가 향한 곳은 황궁 내에서도 인적이 드문 곳.

그리고 나는 그곳에서 금군들이 내가 인계한 흑도인들을 향해 검을 휘두르는 장면을 목격했다.

저게 무슨 짓이지?

지금 당장 저들을 저지해야 했는데, 문제가 있었다.

황궁 안은 무기를 가지고 오지 못하는 곳이니 만큼 저들을 저지할 수 있는 무기가 없었다는 것.

아!

나는 순간적으로 방법을 떠올렸고, 주머니에서 은자를 꺼내어 내력을 담아 그들에게 던졌다.

쌔애액—!

깡!

검과 은자가 부딪치며 요란한 소리가 들렸다.

"지금 뭣들 하시는 겁니까?"

내 등장에 그들은 당황해 웅성거렸다.

"제, 젠장."

그들은 잠시 눈치를 보더니, 일제히 내게 달려들었다.

내게 무기가 없다는 것을 눈치채고 살인멸구를 하려 드는 것.

그렇게 당해 줄 것 같냐!

부웅―!

퍽―!

나는 황궁무공을 이용하여 저들의 공격을 피하고 또 제압했다.

무기가 없으니 현재 내가 쓸 수 있는 무공은 황궁무공뿐이다.

물론 사부님께서 알려 주신 무공도 있고, 극음혼빙투도 있다.

그러나 그것들은 타인 앞에서 함부로 보이기가 저어되었고, 황궁에서 쓰기에는 너무 위험한 무공이었다.

너무나 패도적인 무공이니까.

지금은 이들을 제압하거나 시간을 끄는 것이 목적이기에, 황궁무공만으로 이들을 상대하는 것이다.

퍽―!

퍼억―!

이상하군.

분명 금군이 처음에는 여덟 명 정도였는데, 나머지 네 명은 어디로 간 거지?

아무튼, 네 명의 상대를 모두 제압할 수 있었다.

무기를 쓸 수 없고, 아직 미숙한 황궁무공만으로 저들을 제압해야 했기에 시간이 좀 걸렸지만.

이들은 분명 내가 잡아 온 이들과 한패가 틀림없다. 저자들의 입을 막기 위해 죽이려고 한 것.

나는 황제가 방 노사님을 황궁에 불러온 이유를 알 것 같았다.

황궁에서까지 이런 일이 벌어질 정도로 황제의 뜻에 반하는 세력이 커져 있던 것.

하여 그들을 족치기 위해서는 그에 특화된 인재가 필요했다.

그 일에 적임자가 방 노사인 것.

물론, 지난번에 서신을 가지고 황궁을 나왔을 때부터 어느 정도 짐작하긴 했다.

그나저나 이 세력들, 누구지?

그때 나를 안내했던 내관이 금의위 무사들을 이끌고 달려왔다.

중간에 어디 갔나 했더니 지원군을 불러왔구나.

"은서호 공자! 괜찮나?"

"아, 네. 괜찮습니다."

"이게 대체 어찌 된 일인가?"

나는 자초지종을 설명했다.

"……하여, 이들을 제압해 두었습니다."

"어떻게 황궁 안에서 이런 일이! 정말 미안하네."

내관과 금의위 무사들이 내게 사과했고, 내가 제압해 둔 이들을 포박했다.

그리고 모두를 끌고 가려고 했다.

그때, 내가 데리고 온 흑도 무리 중 우두머리가 고개를 격하게 흔들더니, 발로 바닥에 글씨를 쓰려 했다.

할 말이 있다는 것 같은데?

나는 그의 재갈을 풀어 줄 것을 청했고, 금의위 무사는 잠시 그의 재갈을 풀어 주었다.

자신을 구하는 게 아니라 죽이려는 상부의 작태에 분노한 것일까?

아니면 듣지 말아야 할 말이라도 들은 건가?

그는 씹어뱉듯 거칠게 외쳤다.

"전부, 말하겠습니다."

"네?"

"이번 일에 대해서, 전부! 전부 다 말씀드리겠습니다."

아무래도 이번에, 이 흑도 무리의 상부가 실수를 좀 세게 한 것 같다.

그 일을 마무리하고, 잠시 후 나는 황제를 알현했다.

"소상, 은서호. 황제 폐하의 명을 마치고 귀환하였사옵니다."

자, 이제 혓바닥을 좀 잘 굴려 볼까?

그렇게 즐거운 생각을 하는데, 황제가 코웃음을 치며 물었다.

"그래서 얼마를 뜯어 낼 생각이냐?"

"네? 갑자기 무슨 말씀이십니까?"

"내가 너를 모르겠느냐? 분명 내게 무언가를 뜯어낼 생각을 하고 있겠지."

아, 들켰다.

이런 상황에서 "무슨 그런 섭한 말씀을 하십니까? 그럴 생각 없습니다."라고 한다면 분명 황제는 "그러냐? 알았다."라고 하시면서 입을 싹 닦으실 터.

그건 아니지!

내가 이번 일에 돈을 얼마나 많이 썼는데.

나는 당당하게 나가기로 했다.

"역시 영명하신 황제 폐하이십니다. 어찌 소상의 마음을 그리도 잘 알아주시는지, 눈물이 앞을 가립니다."

그리고 슬픈 생각을 하면서 눈물을 툭.

"지랄한다."

억지로 눈물을 짜낸 것도 알아차리셨네. 하하하.

말은 그리 하시면서도 언짢은 표정은 아니시다. 가만히 보니 내게 고마움도 느끼시는 듯 하고.

"그래서 얼마나 청구할 생각이냐?"

"제가 목록을 적어 왔습니다."

나는 얼른 옷소매에서 또 다른 종이를 꺼내 내밀었다.

황궁에 오기 전에 정리한 비용 목록이다.

"허, 준비가 아주 철저하구나."

태감을 통해 이를 받은 황제 폐하는 그것을 살펴보았다.

그러고는 눈을 가늘게 뜨며 나를 노려보셨다.

이거, 말 잘해야 한다.

"자애로우신 황제 폐하. 그게 다 이유가 있는 지출입니다."

나는 황제에게 내가 지출한 것의 타당성에 대해서 열심히 설명했다.

"솔직히 저도 그런 거금을 쓸 생각은 없었습니다. 하지만 저를 쫓는 자들이 있다는 것을 알게 되니, 그 돈을 쓰지 않고서는 황제 폐하의 부탁을 완수하기에 상당히 어려운 상황이었습니다."

그러니까, 내가 돈을 많이 쓴 건 순전히 황제가 이번 일의 위험성이나 상황에 대해 자세히 알려 주지 않았기 때문이다.

그럼 과실이 어디에 있겠는가?

"고급 객잔에 묵은 건, 저를 쫓는 이들의 허를 찌르기 위해서였습니다. 그리고 개봉에서 공작금으로 그 거금을 쓴 건, 저를 쫓는 이들을 다른 곳으로 유인하기 위해서였으며……."

내 설명을 듣던 중, 황제는 손을 들었다.

"그만."

"넵!"

"쯧쯧, 이유를 물어본 내가 잘못이지."

황제는 혀를 차며 투덜거렸다.

"이번 일에 대해 너에게 자세하게 설명하지 못한 것도 있으니, 이대로 내주도록 하마."

"성은이 하해와 같사옵니다."

공손히 고개를 숙이면서 안타까움을 감췄다.

위험수당도 겸해서 비용을 좀 더 부풀려 받을 수 있었는데 아쉽네.

하지만 상대가 황제 폐하니까 이 정도까지만 해야지.

"아, 그리고 제가 폐하를 위해 작은 선물을 하나 가지고 왔습니다. 도중에 살짝 문제가 있긴 했지만요."

"선물이라면, 아…… 너를 습격했던 흑도 무리들 말이냐?"

"그렇습니다."

이미 알고 계시는군. 그 말은 즉, 그 선물을 인계하는 과정에서 있던 일도 이미 알고 계신다는 것.

내가 제압한 금군들까지 해서 덕분에 선물은 배로 늘어났다.

"아주 좋은 선물이었다."

황제의 입가에는 미소가 걸려 있었다.

"도중에 불미스러운 일이 있던 것에 대해서는 미안하게 생각한다."

웃고 계시지만 황제의 목소리에서 한기가 느껴지는 건 기분 탓이 아니겠지.

"그들은 응분의 대가를 치르게 될 것이다."

"……."

"그 일로 인해 아까운 옷을 버렸구나."

아무래도 직접 움직여 전투를 치른 만큼, 옷이 조금 찢어져 있었다.

"옷값도 넉넉하게 쳐 주지."

"성은이 망극하옵니다."

"그리고 아주 훌륭하게 내 부탁을 완수해 주어서 개인적으로 너에게 고맙구나. 그리고 내가 너에게 이 일을 부탁한 건, 너라면 일을 잘 해결할 수 있을 거라고 믿었기 때문이다."

황제의 말에서는 나에 대한 깊은 신뢰가 느껴졌다.

"다음에도 또 부탁한다."

"……."

네?

순간, 감동으로 몽글몽글해졌던 내 마음은 와장창 깨져 버리고 말았다.

아…… 황제 폐하. 그건 아닙니다.

다음에는 제발 저를 부르지 말아 주십시오.

그 말이 목 끝까지 올라왔지만, 차마 입 밖으로 내뱉지는 못했다.

"아, 그리고 이번 일의 대가로 주기로 한 거다."

"……?"

나는 태감을 통해 두루마리를 공손히 건네받아 펼쳤

고, 순간 표정 관리에 실패할 뻔했다.

어?

"왜? 싫으냐? 싫으면 반납……."

"아닙니다! 너무 좋아서 순간 말을 잊었습니다. 감사히 잘 받겠습니다."

미쳤어?

이걸 왜 반납해?

"그럼 피곤할 텐데, 가서 쉬도록 해라."

"예, 소상 이만 물러가겠습니다."

나는 황제의 축객령에 얼른 예를 올린 후 그곳에서 나왔다.

.

.

.

"나오셨습니까?"

"네."

내가 황궁에서 나오자, 서우 무사와 명종 무사가 나를 기다리고 있었다.

"그런데……."

서우 무사의 눈초리가 매서워졌다.

"옷이 왜 그러십니까?"

"아, 이거요?"

역시 서우 무사다. 이걸 단번에 알아차리네.

숨길 순 없겠지.

"사실, 안에서 일이 좀 있었습니다. 여기서 말하긴 좀 그러니 처소에 가서 이야기하죠."

"……알겠습니다."

그렇게 우리는 임시 처소로 돌아갔다.

"소단주님, 오셨습니까?"

"고생 많으셨습니다. 소단주님."

임시 처소에 머무르고 있는 현풍국의 이들이 나에게 인사를 했다.

"그간 모두 잘 계셨습니까?"

"그럼요."

그리 대답하는 이들의 얼굴에서는 윤기가 자르르 흐르고 있었다.

부럽네. 나는 황제의 부탁 때문에 고생하다 왔는데.

뭐, 어쩌겠는가? 내 팔자려니 해야지 뭐.

"그럼 돌아가서 일 보세요."

"네."

나는 내 방으로 들어갔고, 팔갑이 나오며 말했다.

"도련님, 욕실에 따뜻한 물 받아 놓았습니다요."

"아, 고마워."

"흐익?"

그때 팔갑이 나를 보며 깜짝 놀랐다.

"옷은 왜 그러십니까요? 황궁 마당에서 넘어지기라도 하셨습니까요?"

"에휴, 이게 또 사연이 있어."

마침 서우 무사도 이 자리에 있으니 여기서 말하면 편하겠네.

"사실 그 흑도 무사들을 인계하고 가는데, 뭔가 느낌이 쎄하더라고. 그래서……."

나는 자초지종을 설명했다.

"아무튼, 무사히 제압해서 금의위에 넘겼어."

내 말에 서우 무사가 말했다.

"끝까지 방심해서는 안 된다는 격언이 틀린 말이 아니었습니다."

"맞는 말이에요."

팔갑이 준비해 준 따뜻한 물로 씻고, 서탁 앞에 앉았다.

감숙으로 향할 때는 일이 어찌 될지 몰라 아버지께 연락하지 못했었다.

급박한 상황이기도 했고.

하지만 이렇게 다녀왔으니 아버지께 자초지종을 설명하고 잘 다녀왔다고 전해야지.

또한, 황제가 준 것에 대해서도 보고해야 하고.

나는 지필묵을 꺼내어 이번 일에 대해 장문의 서신을 썼다.

"금령아, 나와 봐."

내 말에 금령이 옷소매 안에서 나왔다. 그런데 녀석이 입에 뭔가를 물고 있었다.

응? 이건 은자인데?

"그 은자는 어디서 났어?"

내 물음에 금령은 서탁 위로 폴짝 뛰어오르더니 이리저리 왔다 갔다 하며 설명했다.

"음, 그러니까…… 아까 황궁에서? 아……."

아까 황궁에서 내가 인계한 이들에게 검을 휘두르려던 금군을 제압하기 위해 은자를 던졌었다.

그리고 그걸 다시 회수하는 것을 깜빡하고 있었는데, 그걸 금령이가 다시 챙겨 온 것이다.

하! 이 기특한 녀석.

"그거 금령이 먹어도 돼."

내 말에 금령의 눈동자가 초롱초롱해졌다.

하지만 무언가 거무스름한 게 보여서 손을 내밀었다.

"잠깐만 줘 볼래?"

금령은 순순히 내 손에 은자를 내려놓았고, 나는 그걸 손수건으로 닦아 주었다.

"이거 흙 묻었잖아. 지지야. 지지!"

"꾸이!"

"자, 먹어."

금령은 은자를 날름 삼켰다.

"그리고 심부름 좀 해 줄래? 이 서신 아버지에게 전해야 해서 말이지."

"꾸이! 꾸이!"

은자를 먹어서 기분이 좋아졌는지 금령이는 흔쾌히 고

개를 끄덕였다.

나는 금령의 꼬리에 서신을 매달아 주었고, 금령은 쏜 살같이 창문을 통해 사라졌다.

그리고 나는 밀린 일거리를 처리하기 시작했다.

역시 내 예상대로 일거리는 잔뜩 밀려 있었고, 이거 다 처리하려면…….

열흘 정도 잠을 줄이면 가능하려나?

.

.

.

다음 날, 아침.

내가 눈을 떴을 때 나는 서탁 앞에 엎어져 있었다.

"흐어억."

온몸이 찌뿌둥하네.

대체 언제 잠든 거야?

대충 인시(寅時:03~05시)쯤인 것 같은데.

그럼 한 시진 정도는 잔 것 같네.

나는 자리에서 일어나 옷을 갈아입고 마당으로 나왔 다. 아무리 피곤해도 하루의 수련을 빼먹을 순 없으니까.

"도련님, 좀 더 주무시지요?"

팔갑의 말에 나는 하품을 하며 말했다.

"수련 빼먹으면 사부님께 혼나."

그리 말하며 마당으로 내려가자, 다른 호위 무사들이 내게 아침 인사를 했다.

"호법 부탁드립니다."

"알겠습니다."

나는 마당의 바위 위에 앉아 운기조식을 했다.

운기조식을 통해 모이는 기운이 차가운 음기이기 때문인지, 아니면 태음빙해신공 특유의 기운 때문인지 몸에 활력이 돌며 정신이 바짝 들었다.

운기조식을 마치고 눈을 뜨자, 내 앞에 금령이 앉아 있었다.

"빨리 왔네?"

나는 금령에게 은자를 물려 주고는, 꼬리에 매달려 있는 서신을 풀어 펼쳤다.

"……"

내가 보낸 것보다 훨씬 긴, 장문의 서신이었다.

아버지께서는 이미 대략적인 사정을 알고 계셨다. 북경 지부의 은 지부장님이 전갈을 보낸 듯했다.

[참으로 다사다난한 봄이 되었구나. 그래도 몸 건강히 잘 다녀왔다니 다행이다.]

네, 아버지.

참 다사다난한 봄이었습니다.

그렇게 나에 대한 걱정을 서두로 시작된 서신을 읽던 나는 나도 모르게 미소 지었다.

[황제 폐하께서 너를 중용하시는 것이 참으로 기쁜 일이구나. 그래, 기쁜 일이겠지. 기쁜 일일 거다. 그래.]

차마 '너를 고생시키는 황제가 밉다'라는 말을 대놓고 쓰지 못하셨던 그 마음, 나를 걱정하는 그 마음이 느껴졌으니까.

그리고 은해상단 본단에 머무르는 식구들에 대한 소식과 상단의 소식 등이 적혀 있었다.

마지막으로 내가 황제에게 받은 '대가'에 대해서 이야기 하셨다.

[네가 받아 온 그건 북경지부를 운영하는 데 있어 참으로 유용하게 쓰일 건 자명한 일이다. 고생 많았다.]

나는 서신을 잘 접었다.

아버지의 서신을 읽으니, 마치 포근한 이부자리에 들어가 있는 듯한 기분이었다.

오늘도 활기차게 하루를 시작해야지.

아침을 먹은 나는 은 지부장을 호출했다.

"잘 다녀오셨습니까?"

"네. 잘 다녀왔습니다."

"광동의 풍광은 어땠습니까?"

지금도 은 지부장은 내가 광동에 다녀왔다고 알고 있었다.

"아주 좋았죠. 그런데 제가 광동에 간다는 것에 대해서 알고 계셨던 분이 몇 분이나 계십니까?"

"제법 많이 알고 있습니다. 출타 중인 이유를 설명해야 했으니까요."

"그렇군요."

내가 광동으로 간다고 말해서 다행이었다. 안 그랬으면, 초장부터 개고생할 뻔했다.

"다름 아니라, 북경지부의 건립에는 문제가 없나요? 오래 출장을 다녀오니 상황이 궁금해서 지부장님을 불렀습니다."

"재정도 넉넉하고, 실력 있는 인부도 많고 해서 별다른 문제는 없습니다만……."

"문제가 있긴 있군요."

그는 한숨을 내쉬며 답했다.

"예. 자꾸 위에서 이걸 바라는 눈치입니다."

엄지와 검지를 비비는 은 지부장의 손을 본 나는 피식 웃었다.

"아시잖습니까? 콩고물을 좀 먹여야 골치 아프지 않다는 것 말입니다."

예상은 했다.

제국에서는 건물을 지으면, 관에 보고해야 했다.

모든 건물에 적용되는 건 아니고, 기와를 올려 짓는 일정 규모 이상의 건물에만 적용되었다.

왜냐하면, 일정 규모 이상의 건물을 지으면 나라에서

분기별로 '가옥세'라는 것을 받거든.

아무튼, 관에서 관리들이 나와 건물에 하자가 없고 튼튼하게 지어졌다고 판단되어야 입주를 하든, 다른 용도로 쓰든 할 수 있었다.

그런데 이게 골 때리는 것이, 아무리 하자가 없어도 관리들 마음에 들지 않으면 '준공검사' 자체를 해 주지 않는 경우도 있다는 거다.

차일피일 미루면서 말이지.

반대로, 배 터지게 얻어먹으면 제대로 검사도 하지 않고 준공검사 합격증을 내준다.

그래서 심한 경우는 건축비의 반을 떼서 관리들에게 바치고, 남은 반으로 건물을 짓는다지.

하여, 각 성과 북경의 공부 관리들은 생각보다 부유한 편이다.

하지만 나는 그들의 미래를 알고 있다.

지금으로부터 반년 정도 후 북경의 가옥이 갑자기 무너지는 일이 발생한다.

그것도 한두 채가 아니라 꽤 여러 채가.

멀쩡하던 집이 무너진 이유에 대해 황제는 조사를 명했고, 그 와중에 기초를 단단하게 하지 않았다는 결론을 내린다.

여기서 왜 기초를 단단하게 하지 않았는지, 그럼에도 어떻게 준공검사 합격증을 받았는지에 대한 의문이 생기지.

그걸 또 그냥 보고 계실 우리 황제 폐하가 아니시고.

뇌물에 대한 경고를 무시한 대가는 컸다.

결국, 그들은 받은 것을 다 토해내는 것은 물론이고 끌려가 고초까지 당하게 된다.

뇌물을 바친 이들 역시 마찬가지.

하지만 그건 약 반 년 뒤의 일.

북경지부의 건립은 그 전에 끝나고, 그 전에 준공검사를 받아야 하는 상황이다.

그렇다고 그때까지 기다리기에는 기껏 지은 건물을 쓰지 못하니 분통 터지고.

콩고물을 먹이자니, 괜히 엮여 들어가기 싫고.

하지만 나에게는 황제가 주신 두루마리가 있다.

"은 지부장님."

"네."

"그런 요구들, 싹 무시하세요. 문제가 생긴다면 제가 해결하겠습니다."

아니, 황제 폐하께서 해결해 주실 겁니다.

·

·

·

그날 오후.

황제가 보낸 내관이 내가 거하는 처소에 방문했다.

"어서 오십시오."

나는 그를 접빈실로 안내했고, 팔갑이 다과를 내어 왔다.

"드시지요."

"네."

그렇게 다과를 들며 담소를 나누기를 일각쯤, 내관이
본론을 꺼냈다.

"우선, 황제 폐하께서 보내시는 겁니다."

그는 나에게 봉투를 내밀었다.

"열어 봐도 됩니까?"

"물론입니다."

나는 봉투를 열어 보았다. 나는 저절로 웃음이 나왔지
만, 얼른 표정 관리를 했다.

그 봉투 안에 들어 있는 건, 거액의 전표였다.

"확인해 보시지요. 은 공자가 요구한 금액이 맞는지 말
입니다."

나는 전표를 살펴보았다.

내가 요구한 금액은 물론, 어제 입고 갔다가 찢어진 옷
값까지 소름 끼칠 만큼 깔끔한 정산이었다.

"아, 그리고 이건 폐하께서 개인적으로 드리는 겁니
다."

"네?"

그는 상자를 내밀었고, 나는 그 상자를 열어 보았다.

안에는 단환이 들어 있었다.

"내상 회복에 아주 좋은 귀한 단환입니다."

"이걸 왜?"

"은 공자께서 금의위 대협들을 위해 귀한 영약을 쓰셨

다고 들었습니다. 덕분에 대협들이 검을 놓지 않을 수 있었음을 듣고 황제 폐하께서 내리신 겁니다."

나는 무슨 상황인지 이해했다.

그러니까 황제는 내가 금의위 대협들에게 내가 가진 영약을 썼고, 대협들에게 부담을 주지 않기 위해 정안수라고 거짓말을 했다고 생각하시는 거다.

사실 그거…… 금령이 침이었는데.

내관이 말을 이었다.

"하여 감사의 표시로 황제 폐하께서 내려주신 것입니다."

"황제 폐하의 성은이 하해와 같습니다."

엄청 필요한 것은 아니지만, 이왕 주신 거니 감사히 받기로 했다.

언젠가 쓰일 데가 있을 테니까.

"은 공자의 그 결단은 황제 폐하뿐만 아니라 금의위 무사들까지, 많은 이들을 감동시켰습니다. 아마 조만간 지휘사께서 인사를 하러 오실 듯합니다."

컥!

방금 먹은 다과가 얹히는 느낌이 들었다.

방금 내관이 말한 지휘사라 함은, 금의위의 수장을 말하는 것일 터.

그간 만난 진영 대협과는 그 부담감이 다르다.

"아닙니다. 혹시 오시려거든 말려 주십시오. 소상은 황제 폐하를 마주하는 것만으로도 심장이 떨립니다."

"알겠습니다. 그리 전하지요."

"정말 감사합니다."

나는 정말이라는 듯 안도의 한숨을 내쉬며 고개를 숙였다.

"아, 그리고 은 공자를 습격했던 이들의 배후가 밝혀졌습니다."

"벌써 말입니까? 역시 금의위 분들이시군요."

이건 중요한 말이니, 귀를 기울였다.

"네. 그들의 협조자 중 하나가 제칙방에서 근무하던 자였습니다."

제칙방이라면, 황제의 명령을 포고하는 곳으로 그만큼 황제와 가까운 곳이다.

"그뿐만 아니라 곳곳에서 그들의 협조자를 찾을 수 있었습니다."

"상당히 빠르게 찾으셨군요."

"이번에 새로 형부상서가 되신, 방 형부상서 대인의 활약이 컸습니다."

고신을 하지 않고 절묘하게 상대를 압박하고, 빠르게 증거를 찾아내는 것이 방 노사, 아니 방 형부상서의 특기라고 한다.

"그들의 진술에 의하면, 뇌물을 받고 그리했다고 하는데 그 배후가 역천도라는 흑도집단이었습니다."

역천도(易天道)?

처음 듣는 곳이다.

"그런데 이름이……."

"맞습니다. 하늘을 바꾸겠다는 말처럼 황제 폐하를 바꾸겠다는 자들입니다."

.

.

.

그날 오후.

나는 진영 대협을 찾아갔다.

진영 대협은 황제에게 한 달간의 휴가를 받았다고 전해 들었다.

"무사히 돌아와서 다행이군."

"제가 좀 능력이 좋습니다."

내 천연덕스러운 말에 진영 대협은 크게 웃었다.

"하하하! 그래, 그렇긴 하지."

"그런데 그렇게 웃으셔도 됩니까? 상처가 벌어지는 것 아닙니까?"

내 말에 그는 고개를 저었다.

"그런 걱정은 하지 않아도 괜찮네. 자네가 쓴 영약 덕분에 이미 다 나았으니까."

그는 말을 이었다.

"그때 자네가 정안수라고 했던 말에 동조해 주긴 했지만, 솔직히 믿지는 않았네."

"네?"

"자네는 정안수를 떠놓고 빌 사람이 아니지 않은가? 그 시간에 궁리해서 해결할 사람이지. 분명 우리를 위해서 귀한 영약을 썼을 거야."

"……."

진영 대협은 나를 정확하게 파악하고 계셨다.

"이번에 황제 폐하께서 어의를 보내 주셨네. 어의가 말하길 한 달 정도 정양하면 다시 검을 잡는 데 무리가 없을 거라고 했네."

"정말 다행입니다."

"다 자네 덕분이지. 우리를 위해 그 귀한 영약을 쓰다니. 내 이 은혜는 결코 잊지 않을 거네."

뭔가 쑥스러워졌다.

하지만 그게 금령의 침이었다는 건 끝까지 밝히지 않을 생각이다.

"그런데 방 노사님께서는……."

"음? 아! 형부상서 대인을 말하는군."

"예, 맞습니다."

"그래, 이미 들었나 보군. 황제 폐하께서 이번에 직접 불러와 중용하셨지. 그리고 이번 일 덕분에 반론도 없었고."

나는 황제가 형부상서 대인에게 진영 대협 일행을 찾아오라는 명을 내린 이유를 알 것 같았다.

"사실, 찾아뵈려고 했는데…… 바쁘신 것 같더라고요."

"그렇겠지. 지금 북경에서 가장 바쁜 사람 중 다섯 손가락 안에 들 걸세."

할 수 없지.

나중에 찾아뵐 수밖에.

.

.

.

그렇게 시간이 흘렀고, 내가 감숙성에 다녀온 지 거의 한 달이 다 되어 가고 있었다.

벌써 오 월이군.

밀린 일을 다 처리하고 나니, 이제 좀 살 것 같다는 생각이 들었다.

"도련님, 진영 대협께서 오셨습니다요."

나는 팔갑의 말에 얼른 접빈실로 향했다.

"대협!"

나는 그의 옷을 보며 반색했다. 금의위의 옷을 입고 있었기 때문이다.

역시 진영 대협은 금의위 옷이 가장 잘 어울린다.

"이제 복귀하시는 겁니까?"

"그래야지. 이제 한 달의 정양 기간이 끝났으니까. 그리고 나에게는 꾸물거릴 시간이 없네."

우리는 다과를 즐기며 이런저런 이야기를 나누었다.

"그런데…… 무슨 일 있으십니까? 표정이 좋지 않으십니다."

"역천도에 대해 아는가?"

그 물음에 나는 고개를 끄덕였다.

전에 폐하의 선물을 가져다준 내관에게 들었으니까.

"네, 압니다."

"그 역천도의 수장이 밝혀졌네."

"그렇습니까?"

"그런데…… 그 수장이 세경왕 전하셨네."

"……네?"

그 말에 나는 순간 나는 내 귀를 의심했다.

"누구라고요?"

"세경왕 전하."

세경왕은 황제의 사촌 형이다.

그런데 내가 알기로 그분은 그런 짓을 저지를 정도로 황위에 욕심이 있는 분이 아니다.

그걸 어찌 아냐고?

이전 삶에서 그분을 만난 적이 있으니까.

"이미 많은 증거가 나와서 황궁으로 압송 중이라네."

"그렇군요."

하지만 진영 대협은 복잡한 표정이었다.

그도 아는 거다.

세경왕이 그런 일에 가담할 분이 아니라는 것을.

"믿기 힘들지만, 어쩌겠는가? 이미 모든 증거가 그분을 향하고 있는데."

나는 잠시 고민하다가 조심스럽게 입을 열었다.

"혹시, 이번 수사에 저도 참여해도 되겠습니까?"

"응? 자네가?"

"네. 그들에게 습격을 당한 것도 저이며 또한 그들을 잡아 온 것도 접니다. 그러니 저에게도 그들을 수사할 조금의 자격은 되지 않겠습니까?"

게다가 나에게는 황제가 내린 감찰어사의 직도 있었으니까.

잠시 생각하던 진영 대협이 말했다.

"안 될 건 없겠지. 형부상서 대인을 찾아뵐게나. 지금 그분이 담당하고 있으니."

"지금은 한가하십니까?"

"한가하다고는 말하지 못하지만, 그래도 한 달 전보다는 여유가 있으시니까."

사실, 밀린 일을 다 처리했어도 내 일은 언제나 차고 넘친다.

그럼에도 이번 일에 내가 끼어드는 건, 몇 가지 이유가 있다.

먼저 나와 관련된 일이니만큼, 이번 일을 확실하게 하고 싶었다.

그리고 이번 사건이 조작된 것이라는 직감이 강하게 들었기 때문이다.

그리고 아직 일어나지 않은 일이지만, 지난 삶에서 나는 세경왕에게 은혜를 입었다.

세경왕은 강서성에 영지를 가진 분이고, 정치나 권력에는 전혀 관심이 없었다.

그분의 관심은 오로지 화초들.

그래서 넓은 정원을 직접 가꾸는 것이 유일한 낙이셨던 분이다.

이전 삶에서 강서성에 상행을 갔을 때 나를 보좌하던 대행수가 갑자기 앓아누운 일이 있었다.

여러 의원을 청해서 진맥을 본 끝에 그게 강서성에서만 도는 희귀병이라는 것을 알게 되었다.

그래서 그 병에 쓰이는 약재를 구하려고 했지만, 이상하게 구할 수가 없었다.

은해상단은 약재 전문 상단.

아무리 희귀한 약재라고 해도 구하지 못할 약재는 없는데 뭔가 이상했다.

하여, 수소문해 보니 경쟁 상단 쪽에서 손을 썼음을 알게 되었다.

나는 그 경쟁 상단을 찾아가 사정도 하고 무릎도 꿇었지만, 그곳은 매정했다.

한시라도 빨리 약을 써야 했기에 본단에 사람을 보내어 약재를 가져오고 싶어도 그러기에는 이미 늦는 상황.

하여 낙담하고 있을 때, 뜻밖에도 세경왕이 보낸 자가 나를 찾아왔다.

내가 그렇게 찾아 헤매던 약재를 가지고.

그때 얼마나 고마웠던지…….

하여 당시 나는 반드시 은혜를 갚겠다고 맹세했었다.

아, 물론 그때 그 비열한 경쟁 상단은 알아서 잘 처리했다.

나중에 찾아뵙고 감사를 표한 후, 일면식도 없는 내게 약재를 베풀어준 이유를 여쭤봤다.
　세경왕은 부드러운 미소를 지으며 말했다.

　"단지 자신의 사람을 아끼는 그 마음을 전해 들었고, 내 마음이 동했을 뿐이네. 다른 이유는 없네."

　이유가 어찌 되었든, 받은 은혜는 갚아야 하는 법이다.

＊　＊　＊

　북경의 한 저택.
　방효명은 한숨을 내쉬었다.
　"아이고, 두야……."
　도통 이게 어찌 된 일인지 알 수가 없었다.
　이번에 황제의 서신을 노리고 은서호를 습격한 자들의 배후를 팠더니 세경왕이 튀어나온 거다.
　'그분은 그럴 분이 아닌데…….'
　하지만 워낙 증거가 명확했다.
　그래서 그가 이렇게 머리를 싸매고 있는 것.
　"에휴, 고기 좀 먹어야 머리가 돌아가나. 석백아."
　"네. 부르셨습니까?"
　"마당에 숯불 좀 피워라. 고기 좀 구워 먹어야겠다."
　"알겠습니다. 무슨 고기로 준비할까요?"

"오늘은……."

고민하던 그가 결정했다.

"그래! 소고기다."

그렇게 마당 한쪽에 숯불이 피워졌다.

워낙 고기를 좋아하기에 아예 마당 한쪽에는 고기를 구
워 먹을 수 있도록 벽돌로 작은 화덕까지 만들어 놓았다.

고관대작이 직접 고기를 구워 먹는 게 체통 없다고 하
는 소리도 있었지만, 그는 신경 쓰지 않았다.

고기는 그의 힘이었고, 두뇌가 잘 돌아가게 하는 원동
력이었으니까.

치이익-!

석쇠에 올려놓은 소고기가 먹음직스럽게 익어 가고 있
었다.

그때 하인이 다가왔다.

"저, 손님이 오셨습니다."

"손님?"

고기를 먹기 직전에 온 손님이라는 말에 그는 얼굴을
팍 구겼다.

"누군데?"

"은서호 소단주라고 전해 달라고 했습니다."

"응? 은서호?"

그는 얼른 말을 이었다.

"이쪽으로 오라고 해."

"알겠습니다."

잠시 후, 한 미청년이 그에게 다가왔다.

그는 고기를 보며 투덜거렸다.

"너무하십니다. 이런 맛있는 소고기를 혼자 드시려고 하셨습니까?"

"잔말 말고 어서 앉아라."

"넵!"

은서호는 잽싸게 앞에 앉았고, 잘 구워진 소고기가 그의 앞에 놓여졌다.

"먹자."

"네."

그들은 소고기를 먹으며 대화를 나누었다.

"그나저나 한 달 전에 북경에 왔다고 들었다. 왔으면 재깍재깍 보고를 해야지!"

"저도 바빴습니다. 돌아오니까 밀린 일이 한가득이었습니다. 그리고 서신도 보냈는데."

"아, 그러냐?"

"서신, 읽어 보긴 하셨습니까?"

"험험."

방효명은 헛기침을 했다. 사실 너무 바빠서 그동안 온 서신들을 읽지 못하고 있었으니까.

은서호는 웃으며 말을 이었다.

"그나저나 지금 자리가 체질이신 듯합니다. 전에 뵈었을 때보다 신수가 훤하십니다."

"너 지금 나 놀리는 것이냐?"

"무슨 그리 섭한 말씀을 하십니까? 제가 언제 상서 대
인을 놀렸습니까?"

"내가 너랑 무슨 말싸움을 하겠냐? 에휴. 고기나 먹어
라."

그렇게 어느 정도 배를 채웠을 때였다.

"저, 들었습니다. 이번에 역천도라는 자들의 배후가 세
경왕 전하시라고요."

"후, 안 그래도 그것 때문에 지금 골치가 지끈거린다."

방효명은 고개를 절레절레 저었다.

"내가 알기로 그분은 절대 그럴 분이 아닌데 말이지.
그리고…… 그분은 폐하가 가장 의지했던 분이니까."

"폐하께서도 고심이 크시겠군요."

"그렇지."

"그런 폐하의 고민을 알면서도 가만히 있을 수는 없죠.
그래서 말인데 이번 조사에 저도 참여해도 되겠습니까?"

"응? 네가?"

"저도 자격이 있다고 생각합니다."

그 말에 방효명은 웃음이 저절로 나왔다. 안 그래도 저
번 일로 인해 은서호의 능력은 충분히 봤었다.

황제의 의도를 알면서도 솔직히 "이 녀석만 있었어도
됐는데, 귀찮게 나는 왜 불러서……."라고 생각이 들 정
도.

그런 인재가 자발적으로 이번 일을 거들어 주겠다니.

웃음이 절로 새어 나왔다.

"이 녀석! 이 예쁜 녀석!"

"네?"

"그래, 언제부터 시작할 터이냐? 지금 당장 할까? 먹었으면 일해야지?"

* * *

나는 어이가 없었다.

아니, 내가 조사에 참여하겠다는 말이 그렇게 반가운 말이었어?

그보다…… 이 고기…… 역시 공짜가 아니었나?

그래도 덕분에 맛있게 먹었다.

석백이라는 시종 분이 고기를 정말 맛있게 굽는다는 말이지.

뭐, 고기를 먹지 않았어도 이번 일에 참여할 생각이긴 했으니까.

"지금 당장 황궁으로 가자."

"네? 지금 말입니까?"

하지만, 방 형부상서…… 에이, 그냥 방 노사님이라고 불러야겠다.

방 노사님의 추진력은 대단했다.

"당장 가자! 시간이 없단 말이다."

"아니, 지금 시간이 몇 시인지 아십니까?"

"자시(子時:23~01시)인 거 나도 안다. 하지만 억울한 사람의 누명을 벗기는 데 시간이 중요한 건 아니지."

방 노사님의 말에 나는 입을 다물 수밖에 없었다.

누명을 쓰고 고초를 당하고 있는 사람에게는 매 시간이
고통일 터.

단 일각이라도 빨리 그 누명을 벗겨 주고자 하는 그 마
음에 뭔가 머쓱해졌다.

방 노사님, 좋은 분이네.

나는 방 노사님을 따라 형부에 도착했다.

당직 중이던 관리 하나가 우리를 보고 깜짝 놀라며 물
었다.

"상서 대인! 이 시간에 어쩐 일로?"

"잠시 살필 것이 있어 왔네."

"그러시군요. 헌데 옆에 분은?"

"내 보조로 쓰려고 데리고 왔네."

"아, 그러십니까?"

그렇게 나는 간단하게 자료가 있는 건물 안으로 들어갈
수 있었다.

상서 정도 되면 보조원을 쓰는 데 누군가의 허락을 구
하지 않아도 되니까.

이게 권력의 맛인가?

방 노사님은 어디선가 자료를 한 무더기 가지고 와 내
앞 탁자에 내려놓았다.

쿵!

그 소리로 그 무게를 짐작할 수 있었다.

"이걸 살펴보게! 그리고 의문이 들면 주저하지 말고 말하게."

"……네."

내가 살펴봐야 할 자료의 양에 나는 살짝, 아주 살짝 조사에 끼어들기로 한 것을 후회했다.

그래도, 은혜는 갚아야지.

비록 나만 기억하고 있는 은혜라고 해도, 그 은혜가 없던 것이 되는 건 아니니까.

그리고 은원에 대한 정산은 깔끔해야 하는 법이거든.

.

.

.

방 노사님이 나에게 준 자료들은 대부분이 서신들이었다.

세경왕이 역천도에 지령을 내린 서신들이라는데, 그 내용들을 보니 그냥 딱 보이는 대로였다.

뿌리를 뽑아야 한다느니, 일전에 말한 대로 남김없이 제거해야 한다느니…….

살벌하네.

세경왕이 원래 이런 분이었나?

나는 그 서신들을 일단 치워두고, 다른 자료들을 살폈다.

역천도 일당을 토벌했을 때 상황을 정리한 자료였다.

음…….

역천도는 산동 북쪽에 위치한 한 숲속의 동굴에 숨어 지냈다고 한다.

그 수는 약 오백여 명.

세경왕이 주는 지원금으로 그 수를 급속도로 늘려 가고 있었다고…….

하지만 강서성과 산동성의 거리는 상당한데, 어떻게 일일이 서신으로 지시를 한 것일까?

그런 의문이 들어 자료를 뒤져 보았지만…….

"아무것도 없네."

"왜 그러느냐?"

방 노사님이 내게 물었고, 나는 뒷목을 긁적이며 말했다.

"이 서신들 말입니다. 대체 어떻게 주고받은 겁니까? 세경왕 전하는 강서에 계시고, 역천도의 무리들은 산동에 있었는데요."

"당연히 인편으로 전하지 않았겠느냐? 전서구로 전하기에는 위험부담이 있으니 말이다."

전서구가 빠르긴 하지만, 중간에 서신이 유실될 가능성이 크다는 것이 단점이다.

그래서 한 번에 여러 마리의 전서구를 날리는 거다.

그리고 전서구를 가로채어 누군가 내용을 본다면 그것도 그것대로 큰일이고.

"그렇다면 이상한 부분이 있습니다."

내 말에 방 노사님이 미간을 찌푸리며 다가왔다.

"어떤 부분 말이냐?"

"이 서신과 이 서신을 보십시오."

"이건 그대로 지켜보라는 내용이고, 이건 답장은 받아 보았다. 때가 되었으니 베어 버리라는 내용인데?"

"내용이 아니라 날짜를 보십시오."

"응?"

"고작 사흘 간격입니다. 이게 말이 됩니까? 놈들의 근거지와 세경왕 전하가 계신 곳은 말을 타고 달려도 열흘 이상의 거리입니다."

"……!"

내 말에 방 노사님의 눈동자가 커졌다.

물론 절정 이상의 고수라면 가능한 일이지만, 그건 상당히 힘든 일이다.

게다가 그 귀한 절정 이상의 고수를 고작 파발꾼으로 쓴다고?

말도 안 되는 소리지.

"그럼, 이 서신은……."

"네, 조작된 서신입니다."

"하지만 이 필체는 분명히 세경왕 전하의 필체다."

"그래서 제가 생각을 해 봤습니다. 그러다가 이 서신에서 이상한 점을 발견했습니다."

"어디 말이냐?"

나는 서신의 오른쪽 끝을 가리켰다.

"이곳의 여백이 좀 이상하지 않습니까? 너무 여백이 없습니다."

그러곤 계속 말을 이었다.

"세경왕 전하께서 종이가 아까워서 이리 쓰실 리는 없고, 무언가 이유가 있을 겁니다."

"계속 설명해 봐라."

"네. 여길 보시죠. 이 오른쪽에 작게 글자가 잘린 거 보이시나요?"

"……!"

방 노사님의 눈동자가 커졌다.

"그럼, 설마 이거?"

"네. 이거…… 서신을 자른 겁니다."

이건 거의 확실하다.

그렇지 않으면 이런 흔적이 남을 리가 없으니까.

그럼 문제, 과연 이 앞에는 무슨 내용이 있었을까?

"세경왕 전하는 어떤 분입니까?"

"음……."

잠시 생각하던 방 노사님이 입을 열었다.

"솔직히 괴짜라고 봐야지. 황실의 일원으로 태어났지만, 정치적인 견해를 내보이신 적도 없고…… 그냥 종일 정원에서 화초들을 가꾸는 것을 즐기시는 분이니까. 상냥하시면서도 다정하신 분이라서 황족들의 의지가 되는 분이시지."

"그거네요."

방 노사님의 말을 듣자, 머릿속에서 정리가 됐다.

"화초요. 이 서신들의 목적을 역천도의 일이 아닌 화초에 대한 조언이라고 생각해 보죠. 그러면 느낌이 아예 달라지지 않나요?"

나는 말을 이었다.

"뿌리를 뽑아야 한다는 말은, 아마도 잡초의 뿌리를 뽑아야 한다는 말이겠죠? 일전에 말한 대로 남김없이 제거해야 한다는 내용 역시 그와 관련된 내용일 거고요."

"그대로 지켜보라는 건, 서신을 보낸 때가 봄이니 파종 후 지켜보라는 이야기겠군."

나와 방 노사님의 눈이 마주쳤다.

기묘한 희열이 방 노사님의 눈에 차오르고 있었다.

"으하하하핫!"

방 노사님은 내 등을 팡팡 두들기며 말했다.

"이 기특한 것! 이 예쁜 것!"

"윽! 아, 아픕니다!"

"대체 어딜 갔다가 이제 온 것이냐? 좀 더 일찍 만났다면 내가 그 고생을 하지 않아도 되었을 텐데."

대신 제가 고생했겠죠.

그리고 그땐 제가 좀 많이 병약했습니다.

좀 진정이 되셨는지, 방 노사님은 의자에 앉으며 다른 화제를 꺼내셨다.

"그런데 말이다. 그럼 대체 누가 이런 짓을 한 걸까?"

"그것보다 왜 하필, 세경왕 전하를 음해했는지를 생각

해야 하는 거 아닐까요?"

"그것도 맞군."

"생각보다 간단한 문제일 수도 있습니다. 사흘 만에 서신을 주고받으려면 최소한 강서성 내에 진짜 수신인이 있다는 의미겠죠."

"강서성으로 사람을 보내야겠군."

.

.

.

방 노사님과 이야기를 마치고 황궁에서 나왔다.

"오래 기다렸지?"

"아닙니다요."

"그리 오래 기다리지 않았습니다."

팔갑과 호위들의 대답에 나는 뒷목을 긁적였다. 말은 그리했어도 오래 기다렸을 거다.

"이제 처소로 가시는 겁니까?"

"응."

나는 고개를 끄덕였다.

"그런데 팔갑아. 오늘은 왜 이렇게 달이 밝을까?"

"도련님, 저거 달이 아니라 해입니다요."

"……"

뭔가 민망해진 나는 슬그머니 고개를 돌렸다.

그러니까 황궁에서 밤을 새웠다는 거네.

그래도 의미 있는 밤이었다. 세경왕에게 씌워진 누명을

벗길 결정적인 증거를 발견했으니까.

나머지는 방 노사님께서 알아서 하실 거다.

그만한 능력은 있으신 분이니까.

.

.

.

그 후로 다시금 정신없는 나날을 보냈다.

이제 슬슬 여름이 다가오는 만큼, 새로운 작풍기도 내놓아야 했다.

그리고 등받이를 곡선으로 만들어 오래 앉아 있어도 허리가 아프지 않은 의자를 새로 출시했다.

출시하기 전에 미리 상단 내부에서 시험적으로 사용해 봤는데, 호평 일색이었다.

자세를 반듯하게 만들어 줘서 그런지 오래 앉아 있어도 힘들지 않다면서 말이다.

음, 이렇게 된 거 가구 쪽으로 진출해도 나쁘지 않을 것 같은데.

그리고 저녁에는 진영 대협에게 황궁 무공을 마저 배우기 시작했다.

워낙 바쁜 분이니만큼, 사흘에 걸쳐 한 번 오셔서 황궁 무공을 알려 주셨는데 덕분에 세경왕이 관련된 일이 어찌 진행되는지 알 수 있었다.

"이번에 강서성에 갔던 자들이 새로운 정보를 알아 왔다고 하네. 그런데 혹시 명걸상단이라고 아나?"

"알고 있습니다."

"그렇군. 사실, 그곳과 갈등이 있었다고 하네."

명걸상단.

그 이름을 어찌 잊을 수 있을까?

지난 삶에서 대행수의 병을 고치는 데 필요한 약재를 내주지 않았던 곳이다.

그런데 그곳과 갈등이 있었다고?

"명걸상단이 좀 거칠고 막나가는 면이 있다더군. 그래서 세를 키우는 와중에 희생당하는 사람도 있고, 악명도 꽤나 높은 모양이야. 그래서 세경왕 전하께서 한마디 했다고 하더군."

내 이전 삶에서 내가 약초를 필요로 했던 것을 세경왕이 어찌 알았을까?

그건 명걸상단을 주시하고 있었기 때문이다.

그리고 중요한 것 하나.

이전 삶에서 명걸상단을 상대하면 알게 된 사실이 있었는데, 바로 명걸상단의 뒤에 무림맹이 있다는 거다.

그게 나를 더욱더 분노하게 했었다.

공명정대하다는 무림맹을 뒷배로 둔 곳임에도 그렇게 비열하게 나왔다는 것이.

아무튼, 명걸상단이 그리 나왔다는 건 세경왕에게 누명을 씌운 건 무림맹의 의도라고 봐야겠지.

이전 삶에서는 없던 일이 지금 벌어진 이유가 뭘까?

답은 간단하다.

명걸상단을 통해 세를 키우려는 와중에 세경왕이 거슬렸던 거겠지.

하여 이 기회에 세경왕을 반역죄에 엮어 보내 버리려고 한 것일 터.

와…….

더럽고 무서운 놈들.

이전 삶과 달라진 무언가 때문에 이런 일이 벌어진 것일 텐데…….

내게 걸린 이상, 그대로 도망가게 놔둘 순 없지.

"저, 대협. 그럼 명걸상단에서 세경왕 전하를 음해했다는 겁니까?"

"그럴 가능성이 크지만, 아직 확실하지는 않네."

"그렇다면, 아마 그 뒤에 누군가 또 있을 겁니다."

"응?"

"일개 상단이 어찌 그런 간이 부은 짓을 하겠습니까?"

"그렇긴 하지."

"그리고 분명 증거도 있을 겁니다. 예를 들어…… 명걸상단의 무인 중에 소속이 다른 무인이 있다든지요."

무림맹에서는 반드시, 자신과 연관된 곳에는 무림맹 소속의 무사를 심어 놓으니까.

이렇게만 언질을 줘도 꼬리를 잡을 수 있을 거다.

.
.
.

그 후로 며칠이 지났다.

오늘도 평소처럼 그렇게 하루를 보내고 있을 때였다.

이제 곧 유월이다.

다행히 이번 보리농사가 죽 쑤지 않아서, 보릿고개가
그리 심하지는 않았다.

하지만 올해도 가을걷이는 흉년일 터.

"도련님! 도련님!"

그때 팔갑이 허겁지겁 달려왔다.

"응? 무슨 일이야?"

"진영 대협께서 오셨습니다요."

뭐지? 오늘은 황궁 무공을 배우는 날이 아닌데?

나는 의문을 품은 채 접빈실로 향했다.

내가 오기만을 기다렸다는 듯, 진영 대협이 자리에서
일어났다.

"서둘러 채비를 하게나."

"네?"

"황제 폐하께서 부르시네."

.

.

.

잠시 후,

나는 진영 대협과 함께 황궁으로 향했다.

그리고 가는 길에 대략적인 사정을 전해 들을 수 있었
다.

"그러니까, 그 배후가 무림맹이었다는 겁니까?"

내 물음에 진영 대협이 고개를 끄덕였다.

"그렇다네."

역시 내 생각대로군.

"무림맹에서 알아보니, 무림맹에 속해 있는 한 가문에서 그런 일을 벌인 모양이야."

꼬리 자르기를 하는 것도 내 예상대로고.

하지만 꼭 나쁜 건 아니다.

그렇게 하나둘씩 꼬리 자르기만 해도 세력이 약화되는 거니까.

"아무튼, 이번 일에 자네가 큰 도움이 되었다고 형부상서 대인께서 황제 폐하께 말씀을 드렸다네."

"아……."

그래서 내가 이렇게 불려 가는 거구나.

이내 황제 폐하의 집무실에 도착했고, 나 혼자 안으로 들어갔다.

그리고 황제 폐하에 대한 예를 갖추었다.

"고개를 들라."

"성은이 망극하옵니다."

나는 고개를 들었는데, 황제의 옆에는 태감이 아닌 다른 사람이 서 있었다.

음?

뭔가 낯익은 얼굴인데…….

"본인이 세경왕이네."

"아!"

나는 얼른 황족에 대한 예를 갖추었다.

"자네에 대해 궁금하여 황제 폐하께 부탁을 드렸다네."

그는 말을 이었다.

"덕분에 누명을 벗을 수가 있었네. 자네가 아니었다면…… 후, 생각만 해도 끔찍하군."

그 말에 황제가 고개를 끄덕였다.

"나 역시 그렇소."

황제는 나를 보며 말을 이었다.

"이번에 네 덕에 소중한 사람을 잃지 않을 수 있었다. 고맙구나."

"소상이 한 일은 없사옵니다. 그저, 운이 좋았을 뿐이옵니다."

나는 최선을 다해 내 공을 축소시켰다.

왜냐고?

까딱하다가는 황제가 "이제 황궁에 들어와서 일 해라." 라고 할 수도 있으니까.

그리고 방 노사님이 나를 바라보는 눈빛도 심상치가 않다는 말이지.

"그리 겸손하지 않아도 되네. 자네 덕분에 나와 내 식솔들의 목숨을 구한 건 사실이니."

세경왕은 올곧은 목소리로 말했다.

"내 이 은혜는 잊지 않을 것이네."

"……."

나는 그저 이전 삶의 은혜를 갚았을 뿐인데, 세경왕은 오히려 나에게 은혜를 갚겠다고 말하고 있었다.

나는 고개를 들어 그를 보았다.

이전 삶에 비해 세경왕의 눈빛은 더 단단해져 있었다. 이번 일로 인해 제법 많은 것을 겪고 깨달은 듯했다.

그래, 이런 분이 내 힘이 되어 준다면 좋은 일이지.

나는 좋게 좋게 생각하기로 했다.

"하실 말씀이 있는 것 같으니, 저는 먼저 나가 보겠습니다."

"이따가 함께 차 한 잔 합시다."

"알겠습니다."

그렇게 세경왕이 먼저 황제의 집무실에서 나갔다.

내게 감사를 표하기 위해 와 있던 모양.

"형부상서에게 들었다. 네가 먼저 조사에 끼어들겠다고 했다지?"

"네. 그렇습니다."

황제의 물음에 나는 얼른 대답했다.

"이유가 무엇이냐?"

"그건…… 확실히 하고 싶었습니다. 황족이 연관된 반역 사건이라면 필시 수많은 피가 흐를 겁니다. 만약 잘못된 것이라면 꼭 바로잡고 싶었습니다."

내가 이전 삶에서 세경왕을 만나 봤고, 그래서 그분이 그럴 리가 없다고 생각했다고는 말할 수 없으니까.

"아무튼, 고맙구나."

그리 말하는 황제의 눈매가 부드럽게 희어졌다.

어?

지금 미소를 지으신 건가? 웃으신 거 맞지?

내가 지금 본 게 진짜인가 싶었다.

"세경왕은, 사촌 형은 외로웠던 나에게 많은 힘이 되어 주었던 사람이지."

"……."

"덕분에 큰 실수를 면할 수 있었다. 고맙구나."

"아니옵니다. 소상은 그저……."

"나 역시 이번 일을 잊지 않을 것이다. 하여 너의 청을 하나 들어주도록 하겠다."

황제에게 한 가지 부탁을 할 수 있는 기회라니!

엄청난 기회였다.

"그럼 이만 나가 보도록 해라."

"소상, 이만 물러가겠습니다."

그렇게 나는 황제 앞에서 물러났고, 문 앞에서 기다리고 있던 진영 대협과 함께 황궁을 걸었다.

"아, 그런데 명결상단은 어찌 되었습니까?"

"감히 황족을 음해했는데, 멀쩡하겠나?"

이렇게 내 지난 삶에서의 은원에 대한 정산은 깔끔하게 끝냈다.

덤으로 몇 가지 이득도 얻었고.

76장. 특별의뢰

특별의뢰

날씨가 본격적으로 더워지더니, 칠월에 접어들었다.

임시 처소의 회의실 안에서는 작풍기가 쉴 새 없이 돌아가고 있었다.

그리고 제국 전역에서 모여든, 작풍기 판매를 위임받은 상단의 사람들이 회의실에 모여 있었다.

"수작풍기의 수요가 너무 많습니다. 공급을 좀 늘려 주셔야겠습니다."

"맞습니다. 지금 사흘째 줄을 서고 있는 사람들도 있습니다."

"대책이 필요합니다."

그리고 나는 생각지도 못한 난관으로 인해 진땀을 흘리고 있었다.

그 이유는, 다름 아닌 이번에 새로 선보인 작은 작풍기 때문이었다.

손에 들고 다닌다고 하여 수작풍기라 부르는 건데, 인기가 너무 많아서 공급이 수요를 따라가지 못하고 있었다.

그렇다고 공급을 마구잡이로 늘릴 수도 없는 게, 결국 시간이 지나면 수요는 떨어지기 마련이기 때문이다.

그렇게 되면 그로 인한 손해는 모조리 우리 쪽에서 감수해야 하니, 이 균형을 잘 맞추어야 했다.

그래도 이전에는 핵심 부품을 공밀이 혼자 만들었다면, 이번에는 믿을 만한 장인이 몇 명 더 투입되었다.

배신하지 않을 만한 장인들로만 골랐고, 덕분에 이전보다 더 공급을 늘렸는데도 이 정도인 거다.

그렇게 회의를 끝내고 집무실로 돌아왔다.

긴장이 풀려, 서탁 위에 엎드려 휴식을 취하려 했다.

하지만 그럴 수가 없었다.

"저, 들어가겠습니다."

여창의 부관의 목소리다.

"들어오세요."

그는 집무실에 들어오다가, 서탁 위에 엎어져 있는 나를 보며 말했다.

"일이 잘 되어도 힘들다는 것이 뭔가 좀 그렇습니다."

여창의 부관의 말에 나는 하하 웃으며 몸을 일으켰다.

"그래도, 일이 잘되어서 힘든 게 낫죠. 일이 잘 안 풀려서 힘들면 그건…… 좀 싫네요."

"그것도 맞는 말씀입니다."

"결재 받으러 오셨죠?"

"네."

나는 서류를 살피고, 도장을 찍어 주었다.

"더우시죠?"

"여름이니까요."

덥다는 말이구나.

"그래도 이상하게 소단주님의 집무실 안은 시원합니다."

그럴 수밖에 없는 게, 내가 극음의 무공을 익히고 있기 때문이다.

여창의 부관이 나가고, 하던 일을 계속 이어서 하고 있을 때였다.

"도련님, 은 지부장님 오셨습니다요."

"드시라고 해."

문이 열리고 은 지부장이 들어왔다.

"오셨습니까?"

"네, 소단주님. 드디어 북경지부가 완공되었습니다."

"그것참 반가운 소식이군요."

나는 자리에서 일어났다.

"얼른 보러 가야겠네요."

잠시 후.

우리는 북경지부 앞에 도착했다.

내가 직접 터를 고른 곳에 새로 지어진 멋들어진 새 건물이다.

"진짜 멋진 건물입니다요!"

팔갑의 말에 다른 호위들 역시 고개를 끄덕였다. 북경지부의 건물을 보러 간다는 말에 여섯 명의 호위들이 모두 따라왔다.

"그럼, 건물을 안내해 드리겠습니다."

"네."

은 지부장의 표정은 뭔가 뿌듯한 표정이었다.

그동안 북경에 있는 상점의 점주였다가 이제 정식으로 북경지부의 지부장을 맡게 되었으니 당연한 건가?

사실 본단에서는 북경지부의 지부장으로 다른 사람을 앉혀야 하는 거 아니냐는 의견이 있었다.

하지만 나는 은 지부장에게 북경지부를 맡길 것을 주장했다.

그건 은 지부장의 능력을 알기 때문이다.

한 지부를 이끌어 나갈 능력이 있는 것도 맞지만, 내가 주목한 그의 최대 장점은 그 어떤 일이 있어도 흔들리지 않고 나아가는 뚝심이었다.

이전 삶에서 처음 인선 실패로 흔들렸던 북경지부를 다 잡은 인물이 바로 눈앞의 은청인 지부장이었다.

"차장 먼저 봅시다."

"알겠습니다. 역시 상단 건물의 꽃은 차장이죠."

북경지부의 구조는 본단의 구조와 대동소이했다. 그 말

은 즉, 큰 차장도 있다는 의미다.

그렇다고 마차가 아무 제약 없이 오갈 수 있다고 착각하면 안 된다.

보안은 중요했기에, 마차가 오갈 때 검문검색은 필수였으니까.

특히 이곳 북경은 더더욱 중요했다.

까딱하다가는 상단이 풍비박산이 날 테니까.

"이 정도면 훌륭하군요."

"저도 그렇게 생각합니다."

차장을 시작으로 우리는 북경지부의 곳곳을 둘러보았다.

행수들과 일꾼들의 처소와 식당, 그리고 무사들이 머무는 곳과 연무장, 욕탕, 집무실 등등.

내 머릿속의 건물을 그대로 옮겨 놓은 듯한 모습에 나는 감동을 받았다.

"와! 도련님의 집무실이 엄청 쾌적합니다요."

현풍국 안에 있는 내 새 집무실 역시 무척 좋았다.

"직원들도 좋아하겠죠?"

"벌써 입주하고 싶어서 몸이 근질근질해합니다."

하지만 당장 입주할 순 없다.

공부에 준공검사를 받아야 했기 때문이다.

"그럼 공부에 연락해서 준공검사를 요청하세요."

"알겠습니다."

* * *

황궁의 육부 중 한 곳인 공부의 주 업무는 건축에 관련된 것들이다.

건물과 관도 등등이 모두 공부의 업무인 것.

그러나 그것들은 확 와닿지 않는 것들이라 그런지 다른 육부에 비해 관심도가 낮은 편이었다.

하지만 공부의 관리들은 그게 싫지 않았다.

그 말은 즉, 약간의 비리를 저질러도 쉽게 발각되지 않는다는 의미니까.

"이번에 준공검사 신청 들어왔습니다."

"오? 그래? 어딘데?"

"은해상단에서 지은 건물 건입니다."

"제법 큰 상단에서 지은 건물이니, 그만큼 단물 좀 빨 수 있겠네."

"그런데 지금까지 한 번도 저희를 부른 적이 없습니다."

"그래, 그게 문제지."

그것이 공부 관리들의 자존심을 건드렸다.

북경에서 그렇게 큰 건물을 짓는다면 자신들을 찾아오는 게 당연하니까.

목구멍에 기름칠 좀 해 주고, 주머니도 좀 짤랑거리게 해 줘야 자신들도 기분 좋게 일을 처리해 주지 않겠는가?

그러나 은해상단에서는 그런 '과정'을 하나도 거치지 않았다.

"어찌할까요?"

"잘 지어 둔 건물을 쓰지 못하고 있으면 똥줄 좀 타겠지?"

"그렇겠죠. 현명하신 생각입니다."

"그런데 저, 은해상단에는 은서호 소단주가 있습니다."

은서호로 인해 호부의 관리들이 곤욕을 당했다는 건 제법 유명한 이야기였다.

그 관리는 그 점을 지적한 것.

하지만 선임 관리는 그 걱정을 일축했다.

"그건 호부에서 멍청한 짓을 한 거고. 눈에 띄게 그러면 당연히 말이 나오지. 암!"

"그렇죠."

"하지만 우린 합법적으로 압박할 수 있지."

그는 미소를 지으며 말을 이었다.

"차일피일 핑계 대면서 미루면 그쪽에서도 깨닫는 것이 있겠지."

* * *

북경지부가 완공된 지 닷새가 지났다.

평소대로 일하면서, 동시에 이사할 준비를 하고 있는데, 은 지부장이 나를 찾아왔다.

"표정을 보니 별로 좋은 일은 아닌 듯하네요."

내 말에 그는 한숨을 내쉬었다.

"예. 벌써 닷새가 지났습니다만, 아직도 공부에서는 감 감무소식입니다."

"역시 그런가요?"

"네, 역시 그런 듯합니다."

내가 알기로 공부의 관리들이 나와서 준공검사를 해 주는 건 아무리 늦어도 사흘이면 끝난다.

그런데 닷새가 지났음에도 소식조차 없다는 건 그쪽이 뭔가 바라는 게 있다는 거다.

이를테면, 떡고물 같은 거.

물론 줄 수도 있다.

하지만 지금 시기에 줬다가는 사건에 휘말릴 수 있다는 것을 뻔히 아는데 주면 바보지.

그 일이 벌어지는 건 구월에서 시월 사이.

하지만 그때까지 손 놓고 있기엔 시간이 너무 아깝지.

나는 이때를 위해 준비한 것을 챙기며 자리에서 일어났다.

"공부로 갑시다."

.

.

.

잠시 후,

나는 은 지부장과 함께 황궁으로 향했고, 공부에 방문

연락을 넣었다.

잠시 후. 한 직원이 나와 우리를 찾았다.

"은해상단의 은서호 소단주와 은청인 지부장 계십니까?"

"네, 여깁니다."

"저를 따라오시면 됩니다."

다행히 우리는 오래 기다리지 않았다. 호부에서의 교훈이 있으니 당연히 그렇게 하지는 않겠지.

우리는 공부 건물 안으로 들어갔다.

그곳의 접빈실에서 잠시 기다리자, 관리 한 명이 우리를 만나러 왔다.

"준공검사 관련해서 오셨다고요?"

"네. 그렇습니다."

그는 서류를 들추며 말을 이었다.

"어떤 건물에 대한 건인지 말씀해 주시겠습니까?"

"은해상단에서 지은 건물입니다. 건물의 위치는……."

"아, 여기 있군요."

그는 우리가 아닌 서류를 보며 말을 이었다.

"닷새 전에 준공검사를 신청하셨군요."

"네. 그렇습니다. 준공검사를 언제쯤 나올 수 있으십니까?"

"저희가 일정이 좀 많이 밀려 있어서 좀 더 기다리셔야 할 듯합니다."

"언제까지 기다려야 합니까?"

"죄송합니다. 저희도 밀린 일이 많아서 확답을 드리기가 좀 어렵습니다."

아 놔, 이 자식들이.

뒷목이 살짝 당겼다.

"그럼 저는 이만."

그 관리는 할 말이 끝났다는 듯, 그대로 뒤돌아 나가려 했다.

어쩔 수 없네. 황제 폐하께서 주신 거 쓸 수밖에.

"잠시만요."

"네? 아직 용건이 남았습니까?"

나는 대답 대신 두루마리를 내밀었고, 그는 고개를 갸웃거리며 그것을 받았다.

"이게 뭡니까?"

"펼쳐 보십시오."

내 말에 그는 두루마리를 펼쳤다.

그리고······ 하나, 둘, 셋.

내 짐작대로 셋을 세기도 전에 그의 얼굴이 새파랗게 질렸다.

내가 황제에게 받은 두루마리.

그건 은해상단에 대한 일을 우선으로 처리하라는 황제의 명령이 적힌 두루마리다.

게다가 옥새까지 쾅 찍혀 있지.

"이, 이건······."

"황제 폐하의 성지가 담긴 문서입니다."

"헉!"

내 말에 그는 얼른 그 자리에 무릎을 꿇고 예를 갖추었다.

그 모습을 보니 속이 시원했다.

"그럼, 빠른 처리 부탁드립니다."

"아, 알겠습니다."

나는 그것을 돌려받았다.

이거 사용 횟수에 제한이 없거든.

그 고생을 하면서 감숙성에 다녀온 보람이 있었다.

.

.

.

그날 오후.

공부에서 관리들이 파견 나왔고, 은해상단의 북경지부 건물에 대한 준공검사를 실시했다.

그리고 바로 그날, 합격증을 내주었다.

공부의 관리들이 이를 박박 갈겠지만, 이미 내 손에는 준공검사 합격증이 들려 있지.

"수고 많으셨습니다."

"험, 험험……."

그렇게 그들은 떨떠름한 표정으로 돌아갔다.

나는 은 지부장에게 말했다.

"지부장님."

"네."

"이제 이사합시다."

"알겠습니다."

보통 이런 큰 건물에 입주할 때는 기념 연회를 열곤 하지만, 지금은 상황이 별로 좋지 않다.

작년만 해도 할 만했을 텐데, 지금은 한층 더 상황이 악화됐으니까.

"아쉽지만, 입주 연회는 힘들 듯합니다."

"저 역시 그리 생각합니다. 지금 그런 것을 하기엔 영 시기가 좋지 않습니다."

"아버지께서도 연회는 건너뛰라고 하셨습니다. 그러니 곧바로 새 건물에서 업무를 시작하는 것으로 하겠습니다."

"그렇게 하겠습니다."

"그나저나 정식으로 북경 지부장이 되신 기분이 어떠십니까?"

내 물음에 은 지부장은 기분 좋은 웃음을 지었다.

"최곱니다!"

그렇게 우리는 사흘에 걸쳐 새 건물로 이사를 했다.

옮겨야 할 것도 많고, 정리해야 할 것도 많았으니까.

"고생 많으셨습니다."

내 격려에 호위 무사들이 말했다.

"아닙니다. 저희 역시 은해상단의 일원이니 당연히 열심히 나서야 하지 않겠습니까?"

이사를 하기 위해서는 무거운 짐들을 옮겨야 했는데, 내 호위 무사들이 고수인 만큼 큰 도움이 되었다.

"오늘 일에 대해, 일당을 쳐 드리겠습니다."

"안 그러셔도 됩니다."

"사양하지 마십시오. 제가 공으로 사람을 부리는 것을 싫어해서 그럽니다."

내 강권에 결국 호위 무사들은 내 뜻을 받아들였다.

나는 그들에게 일당을 나눠 주고는 집무실로 들어갔다.

아직 새롭게 지어진 건물이라 조금 낯설지만, 곧 적응되겠지.

나는 지필묵을 꺼내어 아버지에게 보내는 서신을 썼다. 무사히 잘 입주했다는 그런 내용의 서신이다.

서신은 금령이에게 부탁했다.

물론 그 대가로 은자 하나를 줘야 했지만.

그러고 보니 고모부님과 고모님을 초대해야겠네. 이렇게 지척에 있는데 부르지 않으면 안 되겠지.

그렇게 나는 내가 해야 할 일을 하나하나 짚어 보았다.

별다른 일은 없으니, 좀 편하게 북경에서 지낼 수 있겠구나 싶었다.

이틀 뒤.

고모부님과 고모님이 북경지부에 방문하셨다.

내 초대에 응해 주신 거다.

"어서 오십시오."

"밖에서 봤을 때도 멋졌는데, 안에는 더 멋지구나."

"감사합니다."

고모님은 북경지부의 모습을 보며 감회가 새로운 표정을 지으셨다.

왜냐하면, 본단과 이곳의 구조가 거의 비슷하거든.

나는 직접 두 분에게 북경지부의 곳곳을 구경시켜 드렸다.

그렇게 즐거운 시간을 보낸 후, 두 분은 돌아가셨다.

이제 나도 내 일을 좀 하려고 할 때, 팔갑이 손님이 오셨음을 알렸다.

손님이 오셨다고?

방문 약속이 되어 있는 분은 없는데? 누구지?

"누구신데?"

"그게 말입니다요. 귀주성의 포정사 대인이십니다요."

"뭐?"

포정사라면, 한 성의 행정의 수장이다. 즉, 엄청난 권력을 가진 인물이라는 것.

그런 분이 왜 직접 오신 거지?

그것도 귀주성의 포정사가 왜 나한테?

"얼른 접빈실로 모셔."

"안 그래도 접빈실로 모셨습니다요."

나는 얼른 의관을 정제하고 접빈실로 향했다.

안에는 중년의 남자가 앉아 있었고, 그 뒤에는 호위가

서 있었다.

"소상, 은서호. 포정사 대인을 뵙습니다."

"반갑네."

어지간히 시급한 일인지, 그는 내가 자리에 앉자마자 본론을 꺼냈다.

"내가 이리 온 건, 의뢰를 하고자 함이네."

"네?"

"눈(雪)을 구해 주게나."

포정사의 말에 순간 나는 당황했다.

눈?

이 칠월에 눈?

혹시 내가 잘못 들은 건가?

나는 포정사에게 다시 물었다.

"저, 포정사 대인. 지금 말씀하신 것이 그 겨울에 하늘에서 내리는 눈입니까?"

"그렇다네."

"……."

혹시 나를 놀리는 건가 싶어 상대의 얼굴을 살폈지만, 그는 매우 진지했다.

그렇다면 필시, 뭔가 이유가 있을 터.

"대인께서 눈을 구하시는 이유를 여쭤도 되겠습니까?"

"후, 사실…… 나에게는 병석에 누워 있는 딸이 있다네."

아, 그러고 보니 그랬지.

지난 삶에서 귀주성 포정사의 얼굴은 본 적이 없지만,

그 사실은 알고 있었다.

사기꾼 때문에 그의 딸이 죽었다는 이야기는 제법 유명했으니까.

귀주성 포정사는 딸의 소원을 들어주기 위해 귀주성의 한 상단에 의뢰했다고 한다.

우리도 여러 번 의뢰를 받은 적이 있었듯, 상단에 물건을 구해 달라는 의뢰는 종종 있는 일이니까.

그 상단은 귀주성에서 세 손가락 안에 드는 상단이었는데, 의뢰 과정에서 그들이 사기를 치는 바람에 그의 딸이 죽었다고 한다.

결국, 귀주성 포정사의 노여움을 산 그 상단은 쫄딱 망했다.

나와는 전혀 상관없는 이야기였기에 무슨 의뢰였는지까지는 알지 못했는데, 지금에야 알 수 있었다.

눈을 구해 달라는 의뢰였던 거다.

이 의뢰의 난이도가 높은 것과는 별개로, 무슨 장난을 쳤기에 그걸로 딸이 죽은 거지?

포정사는 무거운 한숨을 내쉬며 말했다.

"내 딸은 지금까지 한 번도 눈을 본 적이 없다네."

"혹시, 따님께서는 태어나서 지금까지 귀주성을 벗어나신 적이 없으십니까?"

내 물음에 그는 고개를 끄덕였다.

그렇다면 지금까지 눈을 본 적이 없다는 말이 이해되었다.

귀주성은 겨울에도 따뜻해서 비가 내리지, 눈이 내리지 않으니까.

눈이 내린다고 해도 땅에 닿을 땐 이미 다 녹아 버린다.

"그런데, 내가 구해다 준 서책에서 눈에 대한 것을 읽은 모양이야."

이유는 알겠고, 여기서 정확하게 해야 할 것이 있었다.

"따님이 원하는 건 눈을 보는 겁니까? 눈을 만지는 겁니까? 아니면 눈이 내리는 것을 보는 겁니까?"

"사실, 아이가 원하는 건 눈 내리는 풍경을 보는 것이지만…… 그건 귀주에서는 불가능한 일. 그건 그 아이도 알고 있네."

그는 말을 이었다.

"그래서 눈을 직접 만져 보고라도 싶다는군."

"그렇군요."

"나도 무리한 부탁이라는 건 잘 아네. 더군다나 지금은 여름이니만큼 더욱 무리한 부탁이겠지. 하지만 내 딸이 언제 죽을지 알 수 없는 만큼 내 이리 서두를 수밖에 없다네."

그리 말하는 포정사의 목소리에서는 딸의 소원을 들어주고 싶다는 그 간절함이 느껴졌다.

이 시기에 눈을 구하기 위해서라면 북해 쪽으로 가는 수밖에 없다.

보통 사람들에게는 불가능한 일이지만, 내게는 불가능

한 일이 아니다.

북해로 가는 길도 알고 있고, 갈 능력도 있다. 또한 내가 극음의 무공을 익히고 있으니 그 눈을 녹지 않게 가져올 수도 있다.

그렇다면 이건 기회라고 할 수 있다.

귀주성은 차와 과일과 목축업이 발달한 곳이기에 우리 상단에도 도움이 될 것이다.

만약 이 의뢰에 실패한다고 해도 이상한 짓만 하지 않는다면 해코지는 하지 않으실 터.

이 의뢰가 불가능에 가깝다는 것은 본인도 인지하고 있었으니까.

그런데 문득 의문이 들었다.

"저, 그런데 왜 하필 저희 은해상단입니까? 귀주성에도 능력 있는 상단이 많지 않습니까?"

"그렇긴 하지."

포정사는 고개를 끄덕이며 대답했다.

"안 그래도 원래는 귀주성의 상단에 의뢰를 할 생각이었는데, 우연찮게 은해상단을 추천받았네. 볼일이 있어 공부를 찾았는데, 그곳의 관리들이 그대들을 적극적으로 추천하더군. 능력 있는 상단이니 내가 원하는 것을 구해 줄 수 있을 거라고."

그 순간, 뒷목이 살짝 당겼다.

아, 놔…… 이 새끼들이.

공부 관리들이 나에게 복수하기 위해 상대에게 나를 추

천한 것이다.

하지만 나는 분노하지 않고 미소 지었다.

분명 그들은 내가 무척 곤란해 할 거라고 생각하겠지. 그런데 어쩌지? 나는 전혀 곤란하지 않은데.

나에게 이런 기회를 준 것이 오히려 고맙게 느껴졌다.

그리고 몇 개월 후, 여러 건물이 무너지면서 공부는 탈탈 털릴 터.

쯧쯧, 나를 엿 먹이려고 궁리하기 전에 본인들 앞가림이나 잘할 것이지.

포정사가 간절한 표정으로 말했다.

"돈은 얼마가 들든 상관없네. 대신 빠르면 빠를수록 좋아. 가능하겠는가?"

"알겠습니다. 이 의뢰, 받아들이겠습니다."

내 말에 그는 내 손을 덥석 잡으며 말했다.

"고맙네!"

귀주성의 포정사는 내게 착수금 명목으로 거액을 주고 돌아갔다.

물론 이번 의뢰에 실패하면 고스란히 뱉어내야 할 돈이었지만 말이다.

우선 나는 아버지에게 이번 일에 대한 자초지종을 적은 서신을 보냈다.

"꾸이!"

금령이는 야무지게 은자 하나를 먹어치우더니, 다음 날

아버지의 답신을 가지고 돌아왔다.

[그것참, 계륵과도 같은 의뢰로구나! 하지만 성공한다면 우리에게 큰 도움이 될 건 자명한 사실.]

역시 아버지는 현상을 정확하게 보고 계셨다.

[이번 의뢰를 받아들이기로 했다는 건 자신이 있다는 거겠지. 몸 조심히 잘 다녀오너라.]

나는 미소 지으며 서신을 갈무리했다. 그리고 팔갑을 불렀다.
"팔갑아!"
"네, 부르셨습니까요?"
"내가 주문한 상자는 언제쯤 준비될까?"
"거액의 추가금을 제시한 덕분에, 내일까지는 준비가 될 듯합니다요."
이번 의뢰를 해결하기 위해서는 특수한 상자가 반드시 필요했기에, 미리 제작을 의뢰해 두었다.
상자를 만들고, 그 상자를 다시 감싸는 형태로 큰 상자를 만들고 상자와 상자 사이를 지푸라기로 채운 특수한 상자였다.
최대한 단열 효과를 주기 위한 구조로, 그 안에 눈을 채워서 가져올 예정이다.

사실 태음빙해신공으로 눈을 만들 수 있긴 했다.

하늘에 물을 뿌리고, 그 물을 얼리면 눈이니까.

그러나 지금의 내 실력으로는 가져가서 만지게 할 정도의 눈을 만들기 어렵다.

그러니 눈을 북해에서 챙기고, 상자를 차갑게 해서 눈이 녹지 않게 가져오는 것이 최선이다.

게다가 내 무공은 남에게 함부로 보일 만한 게 아니기도 하고.

나는 대외적으로 극천검 곽훈의 성명절기인 천류빙검을 이어받았다고 알려져 있었다.

그러나 천류빙검은 눈을 만들 수 있을 정도로 극음의 무공은 아니니까.

이것저것 생각해 봤을 때 좀 고생스럽기는 해도 직접 북해에 다녀오는 것이 가장 좋은 방법이라는 거지.

다음 날, 상자가 준비되었다.

그리고 북해의 추운 날씨를 견디게 해 줄 두꺼운 털옷도 준비했다.

모든 준비를 끝내고, 우리는 북해로 출발했다.

.

.

.

이번에는 북경에서 출발하는 만큼, 이전의 북해행보다 시일을 훨씬 단축할 수 있었다.

우리는 며칠 지나지 않아 요녕 땅에 들어섰다.

조금 돌아가면 내 친우인 광준상단의 복윤 소단주를 만날 수 있지만, 이번에는 서둘러야 하는 만큼 들르지 않을 생각이었다.

그런데,

"아니! 이게 누굽니까? 은 소단주 아닙니까?"

"복 소단주?"

묵어가기 위해 들린 객잔에서 복윤 소단주를 만난 것이다.

"이곳까지 기별도 없이 어쩐 일입니까?"

복윤 소단주의 물음에 나는 멋쩍게 대답했다.

"북해에 볼일이 있어 가던 중이었습니다. 그리고 여유를 부릴 수 있는 일이 아니었기에 기별하지 않았습니다. 죄송합니다."

"아닙니다! 사정이 그러한데 왜 사과를 하십니까? 저는 그런 사정도 헤아리지 못할 정도로 속이 좁지 않습니다."

그는 웃으며 손을 내젓고는 말을 이었다.

"오늘 저녁이라도 함께 드시지요."

"알겠습니다."

그렇게 나는 복 소단주와 함께 객잔에서 저녁을 먹은 후 차를 마셨다.

복 소단주가 먼저 말을 꺼냈다.

"사실, 저는 북경에 가던 중이었습니다."

"그러셨군요."

"마침 은 소단주가 북경에 있다고 들어서 출발하기 전에 서신을 보냈는데, 벌써 여기 계신 것을 보니 서신이 도착하기 전에 출발하신 모양입니다."

"이런, 서로 길이 엇갈릴 뻔했군요."

"그러게 말입니다. 그래도 이렇게 만난 것을 보니, 이 만남은 하늘의 뜻인가 봅니다."

복 소단주는 말을 이었다.

"사실 저번에 낙양에서 은혜를 입은 것도 있고, 감사한 마음에 준비한 게 있습니다."

"……?"

무엇을 준비했다는 거지?

그는 옷소매에서 작은 상자 하나를 꺼내어 내밀었다.

"열어 보십시오."

나는 그 상자를 열어 보고는 살짝 놀랐다.

어라? 이건 호각인데?

"이건 귀 상단의 사람이라는 그 표식 아닙니까?"

"맞습니다."

그는 웃으며 말을 이었다.

"북해에 종종 가실 일이 있는 듯한데, 그때마다 요긴하게 쓰이실 것 같아 하나 더 제작했습니다."

"하지만 이건, 귀 상단에도 몇 개 없다고 들었습니다."

정확히는 상단주와 소단주 그리고 대행수 두 명만 가지고 있다고 들었다.

"아버지께서 직접 제작하라 명하신 겁니다. 그만큼 당

시 고마우셨나 봅니다. 그러니 사양하지 마십시오."

수레를 끌고 가는 만큼, 속도는 말을 타고 달리는 것보다는 느렸다.

그래서 북쪽의 부족들이 사는 곳을 어찌 통과해야 하나 고민하고 있었다.

개인적인 일을 위해 호각을 빌리기에는 좀 미안했으니까.

그런데 이렇게 호각을 선물 받다니!

정말 고마웠다.

"요긴하게 잘 쓰겠습니다. 상단주님께도 감사하다고 전해 주십시오."

"그리하지요."

"오늘은 이렇게 잠깐의 만남이지만, 다음에 반드시 상단에 들르겠습니다."

"그때를 고대하겠습니다."

다음 날.

복윤 소단주는 북경으로 향했고, 나는 북해로 향했다.

북해행이 처음이 아닌 네 명의 호위들과 달리 명종 무사와 창운 무사는 사방이 황량하니 그게 이상한 모양이었다.

"드넓은 초원만 보이니까 살짝 현기증 나죠?"

내 물음에 그들은 눈치를 보았다. 뭐라고 대답해야 하는지 고민한 거겠지.

"저도 처음에는 그랬습니다. 정말 가도 가도 끝도 없는 초원이니까요. 그런데 몇 번 오니 이것도 익숙하네요."

옆에서 서우 무사가 말했다.

"자네들도 곧 익숙해질 거네."

그 말에 이어 여응암 무사가 말했다.

"하긴, 주군과 함께 하다 보면 강제로라도 익숙해질 수밖에 없지."

그 말에 내가 투덜거렸다.

"그거, 지금 저 들으라고 하는 소리인가요?"

"아이쿠! 눈치채셨습니까? 하하하."

가장 경력이 오래된 무사라 그런지, 어떨 땐 능청스러운 것이 능구렁이가 따로 없다.

"그래도 덕분에 다른 이들은 평생 구경도 못 하는 곳을 구경할 수 있으니, 얼마나 좋은지 모릅니다."

"그만큼 고생이기도 하고요?"

"저는 거기까지는 말씀드리지 않았습니다."

"그래도, 고맙긴 하네요. 제가 가는 곳이 어디든 군말 없이 따라와 주셔서요."

"그리 말씀하시면 제가 심히 부끄러워집니다."

"그러라고 한 말입니다."

"아이쿠! 이거 제가 한 방 먹었군요. 하하하."

"하하하하."

덕분에 분위기가 한결 좋아졌다.

"여러분들의 그 충심, 결코 잊지 않을 겁니다."

이건 진심이다.

이렇게 좋은 호위무사를 만날 수 있다는 것이 얼마나 큰 행운인지 이전 삶을 통해 경험했었으니까.

우리는 노숙을 해 가면서 요녕 땅을 벗어났다.

그리고 초원의 부족들이 사는 땅으로 접어들었는데, 복윤 소단주가 선물해 준 호각이 제 몫을 톡톡히 했다.

광준 상단과 우호적인 부족의 도움을 받아 부족한 물자를 보충할 수 있었으니까.

물론 그렇지 않은 부족들과는 전투가 벌어질 뻔했지만, 그들은 내 얼굴을 보자마자 부리나케 줄행랑을 쳤다.

내가 볼 때 전에 빙해린 소궁주와 동행했던 것을 저들이 기억하고 있는 듯했다.

북해빙궁은 공포의 대상이었으니까.

그렇게 우리는 드디어 북해 입구에 있는 은해상단 지부에 도착할 수 있었다.

"어디서 오셨습니까?"

지부를 지키는 문지기의 말에 나는 소단주의 패를 내밀며 말했다.

"은해상단의 소단주, 은서호입니다."

"헉! 소단주님을 뵙습니다!"

그는 얼른 고개를 숙이고 문을 열었다.

"어서 안으로 드시지요."

우리는 접빈실로 안내되었고, 곧 수 지부장이 나와 우리를 맞이했다.

"소단주님을 뵙습니다."

"오랜만에 뵙습니다."

수 지부장의 나이는 결코 적다고 할 수 없었다. 그런데 이전보다 훨씬 몸이 좋아져 있었다.

"이곳의 기운이 좋긴 좋은가 봅니다. 어째 회춘하신 듯합니다."

내 말에 그는 껄껄 웃었다.

"이곳의 부족민들과 함께 사냥하러 다니다 보니, 저절로 몸이 좋아지더군요."

그래도 이건 좀 급작스러운 변화인데?

"그런데 이 북해까지는 무슨 일이십니까?"

"아, 눈을 가지러 왔습니다."

"네? 눈을 말입니까?"

내 말에 그는 영문을 모르겠다는 표정이었다.

예상했던 반응이다.

"눈을 구해 달라는 의뢰를 받았습니다."

"지금은 칠월이 아닙니까?"

"맞습니다. 그래서 여기까지 온 것입니다."

잠시 말문이 막힌 그는 곧 평정을 되찾고 나에게 말했다.

"고생이시군요."

"별말씀을요. 다 상단을 위한 일입니다."

"그럼 눈을 가지러 저 위쪽으로 가셔야겠군요."

"네, 최대한 빨리 움직여야 하기에 내일 아침 일찍 다녀오려고 합니다."

"그렇군요. 그러시면 하나 말씀드릴 게 있습니다."

"무엇입니까?"

"요즘 북해에 사람을 해치는 사람 모양의 영물이 나타난다는 소문이 있습니다."

처음 듣는 이야기다.

뭐지?

나는 다시 물었다.

"네? 사람 모양의 영물이요?"

"네. 벌써 부족민 여럿이 당했습니다. 다행히 죽은 사람은 없지만 그들의 말에 의하면 사람의 모습이라고 합니다."

"그럼, 사람 아닙니까?"

그는 난감한 표정으로 말했다.

"그게, 사람이라고 하기에는 행동이 너무 짐승 같다고 합니다."

말로만 들어서는 영 감이 잡히지 않아서, 고개를 갸웃할 수밖에 없었다.

"언제부터 나타났습니까?"

"보름 남짓 되었을 겁니다. 아직 사망자는 없지만 이러다가 정말 죽는 이들이 나올까 봐 부족민들의 걱정이 이만저만이 아닙니다."

확실히 걱정될 만도 하군.

하지만 그게 걱정된다고 움직이지 않을 수도 없다.

깨끗한 눈을 가득 채우기 위해서는 좀 더 깊숙이 들어가야 했으니까.

게다가 사냥꾼 부족의 안전도 문제다.

그들의 안전을 지켜 줘야 안정적으로 짐승 가죽을 공급받을 수 있으니까.

"일단 거래처의 안전을 위해 은풍대의 무사들이 함께 나가 사냥을 하고 있습니다."

"그렇군요. 현명한 판단입니다."

"아무튼, 조심하셔야 합니다."

그렇게 수 지부장과 이야기를 나누고 있던 중, 누군가의 다급한 목소리가 들려왔다.

"지부장님! 지부장님! 큰일입니다!"

수 지부장이 나를 보았고, 나는 고개를 끄덕이며 말했다.

"들어오라 하십시오."

"들어와라."

한 직원이 숨을 헐떡이며 들어왔다.

"무슨 일이냐?"

"큰일입니다! 지금 사냥꾼 부족과 함께 사냥에 나섰던 은풍대 무사들이 그 기괴한 영물에게 피습을 당했습니다."

"뭐라?"

나는 그에게 물었다.

"지금 그들은 어디에 있습니까?"

"아직 그곳에 있습니다."

그 말에 수 지부장이 말했다.

"지금 당장 은풍대 무사들을 모아라, 내가 직접 그곳으로 가겠다."

그 말에 나도 자리에서 일어나며 말했다.

"저도 가겠습니다."

.

.

.

잠시 후, 우리는 은풍대 무사들이 습격당한 곳에 도착했다.

"상황은?"

수 지부장의 물음에 그들 중 하나가 힘없는 목소리로 대답했다.

"얼마 지나지 않아 도망갔습니다. 다행히 죽은 이는 없지만, 부상이 심해서 이동하기 쉽지 않을 듯합니다."

그자가 제일 멀쩡했지만, 서 있는 것이 고작이었다.

다른 사냥꾼들과 은풍대 무사들은 눈 바닥에 누워 있거나 앉아 있었으니까.

하얀 눈 위에 떨어진 붉은 핏방울이 눈에 확 들어왔다.

수 지부장은 부상자들을 치료하게 하고는 들것에 실어 나르도록 명했다.

"저, 한 가지 더 드릴 말씀이 있습니다."

"무언가?"

그 무사는 마른 입술을 깨물고는 말했다.

"그 기괴한 영물에 대한 겁니다. 그 존재는…… 영물이 아닙니다."

"영물이 아니라니? 그럼 설마?"

"네. 틀림없는 사람입니다. 저희 대부분이 쓰러졌을 때 그자는 분명히 괴로워하는 듯한 목소리로 말했습니다. 자신을 죽여 달라고요."

자신을 죽여 달라니…….

뭔가 사정이 있어 보인다. 자신이 원치 않는 상황에 처해 있기라도 한 건가?

"아무튼, 서둘러 부상자들을 옮겨야겠습니다. 동상에 걸릴 수도 있고, 상처가 덧날 수도 있으니까요."

"알겠습니다."

그렇게 우리는 부상자들을 데리고 지부로 돌아왔다.

그날 밤, 나는 방에서 깊은 고민에 빠졌다.

내가 북해에 온 목적은 귀주성 포정사의 의뢰 때문이다. 눈을 가지러 왔으니까.

그러니 내일 북해로 가서 눈을 가지고 떠나면 된다.

하지만 정체 모를 누군가가 이곳 지부와 부족민들의 위협이 되고 있는 상황이다.

여기서 내가 바쁘다고 내 할 일만 하고 떠난다면, 소단주 실격이지.

소단주는 상단주를 대신하여 상단의 문제를 해결해야 할 의무가 있다.

권리만 챙기고 의무는 저버린다면, 이를 보는 상단의 다른 일원들이 뭐라고 생각할까?

확실한 건 상단의 성장에 전혀 도움이 되지 않는다는 것이다.

내 목표는 은해상단을 천하제일 상단으로 만드는 것. 이를 위해서라도 이런 일을 소홀히 할 수는 없다.

그리고 그게 아니더라도 내가 이 일을 해결해야 할 이유는 또 있다.

그 괴인이 나타나는 곳은 설풍궁의 관리 지역.

설풍궁의 제자인 내가 관리해야 한다는 의미지.

마음을 정한 나는 아침을 먹고, 차를 마시며 팔갑에게 말했다.

"오늘 잠시 북해에 다녀올 테니까 너는 이곳에 있어."

"눈을 가지러 가십니까?"

"아니, 그건 다음에."

"네? 무슨 일 때문에 그러십니까? 설마 그 영물인지 사람인지 그거 해결하려고 그러시는 겁니까?"

"응."

"위험합니다요!"

나는 고개를 흔들며 그의 우려를 일축했다.

"네가 걱정하는 마음은 알겠지만, 이건 내가 해야 하는 일이야. 우리 상단의 지부와도 연관되어 있는 일인데, 소단주가 손을 놓고 있어서 되겠어? 게다가 이 부족 사람들은 우리를 믿고 지부 건설을 허락해 주고, 계속 거래하는 사람들이야. 그 신뢰를 저버려서는 안 돼."

잠시 생각하던 팔갑이 한숨을 내쉬었다.

"맞는 말씀입니다요. 하지만 상단에 지원을 요청하는 편이 낫지 않겠습니까요?"

"너무 늦어. 금령을 통해 서신을 보낸다고 해도 본단에서 여기까지 지원이 오려면 아무리 빨라도 한 달이 넘을 거야."

나는 말을 이었다.

"지금까지 사망자가 없어서 다행이긴 하지만, 앞으로도 사망자가 없을 거라고 확신할 수는 없는 일이야."

"……."

나는 부드럽게 웃으며 말했다.

"너무 걱정하지 마. 너도 내 실력을 알잖아."

그렇게 팔갑을 다독이고는 내 처소에서 나왔다.

어…….

웃통을 벗어젖힌 채, 마당에서 장창을 열심히 휘두르는 수 지부장의 모습이 보였다.

수 지부장의 원래 출신이 은풍대 무사였다는 건 들었는데, 주력 무기가 창이었나?

아니, 그보다 몸이 상당히 좋아졌다 했는데 그 이유가 저거였어?

하긴…….

이곳은 행정적인 일이 그리 많지 않을 테니, 수련할 여유가 있겠네.

그때 나를 본 수 지부장이 얼른 포권했다.

"소단주님 오셨습니까?"

"좋은 아침입니다. 창술을 수련 중이셨나 봅니다."

"오랜만에 창을 잡으니, 영 어색해서 본격적으로 수련 중입니다."

"그러셨군요."

"이곳은 길을 가다가 종종 짐승이나 영물의 습격을 받곤 하니, 호신을 위해서라도 창술을 다시 익히는 중입니다."

"뭔가, 제가 미안해집니다."

내 말에 그는 손사래를 쳤다.

"그런 말씀 마십시오! 덕분에 아주 건강해졌습니다. 하하하."

너무 건강해지신 듯합니다만…….

"어제 다쳤던 이들은 어떻습니까?"

"지금 의무실에서 치료 중입니다. 사실 상처가 깊어서 걱정이 많았는데, 어제 소단주님이 주신 연고가 효과가 무척 좋아서인지 지혈이 되어서 이제 걱정하지 않아도 될 듯합니다."

"다행입니다."

어제 다친 이들의 상처가 제법 깊어서 지혈이 여의치 않았고, 나는 미리 만들어 놓은 연고를 건네주었다.

상처를 보호하기 위해 바르는 기름인데, 그 안에 금령의 침을 좀 섞어 두었다.

물론 그건 비밀.

"어제 그 무사의 증언을 좀 더 듣고 싶습니다."

"아, 상단주님께 보고하시려는 거군요. 안 그래도 그에 대해 작성해 놓은 보고서가 있습니다."

"그게 아니라…… 제가 직접 해결하려고 합니다."

"네?"

내 말에 그는 깜짝 놀랐다.

"소단주님께서 말씀입니까?"

"네. 제 호위무사들의 실력이 좀 뛰어나서 말입니다. 그리고 지원이 올 때까지 기다리기에는 너무 오랜 시간이 걸릴 것 같고요."

"그야 그렇습니다만……."

나는 의무실로 향했고, 그곳에서 자세한 설명을 들었다.

"그자는 머리카락을 산발했고, 눈동자는 붉었습니다. 그리고 손에는 깨진 도자기 같은 것을 들었는데 그 빠르기가 눈으로 쫓기 힘들 정도였습니다."

"키는 얼마 정도였나요?"

"구부정하게 서 있어서 잘 모르겠습니다만, 육 척은 넘어 보였습니다."

"덩치는 있습니까?"

"아닙니다. 무척 말랐습니다. 검은색 옷을 입고 있긴 했지만, 옷이 다 찢겨서 비쩍 마른 몸이 보이더군요."

그렇게 설명을 들은 나는 의무실에서 나왔고, 호위무사들에게 말했다.

"지금부터 저희는 그 기괴한 존재를 죽이든 사로잡든지 할 생각입니다. 그래서 말인데 혹시 사정이 되지 않으면 말씀하십시오. 이곳에 남으셔도 저는 이해할 겁니다."

하지만 여섯 명의 무사들은 아무도 손을 들지 않았다.

"저희는 오직 주군이 가시는 곳을 따를 뿐입니다."

서우 무사의 말에 다른 이들도 고개를 끄덕여 동의하였다.

명종 무사와 창운 무사도 동의했다.

"저희는 그런 겁쟁이가 아닙니다."

"이런 일에 물러선다면, 종남의 이름이 울 겁니다."

"좋습니다."

나는 시원하게 고개를 끄덕였다.

"제 의견에 따라 주셔서 고맙습니다. 그럼 갈까요?"

사실 수 지부장도 따라가겠다고 했지만, 나는 수 지부장에게 남아 있으라 강권했다.

만약의 사태에서 지부장마저 없으면 안 되니까.

그렇게 우리는 수 지부장의 배웅을 받으며 북해 쪽으로 향했다.

"그런데 북해는 북해빙궁의 관할이 아닙니까? 북해빙궁에서는 왜 그자를 그냥 놔두었을까요?"

창운 무사의 물음에 대답한 이는 진유 무사였다.

"원래 이곳은 북해빙궁의 관할이 아니었습니다."

"그래서 상대적으로 신경을 덜 쓰는군요."

"아무래도 그렇죠. 북해빙궁은 저 위쪽, 더 광활한 구역을 관리하고 있으니 말입니다."

그때 명종 무사가 물었다.

"그 말은, 원래 이곳을 관리하던 곳이 있었다는 의미입니까?"

"예, 설풍궁이라는 곳이 있었습니다."

다른 무사들과 달리 명종 무사와 창운 무사는 이곳이 처음이니만큼, 설풍궁에 대해 모르는 것이 당연했다.

그리고 내가 그곳의 제자라는 것도.

그건 대외적으로 비밀로 해야 하는 것이니 만큼, 진유 무사도 말을 아꼈다.

명종 무사와 창운 무사에 대해 아직 판단이 서지 않았다는 의미겠지.

저들이 내 호위무사가 된 지 일 년도 채 되지 않았으니 당연한 일이다.

이에 대해 저들이 서운해해도 어쩔 수 없다.

믿음이라는 건 쉽게 줄 수 있는 것도 아니고, 쉽게 얻을 수 있는 것도 아니니까.

그래도 이렇게 믿음이 차곡차곡 쌓인다면, 그땐 온전한 내 사람이 될 수 있겠지.

곧 우리는 북해로 들어섰다.

앞으로 약 사흘 정도는 설풍이 불지 않으니, 사흘 안에

결판을 내야 했다.

"여기서 잠시 쉬어 가는 게 좋을 듯합니다."

"그게 좋겠네요."

우리는 짊어지고 있던 짐에서 나무판자를 꺼내어 깔고, 그 위에 불을 지폈다.

온 사방으로 따스한 온기가 퍼져 나가기 시작했다.

아까 진유 무사의 말대로, 이곳은 원래 설풍궁이 관리하는 곳이었다.

설풍궁이 아직 건재했다면, 그런 괴인이 활개 치며 돌아다닐 수 있었을까?

뭔가 알 수 없는 감정이 치밀어 올랐고, 나는 그 감정을 꾹 누르며 하늘을 올려다보았다.

톡,

뺨에 닿은 감촉.

눈이 오고 있었다.

그 괴인이 이쪽에 출몰하는 것은 맞지만, 그 시기는 알 수 없다고 했다.

그 말은 즉, 이곳에서 죽치고 기다릴 수밖에 없다는 의미지.

그렇다고 그자를 찾아 헤맬 수는 없었다.

체력을 보존해야 했으니까.

일류 무사든, 절정 무사든, 자연에 비하면 약한 존재다.

게다가 이 정도의 추위는 큰 장애물이기도 하고.

그렇게 종일 기다렸지만, 그 괴인은 나타나지 않았다.

"음, 배가 고프네요."

"그렇군요."

"육포나 구워 먹을까요?"

내 말에 서우 무사가 고개를 끄덕였다.

"그게 좋겠습니다."

우리는 각자 육포를 꺼냈다.

북방은 날씨가 추운 덕분에 육포를 덜 말려도 잘 상하지 않았다.

그래서 이곳의 육포는 말랑거렸는데, 그걸 불에 구워 먹는 것이 또 별미다.

우리는 꼬챙이에 육포를 꽂아 불에 구웠고, 그걸 호호 불어가면서 먹었다.

역시 맛있네.

그때였다.

"……!"

나는 오싹함을 느꼈다. 마치 맹수가 나를 바라보고 있는 듯한 오싹함.

그와 동시에 느껴지는 건 살을 에는 듯한 감각이었다.

그건 살기와는 달랐다.

살기는 바늘로 콕콕 찌르는 듯했으니까.

하지만 넋 놓고 있을 순 없었다.

나는 육포 꼬치를 내던지며 얼른 자리에서 일어나 검을

뽑았다.

"왜 그러……."

나에게 왜 그러는 거냐고 물으려던 서우 무사의 얼굴이
굳었다.

그도 알아차린 거다.

누군가 다가오고 있다는 것을.

이어 다른 호위무사들도 얼른 경계 태세를 갖추었다.

저벅, 저벅, 저벅.

곧이어 누군가 우리를 향해 다가왔다.

산발한 머리에 찢긴 검은색의 의복. 그리고 붉어진 붉
은 눈동자.

사람을 닮은 영물이라 불리었던 그 존재다.

드디어 나타났군!

살을 에는 듯한 이 감각이 저자에게서 느껴지는 것은
확실하다.

소름이 끼칠 만큼 선연한 그 감각에 입술을 깨물었다.

그와 동시에 그자가 사람이라는 것을 확실히 알 수 있
었다.

그리고 그 눈동자가, 지금 그자가 제정신이 아니라는
것을 알려 주었다.

"나를…… 죽여……."

뭐라는 거지?

"나를…… 죽여……."

기괴한 모습과 기괴한 말.

팔갑이 있었다면 놀라서 호들갑을 떨었겠지.

무서워 호들갑 떠는 팔갑을 상상하자 마음이 좀 편해졌다.

그래, 정신 차려야지.

나는 모두에게 일갈했다.

"집중하십시오!"

"네!"

그 순간, 그 괴인이 우리를 향해 달려들었다.

탓-!

빠르다!

하지만 나도 한 빠름 하거든!

나는 그 괴인의 공격을 피함과 동시에 그를 향해 검을 휘둘렀다.

쉭-!

어? 이걸 피했어?

게다가 그자는 내 검을 피한 것도 모자라, 진유 무사를 향해 달려들었다.

진유 무사는 검을 들어 괴인이 휘두른 도자기 조각을 막았다.

탓-!

괴인은 자신의 공격이 막혔음에도 미련을 두지 않고, 곧바로 다른 무사를 향해 달려들었다.

"윽!"

이필 무사가 간신히 그의 공격을 막았다.

그렇게 나를 포함한 일곱 명과 괴인 간의 칠 대 일의 싸움이 펼쳐졌다.

당연히 이런 경우에는 혼자 다수를 상대하는 쪽이 빠르게 지치게 마련이다.

하지만 괴인은 전혀 지치지 않은 듯, 속도가 느려지지 않았고 힘도 약해지지 않았다.

이게 가능한 일인가?

오히려 지쳐 가는 건 우리 쪽이었다.

"크윽!"

결국 그의 공격을 제대로 막아 내지 못한 명종 무사가 신음을 흘리며 뒤로 물러났다.

괴인이 손에 쥐고 있던 도자기 조각이 명종 무사의 팔을 길게 그은 것.

다행히 두꺼운 털옷을 입고 있었던 덕분에 상처가 깊지는 않았다.

하지만 다른 곳도 아닌 오른팔이다. 무리하다가 탈이라도 나면 문제가 심각해진다.

"명종 무사! 물러나세요!"

"하지만!"

그는 다시 검을 고쳐 잡으며 항변했다. 그런 그에게 일갈한 건 서우 무사다.

"우린 그냥 무사가 아닌 호위무사입니다! 뒷일을 생각해야 하는 호위무사라는 것을 명심하십시오!"

"큭! 알겠습니다."

결국 명종 무사는 뒤로 물러났고, 우리는 계속해서 공방을 이어 갔다.

괴인은 마치 본능대로 싸우는 듯했다. 그러면서도 우리의 약점을 정확히 찾아 공략했다.

제정신이 아닌 것 같은데 어떻게 이런 공격이 가능한 거지?

게다가 전투를 이어 가면 이어 갈수록 점점 더 싸움에 능숙해졌다.

"윽!"

"으윽!"

결국 하나둘 괴인의 공격을 허용하고 말았고, 그들은 싸움에서 물러나 상처를 치료했다.

그렇게 두 시진쯤 지나자, 다치지 않고 괴인과 맞서 싸우는 것은 나와 서우 무사, 진유 무사뿐이었다.

"후우, 후우."

나는 거칠게 숨을 몰아쉬었다.

사부님의 고된 체력훈련이 아니었다면 벌써 나가떨어졌을 터.

나는 괴인을 노려보며 검을 고쳐 잡았다.

괴인의 숨소리는 이제 조금 거칠어졌을 뿐이다.

나는 이전에 이 괴인에게 공격을 당했던 이들의 증언을 떠올렸다.

그들이 다 쓰러지고, 무력화되었을 때 떠났다는 것.

그 말은 즉, 자신의 상대가 되지 않으면 그대로 떠났다는 의미인데.

혹시 그것과 아까 말했던 자신을 죽여 달라는 말과 관련이 있나?

자신을 죽일 수 없다고 판단되면 떠나는 건가?

지금 저 광기 어린 눈에 담긴 살기를 보니, 이 싸움은 이미 돌이킬 수 없는 싸움이 되었다.

우리가 중상을 입는다면 흥미를 잃고 물러날지도 모르지.

하지만 그래서는 우리 쪽이 손해다.

빠른 시일 내에 눈을 가지고 귀주성으로 가야 하는데, 부상을 회복하려면 며칠 이상 걸릴 테니까.

나는 입술을 깨물었다.

여전히 살을 에는 감각이 선연했다.

젠장.

그래, 어디 누가 이기나 해 보자고!

"하압!"

우리는 다시 공방을 이어 갔다.

괴인의 손에 들린 것은 깨진 도자기 파편.

그나마 다행이었다.

저자의 손에 들린 게 도자기 파편이 아니라 제대로 된 무기였다면…….

생각만 해도 싫네.

쾅-!

콰가강!

우리의 검과 저자의 도자기 파편이 부딪치면서 굉음이 일었다.

내공이 담긴 공격이었으니까.

그 말은 즉, 괴인 역시 내공을 사용할 수 있는 무림인 이라는 의미다.

대체 무슨 사연이 있기에 이 북해에서 저 찢어진 얇은 옷 하나 걸치고 날뛰는 걸까?

"하앗!"

퍽!

"으읍!"

스윽-!

이대로는 끝이 없을 것 같네.

나는 일단 방법을 바꿔 보기로 했다.

"안 되겠습니다. 서우 무사님. 빠지셔서 백을 세고 다시 합류하세요."

"후, 알겠습니다."

서우 무사는 잠시 물러나서 휴식을 취했다가 백을 세고 다시 합류했다.

그리고 대신 진유 무사가 물러나서 휴식을 취했고, 그 다음에는 진유 무사가 합류하고 내가 물러나서 휴식을 취했다.

그렇게 조금씩 휴식을 취하면서 전투를 이어 가니 조금 여유가 생겼다.

그러나 그것도 잠시.

점점 괴인의 움직임이 빨라지기 시작했다. 느려져야 당연한데 더 빨라지다니!

미치고 환장하겠네.

"큽!"

그때 괴인의 손에 들린 도자기 파편이 진유 무사의 옆구리를 베고 지나갔다.

"진유 무사님!"

"괘, 괜찮습니다!"

진유 무사는 괜찮다면서 물러나지 않고 싸웠지만, 이미 부상을 입은 상태에서 제대로 버틸 수 있을 리가 없었다.

결국 그는 다시 공격을 허용할 뻔했다.

챙─!

하지만 그 공격을 서우 무사가 막았다.

"물러나십시오."

"……알겠습니다."

진유 무사는 분을 삼키며 뒤로 물러났다. 지금 자신이 방해만 된다는 것을 깨달은 거다.

자신의 공격이 막히자 괴인은 서우 무사를 집요하게 노리기 시작했다.

그의 공격이 더욱 빨라지고 정교해졌다.

처음에는 우리와 비슷한 경지로 보였는데, 싸우다 보니 깨달을 수 있었다.

우리보다 한 단계 위라는 것을.

문득 후회가 됐다.

괜히 이자를 잡으러 온 건가?

하지만 이미 늦었다.

그리고 이 결정은 은해상단의 소단주로서 내릴 수 있는 최선이니까.

지금은 후회할 때가 아니라 어떻게 하면, 이 괴인과의 싸움에서 이길 수 있는지를 궁리할 때다.

"읏!"

그때 서우 무사는 힘이 빠졌는지 살짝 비틀거렸다. 하긴, 벌써 네 시진 넘게 싸우는 중이다.

절정의 경지에 올랐기에 지금까지 버틴 것뿐.

하지만 나를 보호하기 위해 서우 무사가 조금 더 많이 움직이고 무리하게 힘을 쓰면서 나보다 빠르게 지친 듯했다.

그리고 괴인은 그 틈을 놓치지 않고 서우 무사의 왼쪽 어깨를 노렸다.

"어딜!"

챙-!

나는 몸을 날려 그 공격을 막았다.

제법이라는 표정을 짓는 상대.

그 표정에 나도 모르게 욱하고 말았다.

"그래, 어디 해 보자고. 이 미친 새끼야."

나는 거칠게 말을 내뱉으며 그의 목을 노리고 검을 내질렀다.

챙-!

검이 막혔지만, 나는 그대로 몸을 회전시키며 그의 머리를 걷어찼다.

퍽!

제대로 맞았다.

보통이면 나뒹굴 만도 하지만, 살짝 비틀거리는 것이 고작이다.

거 드럽게 튼튼하네.

어느새 이 싸움은 나와 괴인, 일 대 일의 싸움이 되어 버렸다.

칠 대 일로도 이기지 못했으니, 사실상 승산이 없는 싸움이다.

하지만 여기서 물러날 수는 없다.

그러면 많은 손해를 입어야 하니까.

나는 이 장소가 북해라는 것에 감사함을 느꼈다. 만약 북해가 아닌 다른 곳이었다면 이렇게까지 내공의 수발이 자연스럽지 않았을 테니까.

북해의 한기 덕분에, 내공은 충분하다.

그렇다면 집중력과 투지, 그리고 근성이 이 싸움을 판가름하게 될 터.

"끝까지 가 보자고."

그렇게 몇 시진이나 싸움이 이어졌을까.

해가 떠올라 아침이 되었지만, 우리의 싸움은 끝나지 않았다.

하지만 결국 체력이 먼저 소진된 것은 나였다.

"읏!"

괴인의 공격에 내 검이 날아가 버린 것.

풀리려는 손을 꽉 쥐고 있었긴 하지만, 밤새 이어진 싸움으로 인해 악력이 다한 듯했다.

이럴 줄 알았으면 검을 손에 묶어 놓을 것을······.

괴인은 나를 향해 다가왔다.

뒤에서 호위무사들의 외침이 들려왔다.

"주군! 물러나십시오!"

"저희가 싸우겠습니다."

나는 그들을 흘깃 살폈다.

다들 다친 곳을 싸매긴 했지만, 부상을 회복한 수준은 아니었다.

"괜찮습니다."

그때 괴인의 시선이 그들에게 향했다.

아직 멀쩡히 서서 무기를 들고 있는 모습을 보고 끝장을 내겠다고 생각한 듯했다.

그렇게는 안 되지!

그때 문득 북해빙궁에서 마주했던 조사님의 말씀이 떠올랐다.

"무릇 한 궁의 궁주란 말이다, 제자들을 지키기 위해서라면 수많은 피를 볼 각오를 해야 한다. 무기가 없으면 손을 써서라도 적을 쓰러트려야지."

지금에서야 그 말이 이해되었다.

그래, 이런 기분이었구나.

물론 저들은 나를 지키기 위해 존재하는 호위무사들이다. 하지만 그 전에 저들 역시 나의 사람들이다.

그때 배웠던 극음혼빙투.

나는 그 마지막 초식을 되뇌었다.

아생제생(我生諸生) 천하증승(天下證勝)

내가 살고 모두가 살아남아, 천하에 승자임을 고하리라.

반드시 그리할 거다.

나는 숨을 크게 몰아쉬고는 괴인을 노려보며 말했다.

"아직 안 끝났어. 이 새끼야."

그런 내 살기 어린 눈빛을 보고도 괴인은 미소를 지었다.

"나 맨손인데, 네놈은 무기를 들고 싸울 셈이냐? 비겁하게?"

내 말 때문인지, 그는 손에 들린 도자기 조각을 내던졌다.

탓—!

우리는 동시에 서로를 향해 달려들었다.

휙! 퍽! 퍽! 타다닥—!

손과 손, 팔과 팔이 부딪혔다. 다리 역시 쉴 새 없이 움직였다.

우리의 손과 발이 무기가 되어 치열하고 처절하게, 필사의 공방을 이어 갔다.

어느 순간, 나는 서서히 잊어 가기 시작했다.

귀주성 포정사의 의뢰도, 내 뒤에 있는 호위무사들도, 이곳이 북해라는 것도.

전혀 생각나지 않았다. 단지 내 눈앞의 괴인만이 보일 뿐이었다.

아니, 어느 순간 내가 지금 괴인과 싸우고 있다는 것도 잊어버렸다.

내가…… 지금 뭘 하고 있는 거지?

그보다 내가 누구지?

나는 조금이라도 생각해 내기 위해서 안간힘을 썼다. 그걸 기억하지 못하면 안 될 것 같다는 본능이었다.

그때 내 안의 거대한 기운이 움직였다.

이건…… 현룡?

그와 동시에 내가 처음 먹었던 영약이 떠올랐다.

청빙설매실.

그거 먹고 내가 죽을 뻔했지.

그런데 내가 그걸 왜 먹었더라?

아, 내 체질을 고치기 위해서 그걸 먹었지. 내 체질을 고쳐야 내 목표를 이룰 수 있…….

내 목표?

그 순간 모든 것들이 선명하게 떠올랐다.

천하제일상단이라는 내 목표도, 이전 삶에서 백천상단 주에 의해 비참하게 죽었던 일도.

그리고 복수를 다짐했던 일도.

그 순간, 누군가 속삭였다.

"솔직히 가능한 일이겠어?"
"대체 뭐를 위해서 그렇게 애를 쓰는 건데?"
"솔직히 도망가고 싶을 때가 한두 번이 아니잖아?"
"포기하면 편해."

와…….
이 속삭임이 누구의 속삭임인지 모르지만, 설득 더럽게
도 못하네.
상인으로 나서면 물건 하나도 못 팔고 쫄딱 망하기 딱
좋겠네.
나는 피식 웃었다.
누군지는 모르겠지만, 닥쳐 줄래?
조사님의 희생으로 얻은 새로운 삶이다. 두 번 다시 그
렇게 죽을 순 없었다.
포기? 너라면 포기가 되겠냐?
어떻게든 살아야 한다.
살아남아서 백천상단과 무림맹에 복수도 하고, 은해상
단을 천하제일상단으로 만들어야 한다.

* * *

괴인과의 싸움에서 검이 날아가 버린 상황.

하지만 은서호는 포기하지 않았다.

날붙이 대신 손과 발이 무기가 되었다.

그 상황에서 옷이 찢기고, 서로의 몸에 상처가 나며 피가 흩날렸다.

"이대로 지켜보고만 있어도 되는 겁니까?"

창운 무사의 물음에 서우 무사가 입술을 깨물며 고개를 저었다.

"이미 늦었습니다."

"네?"

"주군의 눈을 보십시오."

서우 무사의 말에 그들은 은서호의 눈을 보았고, 그 눈에 초점이 없다는 것을 깨달았다.

"설마?"

"지금 주군께서는 무아지경에 빠져 계십니다. 이 상황에서 우리가 무리하게 끼어드는 건 힘든 일. 깨달음의 순간을 놓치는 건 다행인 축에 속합니다. 자칫 주화입마에 빠질 수도 있습니다."

"그럼 저희는 어떻게 해야 합니까?"

그 말에 대답한 이는 여응암 무사다.

"지켜볼 수밖에 없지. 주군을 믿고."

그 말에 그들은 이를 악물고 괴인과 은서호의 싸움을 지켜보았다.

싸움은 길었다.

이미 하룻밤을 새웠는데, 어느새 날이 저물었다.

그리고 또다시 해가 떠올랐다.

그때, 그들은 놀라운 광경을 목격했다.

은서호의 몸에서 은빛의 빛무리가 뿜어져 나온 것.

"윽!"

"이 빛은……?"

눈이 부셔 반사적으로 손을 들어 눈을 가렸다.

손을 내렸을 때 그들이 본 건 서로 마주 보고 있는 은
서호와 괴인이었다.

* * *

정신이 맑다.

이렇게 정신이 맑은 적이 있었나 싶을 정도로.

그리고 기감이 무척이나 또렷해졌다.

온몸에 충만한 힘은, 또 새로운 기분이다.

마치 뭐든지 할 수 있을 것 같다.

그런 기분을 뒤로하고 나는 내 앞의 사내를 보았다.

광기가 가득했던, 초점 없는 붉은 눈동자 대신, 선명하
고 맑은 눈동자가 나를 바라보고 있었다.

"여긴……."

"북해입니다."

"젠장. 그렇군."

그는 나를 보더니 머리를 긁적였다.

"미안하다. 내 본의는 아니었다."

그 말투를 들으니, 역시 평범한 자는 아닌 듯했다.

그보다 괴인이었을 때와 분위기가 완전히 바뀌어 있었다. 대체 이 자식의 정체가 뭐야?

"네 덕분에 마에서 벗어날 수 있었다. 내가 빚을 졌군."

마에서 벗어났다고?

그럼 마에 사로잡혀 있었기 때문에, 그런 기행을 저질렀다는 의미인가?

도통 알 수 없는 말이었다.

그때였다.

"……!"

나는 몸을 떨었다.

또 다른 살을 에는 감각이 느껴졌기 때문이다. 내 앞의 괴인에게서 느껴지는 것보다 훨씬 더 강렬한 감각이다.

"드디어 찾았군."

나는 그 감각을 떨치고 뒤를 돌아보았다.

내 시선이 닿은 곳에는 한 중년의 사내가 있었다. 하지만 어느 순간, 그자의 신형은 내 앞에 있었다.

그를 본 괴인은 얼른 그 자리에 부복했다.

"사부님을 뵙습니다!"

그를 일별한 중년 사내가 나를 보며 말했다.

"내 못난 제자가 폐를 끼쳤군."

제자?

77장. 이러시면 곤란합니다

이러시면 곤란합니다

이 괴인의 스승인가?

그는 나를 보더니 흥미롭다는 듯이 말했다.

"설풍궁이 아직 망하지는 않은 모양이군."

설풍궁에 대해 알고 있다고?

나는 경계심 어린 목소리로 물었다.

"누구십니까?"

"아, 본좌의 소개가 늦었군."

본좌?

내가 알기로 그런 광오한 호칭으로 자칭하는 곳은 한 곳뿐이다.

"본좌는 천마신교의 교주다."

"……"

젠장! 역시나……!

근데 천마가 왜 여기에 있는 거지?

"주군!"

그가 정체를 밝히자, 뒤쪽에 서 있던 호위무사들이 다급히 달려와 내 앞에 섰다.

하지만 상대는 천마다.

다들 긴장했는지 몸이 덜덜 떨리는 게 보였다.

고맙긴 하지만, 그러지 않아도 괜찮은데.

솔직히 내 앞의 인물이 나를 죽이려고 했으면 나는 벌써 죽었을 거다.

그는 그런 호위무사들의 반응이 싫지 않다는 듯 피식 웃었다.

"참 충직한 호위들이군."

"결례를 용서하십시오."

"뭐, 내 제자가 먼저 폐를 끼쳤으니……."

그는 아직 무릎을 꿇고 있는 괴인을 보았다.

"이 녀석은 내 제자 중 한 명이지. 성취가 뛰어나서 소교주로 내정한 녀석인데 문제가 생겨서 난감하던 참이었다."

"그 문제가 미치는 겁니까?"

내 물음에 그는 고개를 끄덕였다.

"비슷하다. 자네도 알다시피 우리 천마신교의 내공심법은 역행의 심법. 덕분에 성취는 빠르지만, 마기가 문제란 말이지."

그는 미간을 찌푸리며 말을 이었다.

"그 마기가 한계까지 차오르면 골수에 마기가 침범하고, 그로 인해 자아를 잃고 날뛰게 되는 거지."

"그럼, 어떻게 됩니까?"

"마를 이겨 내고 극마의 경지에 이르거나, 아니면 죽거나 둘 중 하나지. 마가 뇌수를 침범하면 죽음을 갈망하게 되거든."

"그렇군요."

그래서 자신을 죽여 달라고 그리 말한 건가?

천마는 쓴웃음을 지으며 말했다.

"사실 마를 이기는 건 쉽지 않아. 마가 몸 안에서 정화되고 몸에 자리 잡을 때까지 싸우는 것이 가장 좋은 방법이지."

그래서 계속해서 자신과 호각으로 싸울 수 있는 상대방을 찾은 거였나?

더 이상 공격할 수 없는 상태가 되면 물러나고?

"보통 마를 이겨내고 극마의 경지에 이르는 데 제법 오랜 시간이 걸리지. 보통 삼 년에서 오 년 정도를 생각하는데, 한 달도 걸리지 않을 줄이야."

"제자분의 능력이 좋은 거겠죠."

"뭐, 운도 능력이라면……."

그는 제자를 흘깃 보고는 다시 나를 가리켰다.

"그보다, 자네의 그 기운 덕분이겠지."

"네?"

"자네의 그 청명한 기운이 제자의 들끓는 마기를 제압

하여 억누를 수 있도록 도운 거네. 예전부터 설풍궁의 기운은 유난히도 청명했지. 그래서 마음에 안 들었는데."

순간 나는 긴장했다.

설풍궁을 멸문시킨 게 사실은 마교가 아니라는 것을 알고 있었음에도.

"이번에는 은혜를 입었군. 본좌가 아끼던 제자인데 잃었으면 제법 마음이 아플 뻔했어."

"그나저나 어찌하여 여기까지 오신 겁니까? 천마신교의 본거지는 여기에서 꽤나 멀지 않습니까?"

"맞다. 그래서 저 녀석이 북해에서 마에 빠졌다는 말을 듣자마자 달려왔는데도 보름이나 걸렸지."

보름밖에가 아니라 보름이나 걸렸다는 말에 나는 순간 말을 잃었다.

그만큼 엄청난 경지라는 의미겠지.

"그런데 대체 이 북해에서 무슨 일이 있었기에 제자분이 마에 빠진 겁니까?"

내 물음에 교주는 자신의 제자를 보았다.

제자는 슬쩍 고개를 돌리며 대답했다.

"그게…… 영물을 잡았는데 배가 고파서 구워 먹다가 호기심에 내단을 먹었습니다."

"혹시 그 영물, 눈이 붉었습니까?"

내 물음에 그는 고개를 끄덕였다.

그러자 천마는 혀를 차며 제자를 타박했다.

"못난 자식! 심부름을 보냈더니 사악한 영물의 내단을

먹어? 그러니 당연히 마가 골수에 침범하지! 에라! 이 자식아!"

펴퍽!

그는 자신의 제자를 향해 사정없이 발길질했다.

그제야 나는 전후 사정을 알 수 있었다.

사정없이 얻어맞는 그 모습을 보니, 왠지 내 속이 다 후련했다.

마음 같아서는 더 때리게 놔두고 싶었지만, 그래도 말리기는 해야겠지.

"교주님, 제자분은 별 사고를 치지는 않았습니다. 제가 알기로 북해에서 제자분에게 죽은 사람은 없습니다."

"그건 다행이군."

그가 발길질을 멈추자, 제자는 고통스러운 신음을 흘리면서도 다시 무릎을 꿇었다.

"저 녀석이 사고 칠까 봐 빨리 왔거든. 다른 곳도 아니고 북해에서 사고 치면 곤란해지니까. 드잡이하는 할망구 상대하려면…… 후."

혹시 그 할망구가…… 북해빙궁의 궁주님?

"하지만 다친 이들이 제법 있습니다. 그에 대해 배상은 하셔야 한다고 생각합니다."

더군다나 그 다친 사람은 우리 은해상단의 사람들이며, 거래처인 부족민들이다.

그는 나를 보더니 파안대소했다.

"하하하하!"

"왜 웃으십니까?"

"지금 자네의 꼴을 보고도 그런 소리가 나오나?"

내 꼴이 어때서?

그리 생각하며 내 몸을 살피던 나는 순간 멋쩍어졌다.

옷은 갈가리 찢겨 누더기나 다름없었고, 온몸이 피투성이였다.

"……."

나는 헛기침을 하며 말을 이었다.

"험험, 저와 호위들 또한 부상을 입었으니 그에 대한 배상 역시 하셔야 한다고 생각합니다."

"본좌 앞에서 손해 배상을 그렇게 당당하게 청구하는 놈은 처음이군."

그는 여전히 미소를 지은 채 말을 이었다.

"너는 본좌가 두렵지 않은 것이냐?"

"물론, 두렵긴 합니다만…… 그렇다고 제가 받아 내야 할 것을 받아 내지 못하면 분통이 터져서 단명할 것 같습니다. 이래도 저래도 죽을 거라면 말은 하고 죽는 게 낫지 않겠습니까?"

"재밌는 놈이군."

"제가 그런 말을 좀 많이 듣습니다."

그는 품에서 주머니를 꺼내더니 그 안에서 금원보 다섯 개를 꺼내어 던졌다.

그것들은 나를 향해 날아오더니 바로 앞에서 멈추었고, 천천히 내려왔다.

나는 손을 내밀어 그것들을 받았다.

"그거면 되겠느냐?"

"너무 많습니다. 금원보 두 개면 됩니다."

"욕심이 있는 것 같으면서도 없으니, 재밌구나."

"제가 받아야 할 것을 바라는 건 당연하지만, 그 이상을 바라는 건 도리가 아닙니다."

더군다나 이건 천마가 주는 거다.

욕심을 부렸다가 탈이라도 난다면 더 손해다.

"나머지는, 내 제자를 마에서 벗어나게 해 준 것에 대한 고마움의 표시다."

아, 그러면 얼른 받아야지.

"감사합니다."

"인연이 있으면 다음에 또 보도록 하지."

그는 자신의 제자에게 말했다.

"일어나라."

"네!"

그는 자리에서 일어났다.

똑바로 선 그의 분위기는 확실히 이전과 달랐다. 물론 나와 싸운 데다가 교주에게 얻어맞아 꼴은 엉망이었지만.

"불초 제자, 사부님께 심려를 끼쳤습니다."

"그만하길 다행이다. 돌아가자."

"네."

어느새 그 뒤쪽에는 흑복을 입고 흑립을 쓴 이들이 다

가와 있었다.

교주의 존재감이 너무 강렬해서 느끼지 못했는데.

제자가 내게 포권하며 물었다.

"내 이름은 만경(蔓炅)입니다. 당신의 이름은 무엇입니까?"

내 이름을 밝혀도 되는 건가?

그렇게 고민하고 있을 때 저 뒤에서 팔갑의 목소리가 들려왔다.

"도련님! 서호 도련님!"

거참 우렁차기도 하다.

이를 들은 것인지, 그가 미소 지으며 말했다.

"서호. 그게 당신 이름인가 보군요."

"그렇습니다. 은서호라고 합니다."

"나, 만경은 당신에게 입은 은혜를 잊지 않겠습니다. 그럼 이만."

저기, 그렇게 멋있는 척해도 몰골이 엉망인데 멋있어 보이겠습니까?

그렇게 괴인, 아니 만경이라는 자는 그들을 마중하러 온 이들에게 향했다.

천마 역시 그들에게 향하다가 뒤를 돌아보았다.

그리고 나에게 말했다.

"자네의 성취를 보면, 이번 일은 자네에게 영 손해만은 아닌 듯하군."

"네?"

내 성취? 그게 무슨 의미지?

그렇게 그들은 말에 올라탔고, 순식간에 멀어져 갔다.

"다행히…… 무사히 끝났네요."

"그러게 말입니다."

나는 하늘을 올려다보았다.

하늘이 심상치 않은 것이 곧 설풍이 불 듯했다.

그런데 왜 이렇게 눈이 감기지?

눈을 뜨기 위해 안간힘을 썼지만, 결국 내 눈이 감기었고 그 후로 기억이 없었다.

.

.

.

"헉!"

나는 눈을 떴다.

방금 뭔가 이상한 꿈을 꾼 것 같은데?

천마가 나왔고, 나에게 배상금으로 금원보 다섯 개를 주는 꿈이었다.

"별난 꿈도 다 있네."

그리 중얼거리며 몸을 일으킨 나는 이상한 기분이 들어서 고개를 돌렸다.

내가 깨어난 것을 본 팔갑이 눈을 휘둥그레 뜨더니 내게 달려왔다.

"흐억! 도련님! 일어나셨습니까요?"

"응? 왜 그렇게 호들갑이야?"

"아니, 그러면 죽다 살아나셨는데 당연한 거 아닙니까
요?"

"뭔 소리야? 내가 왜 죽다 살아나?"

"기억 안 나십니까요? 그 괴인인가 뭔가를 잡으러 간다
고 나가셨지 않습니까요?"

"어…….""

아, 그랬지. 이제야 기억이 나네.

뭔가 멋쩍어져서 뒷목을 긁적일 때 탁자가 보였다. 정
확하게는 그 탁자 위에 놓인 금원보 다섯 개가.

순간 나는 멈칫했다.

그러면 그게 꿈이 아니었다는 거잖아?

그때 팔갑의 목소리를 들었는지, 문이 열리고 호위무사
들이 우르르 들어왔다.

"주군!"

"괜찮으십니까?"

나는 호위무사들의 얼굴을 하나하나 보았고, 가슴을 쓸
어내렸다.

"모두 괜찮아 보이셔서 다행이네요."

그리고 하하 웃었는데, 서우 무사가 그런 나를 타박했
다.

"주군, 지금 웃음이 나오십니까?"

"일은 잘 해결되었고, 모두 무사하잖아요."

"그래도 너무 무모하셨습니다."

그는 한숨을 내쉬었다.

"저희는 호위무사들입니다. 그런데 계속해서 주군께 면목이 없는 일만 생기는군요."

그래, 그렇게 생각할 수도 있겠지.

하지만 이번 일을 통해 나는 조금 생각이 바뀌었다.

"그런 말씀 하지 마세요. 솔직히 말해서 이번 싸움은 뒤가 없는 싸움이었죠."

내 말에 모두 고개를 끄덕였다.

"제가 왜 그렇게 무모하게 뒤가 없는 싸움을 했을까요? 그건 바로 여러분들이 있었기 때문입니다."

"……."

"제가 싸우다가 정신을 잃어도, 이번처럼 여러분들이 제 안위를 지켜 줄 것을 믿기 때문에 뒤가 없는 싸움을 할 수 있었던 겁니다."

나는 부드럽게 말을 이었다.

"그러니까, 그런 생각 하지 마시고요. 앞으로도 잘 부탁드립니다."

"충심으로 섬기겠습니다."

호위무사들이 일제히 고개를 숙였다.

"그나저나 이렇게 하루 푹 쉬고 나니까 뭔가 가뿐하네요."

내 말에 팔갑이 한숨을 내쉬며 말했다.

"도련님, 무슨 뚱딴지같은 말씀입니까요?"

"응?"

"하루가 아니라 벌써 사흘이 지났습니다요."

"뭐? 사흘? 그럼 내가 사흘이나 누워 있었다는 거야?"

"그렇습니다요."

아, 젠장…….

지금 이러고 있을 때가 아니다.

"다들, 몸은 어떠십니까?"

"괜찮습니다."

나는 침상에서 내려오며 말했다.

"그럼, 눈 가지러 갑시다."

곧장 채비하고 나왔을 때, 수 지부장이 나에게 다가왔다.

"깨어나셨다고 들었습니다. 몸은 좀 괜찮으십니까?"

"아. 네. 한결 좋아졌습니다."

"다행이군요. 팔갑 소이에게 업혀 오셨을 때만 해도 정말 눈앞이 캄캄했습니다."

"심려를 끼쳐드려 송구합니다."

"아닙니다. 덕분에 부족민들을 두려움에 떨게 했던 괴인이 처리되지 않았습니까?"

그 말에 나는 고개를 돌려 서우 무사를 보았다.

그가 전음을 보냈다.

— 우선 저희가 합심해서 그 괴인을 쓰러트렸고, 그 시신을 불태운 것으로 해 두었습니다.

— 잘 하셨네요.

천마와 그 제자를 만났다는 건 여러모로 말하기가 좀 그랬으니까.

자칫했다가는 귀찮은 일이 생길 수도 있고.

그들 역시 행적이 밝혀지는 것은 원치 않을 거다.

"하여 지금 부족민들이 감사를 표하며 이런저런 선물을 가지고 와서 난감하던 참이었습니다."

"네? 선물이요?"

"대신 원수를 갚아 준 것에 대한 보답이라고 합니다."

그러고 보니 이쪽 부족에는 '대신 원수를 갚아 주는 자'에 대한 풍습이 있다.

원수는 반드시 갚아야 하는데, 그럴 힘이 없을 땐 대신 원수를 갚아 줄 자를 고용하여 원수를 갚는다.

만약 의도치 않게 대신 원수를 갚는다면, 선물로 그에 대한 대가를 반드시 치러야 액운이 찾아오지 않는다고 했던 것 같은데?

그렇다면 그 대가를 거절하는 것도 결례겠지.

"그 선물들은 어디에 있습니까?"

"방 하나에 모아 놨습니다."

나는 그 방의 문을 열고는 잠시 침묵할 수밖에 없었다.

"……."

"생각보다 양이 많습니다."

"그렇군요. 그만큼 감사하다는 뜻으로 받아들이면 되겠죠. 저를 대신해서 선물 고맙다고 전해 주세요. 그리고……."

나는 옷소매에서 주머니를 꺼내 내밀었다.

"이 돈으로 다친 부족민들과 무사들을 위로해 주도록

하세요."

"알겠습니다."

그 돈은 금원보 하나 반에 해당하는 돈이다.

"그럼 저는 잠시 외출했다 오겠습니다."

"알겠습니다. 조심히 다녀오십시오."

나는 호위무사들과 함께 마차를 끌고 북해로 향했다.

얼마 후, 우리는 아까 만경이라는 이름의 제자와 싸웠던 곳에 다다랐다.

설풍 때문인지 우리가 싸웠던 흔적은 완전히 사라진 상태였다.

그래서 뭔가 씁쓸했다.

그나저나 만경이라는 자는 교주의 심부름으로 북해를 찾았다고 했는데, 무슨 심부름이었을까?

그냥 미친 척하고 물어볼 걸 그랬나?

나는 실없는 생각을 하며 말했다.

"그럼, 눈을 담죠."

"알겠습니다."

눈이 쌓이면 얼음과 다를 바 없게 된다.

그렇기에 여러 개의 판에 눈을 담아 특수한 상자 안에 켜켜이 쌓았다.

그리고 다시 잘 밀봉했다.

"이제 돌아갑시다."

"네."

우리는 다시 북해 지부로 돌아와 곧바로 떠날 준비를

했다.

"벌써 돌아가시는 겁니까?"

수 지부장의 물음에 나는 멋쩍은 표정으로 고개를 숙였다.

"이렇게 급하게 떠나게 되어 죄송합니다. 하지만 원래 시급을 다투는 의뢰인데, 이미 생각보다 일정이 많이 지체되었습니다."

내 말에 그는 아쉽다는 표정으로 말했다.

"그렇게 말씀하시니 더 잡을 수가 없군요. 식량이라도 넉넉히 챙겨드리겠습니다."

"감사합니다."

나는 선물로 받은 것 중에 가볍거나 작은 것들 위주로 챙기고, 나머지는 수 지부장에게 건넸다.

북해에 있는 만큼 물자가 부족한 곳이다. 유용하게 쓰이겠지.

북해를 벗어나면 곧바로 기온이 오르기 시작하니, 미리 상자를 차갑게 해 둬야겠군.

그런 생각으로 상자에 손을 대고 기운을 불어넣으려다가 화들짝 놀랐다.

"어? 뭐, 뭐지?"

기운이 내가 생각한 대로, 너무 쉽게 움직이고 있었다.

사실 기운을 생각대로 움직인다는 건 꽤 힘든 일이다.

처음 축기를 시작했을 때, 단전의 기운을 이끌고 혈도를 일주천하는 데 무려 한 시진이 걸렸었다.

절정에 오르면서 그때보다는 훨씬 수월하게 기운을 움직일 수 있게 되었지만, 그래도 여전히 세심하게 신경을 써야 했다.

지금은…… 그런 거 없었다.

그냥 생각만 했을 뿐인데, 내공이 움직였다. 마치 내 손과 발을 움직이는 것처럼.

설마?

나는 눈을 감고, 내 몸을 관조해 보았다.

"……!"

이내 무슨 조화인지 깨달았다.

며칠 전보다 단전의 크기가 더 커져 있었고, 내 혈맥이 길이 더 넓어져 있었다.

문득 천마가 마지막으로 내게 남기고 간 말이 떠올랐다.

"자네의 성취를 보면, 이번 일은 자네에게 영 손해만은 아닌 듯하군."

그때 천마는 내가 절정의 벽을 넘어 초절정의 경지에 올랐음을 알아차린 거다.

그러니 나에게 그런 말을 한 거겠지.

"왜 그러십니까?"

내가 놀란 표정으로 멍하니 있자, 서우 무사가 걱정스러운 표정으로 물었다.

"아…… 방금 깨달았습니다."

"무엇을 말입니까?"

"제 경지가 오른 듯합니다."

"네? 그걸 지금 아셨다는 겁니까?"

내 말에 서우 무사가 오히려 놀란 표정이었다. 나는 멋쩍은 표정을 지으며 물었다.

"그럼, 다들 알고 계셨던 겁니까?"

"네. 저희는 그날 알았습니다."

여섯 명의 호위무사들이 고개를 끄덕였다.

"......."

뭔가 민망해져서 먼 산을 바라보았다.

그런 나에게 호위무사들이 웃으며 축하해 주었다.

"늦었지만, 축하드립니다."

"감축드립니다."

나는 뒷목을 긁적이며 감사를 받았다.

"감사합니다."

"저희도 분발해야겠습니다. 주군을 지키기 위해서라도 주군보다 낮은 경지면 되겠습니까?"

그리 말하는 서우 무사의 눈동자가 이글이글 타오르고 있었는데, 왠지 무섭게 느껴졌다.

아무튼, 나는 수레의 눈이 담긴 특수한 상자에 기운을 불어넣어 차갑게 만들었다.

그리고 우리는 북해지부의 사람들과 부족민들의 배웅을 받으며 귀주로 출발했다.

나는 말을 타고 가면서 지난 삶에서 있었던 일을 떠올렸다.

당시 귀주성 포정사의 딸이 죽은 건 지금보다 몇 달 정도 후.

대략, 날씨가 서늘해지는 가을 즈음이었다.

그 말은 즉, 아직 시간적 여유가 조금 있다는 의미다.

물론 그렇다고 해서 늑장을 부릴 수는 없는 노릇이다.

포정사도 가능한 빨리 가져와 달라고 부탁했고, 내가 아는 미래가 바뀔 수도 있으니까.

북경으로 향하면서 본 사람들의 옷에서 계절감이 확 느껴졌다.

북해에 있어서 깜박했지만, 지금 여름이다.

우리가 북경에 도착하자, 달이 바뀌어 팔월이 되었다.

나는 호위무사들에게 상자를 지키라고 한 후, 현풍국으로 가서 밀린 일을 처리했다.

오랜만에 씻고 배를 든든하게 채우니까 좋긴 한데, 쉬지 못하고 일을 해야 한다는 것이 좀 슬프네.

당장 내일 아침에 다시 귀주로 출발해야 했기에 쉴 시간이 없었다.

그렇다고 현풍국의 일도 소홀히 할 수는 없으니까.

그렇게 일을 처리하고 있을 때, 팔갑이 나를 찾아왔다.

"도련님! 도련님!"

"왜? 무슨 일인데?"

"포정사 대인께서 오셨습니다요."

"응?"

나는 고개를 갸웃하며 다시 물었다.

"포정사 대인이 혹시, 귀주성의 포정사 대인이야?"

"네. 그렇습니다요."

아니, 포정사쯤 되는 분이 왜 아직도 북경에 계시는 거지?

나는 서둘러 접빈실로 향했다.

"포정사 대인을 뵙습니다."

"그래, 오랜만에 보는군."

"귀주성으로 돌아가신 거 아니셨습니까?"

"생각보다 일 처리가 늦어져서 이제야 일이 끝났네. 혹시나 해서 알아보니 자네가 돌아왔다고 하더군."

"네. 오늘 돌아왔습니다."

"혹시 눈을 가지고 온 건가?"

"네. 챙겨 왔습니다. 보여 드릴까요?"

내 물음에 그는 고개를 끄덕였다.

"가능하다면, 부탁하네."

포정사의 눈에는 기대감과 간절함, 그리고 미심쩍음이 뒤섞여 있었다.

내가 눈을 가지고 왔기를 바라면서도, 진짜 눈이 맞을지 반신반의하는 거다.

나는 그와 함께 차장으로 향했다.

그곳의 한쪽에 보관된 수레 위에는 특수한 상자가 실려 있었다.

"오셨습니까?"

내가 다가가자 수레를 지키고 있던 두 명의 호위가 우리에게 고개를 숙여 보였다.

"포정사 대인이십니다."

내 소개에 그들은 포정사에게도 고개를 숙여 보였다.

"눈을 확인하기 위해 왔습니다. 상자를 꺼내 주십시오."

"알겠습니다."

호위들이 상자를 열었고, 그 안의 작은 상자의 뚜껑을 열었다.

두 호위가 상자에서 판 하나를 꺼냈다.

"눈입니다. 북해에서도 깨끗한 눈을 골라 왔습니다. 만져 보셔도 됩니다."

내 말에 그는 손을 뻗어 눈을 만져 보았다.

그리고 깜짝 놀란 표정을 지었다.

"진짜…… 진짜 눈이로군!"

"이거라면 따님께서도 좋아할 겁니다."

"물론, 틀림없이 좋아할 걸세!"

포정사는 들뜬 표정을 지었다.

그러다가 고개를 갸웃하며 물었다.

"그런데 어떻게 이 더위에 눈이 녹지 않을 수 있는 건가? 참 신묘하군."

그 물음에 나는 안쪽 상자의 밖에 달린 노리개를 가리키며 말했다.

"이 기물 덕분입니다."

"기물?"

"네. 주변에 냉기를 퍼트리는 기물입니다. 이 기물 덕분에 이 여름에도 눈이 녹지 않을 수 있는 겁니다."

물론 거짓말이다.

굳이 내 경지를 떠벌릴 이유는 없으니까.

일부러 기물로 냉기를 유지하고 있다고 말한 건, 혹시 모를 상황에 대비하기 위해서였다.

저 노리개는 그냥 저잣거리에서 산 노리개다. 내 말이 그럴듯하게 들리게 하려고 일부러 파란색 계열의 원석이 달린 노리개를 샀다.

이번 의뢰는 우리 은해상단에 큰 득이 될 의뢰다.

그리고 귀주성의 포정사가 우리에게 의뢰를 했다는 소문은 널리 퍼졌을 터.

그런 상황에서 배가 아픈 누군가가 이번 일을 방해하려 할 수도 있었다.

그러니 그에 대비해야지.

내 기운이 담긴 만큼, 나는 그 노리개의 행방을 추적할 수 있었다.

황궁무공 중 추법이 이럴 때 유용했다.

살짝 내 기운을 담아 놓기만 하면 그 기운을 추적할 수 있었으니까. 물론, 우리를 방해하려는 자가 아닌 도둑이 그 노리개를 노릴 가능성도 있겠지.

상관없다.

어느 쪽이나 내가 그들을 엿 먹인다는 건 변하지 않으니까.

"대단하군!"

포정사는 내 설명에 감탄을 내뱉었다.

"확인하셨으면 이제 넣어도 되겠습니까?"

"아! 눈이 녹겠군! 얼른 다시 상자 안에 넣게나."

"네."

나는 다시 상자 안에 눈을 넣고, 몰래 기운을 끌어 올려 냉기를 불어 넣은 후 상자를 단단히 밀봉했다.

"내일 출발할 수 있는가?"

"물론입니다."

"그럼 내일 아침에 함께 귀주성으로 가도록 하세."

"감사합니다."

생각하지도 못했던 행운이다.

포정사 일행과 함께 간다면, 비용도 절약할 수 있고 고생도 덜할 테니까.

녹림이 덤벼들 일도 없을 거고, 혹여나 관리들로 인해 발생할 수 있는 귀찮은 일도 없을 거다.

또한, 북해에서 괴인, 아니 만경이라는 자와의 전투와 오랜 여정으로 인해 호위무사들의 몸 상태가 최상이 아니다.

그렇기에 나는 포정사의 제안을 쌍수 들어 환영했다.

다음 날 아침.

우리는 채비를 하고 포정사 일행을 기다렸다.

"도련님, 포정사 대인께서 곧 도착하신다고 합니다."

포정사는 미리 사람을 보냈고, 나는 마지막으로 현풍국의 이들에게 업무 지시를 하고 북경지부의 은 지부장에게 잘 부탁한다고 말한 후 차장으로 나왔다.

그리고 상자를 가지고 북경지부를 나섰다.

"좋은 아침입니다. 밤새 평안하셨습니까?"

"사실, 설레서 잠이 잘 오지 않았지."

"여정이 깁니다. 숙면은 중요합니다."

"그래, 내 새겨듣겠다."

포정사는 흐뭇한 미소를 지으며 고개를 끄덕였다.

곧 포정사의 행렬에서 우리의 위치가 정해졌는데, 무려 가운데였다.

포정사 바로 뒤.

그만큼 우리가 가지고 가는 눈이 중요하다는 의미겠지.

우리는 귀주성으로 출발했다.

"이곳에서 저 아래 제남에서 배를 타고 양강을 거슬러 가서 산서성에서 자릉강과 우장강을 통해 귀주까지 갈 예정이라네. 괜찮겠는가?"

여정의 길잡이를 맡은, 백호(百戶)가 말했다.

포정사는 한 성의 행정을 총괄하는 수장인 만큼, 그를 지키기 위한 병력이 따로 있었다.

총 백 명으로 구성된 부대였기에, 그들의 지휘관 역시 백호라 불렸다.

백호소의 지휘관과 같은 호칭이다.

"괜찮습니다. 빨리 갈 수 있으면 좋은 거죠."

배를 이용하게 되면 육로로 이동하는 것보다 훨씬 빠르게 갈 수 있다.

하지만 이번 여정에서 물은 위험할 수도 있다.

눈은 물에 접촉하거나 하면 순식간에 녹아 버리니까.

그렇기에 특수한 상자는 촛농까지 발라서 방수 처리를 꼼꼼하게 했지만, 그래도 긴장을 늦출 수는 없는 일이다.

사부님께서는 매번 이렇게 긴장하며 표행을 하신다는 거네. 참 표국의 일도 쉬운 게 아니라는 것을 다시금 느꼈다.

포정사와 함께 이동하는 만큼, 우리는 한 성을 통과하기 위한 귀찮은 절차들을 거칠 필요가 없었다.

덕분에 편하게 배에 탈 수 있었다.

이번에는 일행의 수가 워낙 많은 덕분에 큰 배를 수배해야 했다.

그래도 그만큼 안전하다는 뜻이기에 나는 만족스러웠다.

"출발!"

선장의 외침과 함께 배가 출발했다.

* * *

귀주성 포정사 동휘에게는 여러 명의 부관이 있었다.

물론 포정사 아래에는 조정의 육부와 비슷한 육조(六曹)가 있어 행정에 분업이 이루어져 있긴 했다.

그것과 별개로 포정사가 해야 하는 여러 일들이 있었으니 이를 돕기 위해서라도 부관의 존재는 필수적이었다.

그들 중 귀주성 포정사의 이번 여정에 함께 하는 두 명의 부관 중 한 명인 평탁은 슬쩍 배의 갑판으로 나왔다.

'내가 팔자에도 없는 도둑질까지 해야 한다니! 젠장!'

그는 속으로 투덜거렸다.

그가 그런 일까지 하게 된 이유가 있었다.

자신의 실수로 인해 포정사에게 잔뜩 깨진 날.

그는 분을 삭히고 울적한 마음을 풀고자 한 주점에서 홀로 술을 마시고 있었다.

그땐 금주령이 내려지기 전이었으니까.

그런 평탁에게 사람 좋은 얼굴로 한 남자가 다가왔다.

"아니! 이게 누구십니까? 포정사 대인의 평 부관 아니십니까?"

"사람 잘못 봤소."

귀찮아지는 것이 싫어 그리 말했지만, 그는 웃으며 그의 앞에 앉았다.

"매사에 노고가 많으신 분이라는 거 압니다. 사실 전에 평 부관께 은혜를 입은 적도 있고요."

"제게 말입니까?"

"기억나지 않으십니까? 하긴 원래 그런 건 은혜를 입은 쪽만 기억하는 법이죠. 하하하."

그렇게 능청스럽게 넘어가는 바람에, 그런가 보다 했다.

"술은 혼자 마시는 거 아닙니다. 제가 한 잔 사 드리죠."

그렇게 얻어 마시게 된 공짜 술. 하지만 그건 사실 공짜 술이 아니었다.

그의 이름은 매염.

귀주성에서도 손에 꼽히는 대상단인 오성상단의 사람이라고 했다.

그는 매번 자신에게 술을 샀고, 그래서 미안한 마음이 들어 그의 부탁을 들어주었다.

그게 시작이었다.

매염은 고맙다며 큰 선물을 안겨 주었고, 우쭐해진 그는 더 큰 부탁을 들어줄 수밖에 없었다.

그렇게 청탁 관계가 맺어졌지만, 평탁은 그 굴레에서 벗어날 수 없었다.

사실, 자신이 수렁에 빠지고 있음도 알아차리지 못하고 있었지만.

그저 자신을 대우해 주고 치켜세워 주는 것이 기쁠 뿐이었다.

그러던 어느 날, 매염이 그에게 말했다.

"포정사의 따님이 눈을 보고 싶다고 하던데……."

"자네가 그걸 어찌 알고 있나?"

"저희 상단도 정보력이 꽤 됩니다. 그래서 말인데 포정사께서 의뢰할 상단을 찾으실 때, 저희 오성상단을 추천해 주십시오."

"자네들이 이 여름에 눈을 구할 능력이 되나?"

"물론입니다."

그렇게 청탁을 받은 평탁은 매염이 속한 오성상단을 포정사에게 추천할 생각이었다.

그런데…….

환장할 만한 일이 생겨 버렸다.

그 발단은, 귀주성의 새로운 건물을 짓는 일 때문에 포정사가 황궁의 공부를 찾은 것이다.

"대인, 왜 그리 표정이 어두우십니까?"

"별일은 아니고…… 구할 물건이 좀 있어서 능력 있는 상단이 필요한데, 혹시 괜찮은 곳 있나?"

"무슨 물건이 필요한데 그러십니까?"

"눈이 좀 필요해서 그렇다네."

"네? 이 여름에 말입니까?"

"하하하. 좀 뜬금없지? 그냥 못 들은 걸로 하게."

"아, 혹시 추천을 드려도 되겠습니까?"

"무슨 말인가?"

"그런 것들까지 찾아 줄 만한 능력 있는 상단 하나를 제가 알고 있습니다."

"어딘가? 그곳이?"

"이번에 북경에 새로 지부를 세운 곳입니다. 은해상단
이라는 곳인데 그곳의 소단주가 얼마나 괘씸…… 아니,
얼마나 능력이 좋은지 모릅니다. 하하하."

그 말을 들은 귀주성 포정사가 그대로 은해상단에 찾아
가 의뢰를 해 버린 것이다.

더 환장할 일은, 은해상단의 은서호 소단주가 진짜 눈
을 가지고 왔다는 거다.

만약 그 눈을 가지고 무사히 귀주성에 도착한다면, 자
신은 매염을 볼 면목이 없어진다.

그러던 중 우연히 대화를 듣게 되었다.

"그거 들었어? 저 상자 안에 기물이 있다는데?"

"기물?"

"그래. 노리개인데, 냉기를 주변에 퍼트려서 눈이 녹지
않게 해 준대."

포정사와 함께 은해상단 북해지부에 갔던 이들의 말에
평탁은 해서는 안 될 생각을 떠올렸다.

그건 바로 그 기물을 훔치는 것.

그 기물이 없다면 눈은 여름의 뜨거운 태양에 순식간에
녹아 버릴 터.

'관리소홀 책임을 물어서 의뢰를 파기하고, 오성상단에

다시 의뢰하자고 아뢰면 되는 거지. 흐흐흐.'

그렇게 생각하며 몰래 배 갑판으로 나온 평탁은 주변을
둘러보았다.

다행히 아무도 없었다.

'하긴, 지금 시간이 축시(丑時:01~03시)인데.'

배는 잔잔한 물길을 이동하는 중이었기에, 선원들도 별
신경 쓰지 않고 있었다.

그는 물건을 선적해 놓은 선실로 들어갔다. 다행히 그
곳을 지키는 이들은 없었다.

그도 그럴 것이, 현재 배에 탄 이들은 모두 포정사 일
행이었기 때문이다.

도난 걱정이 없었기에, 지키는 이들이 없는 것.

그 선실 안에 눈이 들어 있는 상자가 있었다.

그는 조심조심 상자를 열었다.

끼익-.

생각보다 큰 소리가 나는 바람에 그는 움찔했다.

식은땀을 흘리며 주변을 둘러보았지만, 특별히 느껴지
는 기척은 없었다.

'휴우…….'

그는 안도의 한숨을 내쉬며 상자를 마저 열었고, 안쪽
상자의 겉면에 매달려 있는 노리개를 발견했다.

'이거로군!'

그는 손을 뻗어 노리개를 취했다.

이왕 상자를 연 김에 안에 물을 뿌려서 눈을 녹여 버릴

까 생각했지만, 이내 생각을 달리했다.

작은 상자 안에는 방울도 달려 있어서 그걸 건드리면 방울이 흔들리며 소리가 날 게 분명했다.

'쓸데없이 철저하군.'

어차피 기물이 없으면 눈은 녹아 버릴 테니까.

그는 그 노리개를 옷소매에 넣은 후 상자를 닫았다.

그리고 선실을 나와서 노리개를 강에 던지려다가 멈칫했다.

'이 무가지보를 버리기에는 아깝지! 그래, 이건 내가 요긴하게 써야겠군.'

냉기를 퍼트리는 기물이다.

요즘같이 더운 날에 딱 좋은 기물이 아닌가!

게다가 여름의 귀주성은 미친 듯이 더웠으니까.

그렇게 평탁은 자신의 자리로 돌아가며, 자신의 범행이 깊은 어둠 속에 묻히기를 바랐다.

* * *

잠에서 깨어 보니 아직 새벽인 듯했다.

나는 곧바로 간단하게 운기조식을 했다.

초절정에 오른 이후로 그 시간이 더 짧아져서 이제는 금방이었다.

그래도 체력훈련을 빼먹으면 안 되겠지.

사부님께서는 경지가 올라갈수록 체력이 그에 수반되

어야 한다는 분이시니까.

안 그러면 내공과 몸의 불균형으로 인해 언제고 문제가 생긴다는 입장이셨다.

나도 동의하는 바다.

사부님의 가르침 덕분인지 지금까지 몸과 내공의 괴리로 인한 부작용을 겪은 적이 없으니까.

그때 진유 무사가 안으로 들어왔다.

"기침하셨습니까?"

"네. 좋은 아침이네요."

"드릴 말씀이 있습니다. 간밤에 포정사의 부관 중 한 사람이 그 노리개를 가져갔습니다."

눈이 담긴 상자 주변에 아무도 없다고 생각했겠지만, 내가 진짜 상자 주변에서 호위를 물렸을까?

그럴 리가.

공개적으로는 호위를 물리고, 진유 무사에게 몰래 상자를 지켜 달라고 부탁했다.

그리고 낮에는 내가 기감을 끌어 올려서 지키고.

대놓고 지키기에는, 자신들을 믿지 못하는 거냐는 불만을 들을 것 같아서 말이지.

이제 대놓고 상자를 지킬 수 있는 명분이 생겼네.

그런데 범인이 누구라고? 포정사의 부관?

"와, 그건 생각지도 못했네요."

그렇다면 그자는 왜 그런 짓을 했을까?

우리가 딱히 밉보일 만한 짓을 한 적은 없다. 그렇다고 해도 위험을 무릅쓰고 우리를 엿 먹인다고?

아무리 생각해도 그렇게 대담한 짓을 할 이유는 한 가지밖에 없다.

매수당한 거다.

아마 그 상대는 귀주성의 상단 중 하나겠지.

우연찮게 공부 관리들 때문에 내게 의뢰를 하게 되었지만, 그게 아니었다면 이전의 삶에서처럼 귀주성의 상단에게 의뢰를 했을 것이다.

그렇다면 답은 뻔하지.

우리의 관리 소홀로 몰아가서 계약을 파기하고, 자기들이 계약을 따낼 계획으로 이런 짓을 한 것일 거다.

하지만 나를 너무 만만하게 봤네.

내가 씩 웃자, 옆에 있던 팔갑이 움찔하며 물었다.

"무, 무섭게 왜 그렇게 웃으십니까요?"

"내가 뭘?"

"……아닙니다요."

나는 침상에서 일어나며 말했다.

"그럼 범인을 잡아 볼까?"

"그 노리개를 강에 버렸으면, 증거가 없지 않습니까요?"

팔갑이 그리 우려했지만, 내 생각은 다르다.

"안 버렸을 거야. 본인은 그걸 무가지보라고 생각하고 있을 테니까."

만약 그걸 미련 없이 강에 버렸다면 인정할 만한 인물

이다. 내 사람으로 삼고 싶을 만큼.

"후, 그럼 갑시다."

"네."

내가 문을 나서자, 호위 순번인 서우 무사와 명종 무사가 나를 따랐다.

그리고 상자를 놓아둔 선실로 들어갔고, 상자를 열었다. 정말 노리개가 없었다.

나는 심호흡을 하고는 크게 소리를 쳤다.

"으허어어억!"

배에 타고 있던 이들이 하나둘 선실로 달려왔다.

"여기서 소리가 난 것 같은데?"

"무슨 일입니까?"

"어? 소단주? 괜찮으십니까?"

그들이 선실로 들어오자, 나는 당황한 표정으로 외쳤다.

"크, 큰일입니다! 노리개가! 노리개가 사라졌습니다!"

"네? 노리개라면?"

"냉기를 퍼트리는 기물인, 노리개 말입니다."

이 일은 즉시 포정사에게 전해졌고, 그는 사색이 되어 한달음에 달려왔다.

"그게 무슨 말인가? 냉기를 퍼트리는 기물이 사라졌다니?"

"사실 간밤에 꿈자리가 사나웠습니다. 혹시나 해서 새

벽에 잠에서 깨자마자 눈의 상태를 살피러 왔습니다. 그런데…… 기물이 사라진 상태였습니다."

나는 침울한 표정을 지으며 말했다.

"저는 이 배에 탄 모두를 믿고 경비도 세워 놓지 않았는데 이런 일이 생기다니……."

내 관리 소홀에 대해 추궁하기 전에 먼저 선수를 쳤다.

"너무 안일했네. 그래도 경비를 세워 놓았어야지!"

누군가의 질책에 나는 속으로 웃었다.

역시 예상대로였으니까.

"제가 경비를 세운다고 했을 때, 자신들을 믿지 못하는 거냐고 했던 분이 누구셨죠?"

누구긴 누구야? 지금 이 질문을 한 너님이지.

"험, 험험……."

그는 민망한 표정으로 쏙 들어갔다.

그때 누군가 말했다.

"혹시 간밤에 수적이 침입했을 수도 있습니다."

"그건 불가능합니다. 이 장강은 수적들이 거의 없는 곳입니다."

"그건 그렇지만……."

"게다가 수적들이 침입했다면 다른 귀중품들을 챙기거나 누군가를 습격했겠죠. 굳이 이 선실에 들어와 평범해 보이는 상자만 열어 보지는 않았을 겁니다."

내 말에 수적 침입설을 제시한 자는 붉어진 얼굴로 헛기침을 하며 고개를 돌렸다.

포정사가 난감한 표정으로 말했다.

"어찌 되었든 내 사과하겠네. 미안하네."

"아닙니다. 이게 어찌 포정사 대인께서 사과하실 일이 겠습니까?"

"고맙네."

포정사는 한숨을 내쉬다가 한 가지 사실을 깨닫고 외쳤다.

"잠깐, 그 기물이 없어졌다는 건 눈이 녹고 있다는 것 아닌가?"

"그건 괜찮습니다."

"응?"

내 말에 그는 반문했다.

"괜찮다니? 그건 또 무슨 말인가?"

"유비무환이라고 했습니다. 그 노리개 기물 말고도 몇 가지 수를 더 써 놔서 눈이 금방 녹지는 않을 겁니다. 하지만 그 기물이 있어야 완벽한 상태로 옮길 수 있습니다."

"불행 중 다행이로군. 하지만 찾긴 찾아야 한다는 거군."

"그렇습니다."

나는 포권하며 말했다.

"아뢰옵기 송구하오나, 상자 안의 그 기물만 가져간 것으로 보아 이는 두 가지 가능성이 있습니다. 첫째로 그 기물을 노린 범행. 둘째로, 눈이 녹게 만들려는 의도를 가진 범행입니다."

나는 말을 이었다.

"어떤 의도로든, 대인께 피해를 끼치려는 자입니다. 범인을 반드시 찾아야 합니다."

"물론이네. 내가 눈을 구하는 일에 얼마나 간절한데 감히 이런 짓을 하다니!"

포정사는 분노에 찬 표정으로 주먹을 꽉 쥐었다.

"그 기물을 찾기 위해 수색을 해도 되겠습니까?"

"허가하네."

"감사합니다."

"그럼 지금부터 짐 수색을 하겠습니다. 모든 분께서는 갑판에 모여 주십시오."

내 말에 모든 이들은 갑판으로 모였다. 그리고 나는 내 호위무사들에게 그들을 지키게 하였다.

나는 포정사와 함께 직접 짐 수색을 시작했다.

아니, 수색하는 척했다.

왜냐면 어디에 그 노리개가 있는지 알고 있으니까.

그렇게 수색을 하던 중,

"아이쿠!"

나는 일부러 넘어졌다.

"이런, 괜찮나?"

"괜찮습니다."

"조심해야지."

"송구합니다. 뭔가에 발이 걸린 듯합니다."

내 말에 옆의 팔갑이 적절하게 끼어들었다. 역시 눈치 빠른 녀석이다.

"매끈한 바닥인데 뭐에 걸렸다는 겁니까요?"

그리 말하며 바닥을 살피던 팔갑이 고개를 갸웃했다.

"어라? 이거 바닥이 살짝 들떠 있습니다요."

선실의 바닥은 긴 널빤지를 이어 붙인 구조다.

그런데 팔갑이 가리킨 곳의 널빤지가 살짝 떠 있었다.

물론 아주 살짝이라서 다들 대수롭지 않게 넘길 부분이었다.

그때 팔갑이 놀란 표정을 지었다.

"어? 여기에 왜 서리가?"

"서리?"

그 말에 나는 얼른 그 바닥을 뜯어보았고, 그 안에서 노리개를 발견할 수 있었다.

"이런!"

"노리개가 왜 여기에서?"

"아무래도 이곳에 숨겨 놓은 모양입니다. 이 선실을 쓰는 이가 누굽니까?"

잠시 후.

선실 안으로 열 명의 이들이 들어왔다. 그들이 이 선실을 쓰는 이들이다.

그들은 병사들이 아닌, 나름 각자의 직책이 있는 이들이었다.

그런 이들만 불러오자 포정사가 나섰다.

"이 선실에서 이 기물이 발견되었다. 그리고 이 선실은 아무나 들어오지 못하는 곳이니만큼 여기 있는 너희들 중 하나가 이런 짓을 했다는 의미겠지."

포정사가 그들을 압박하기 시작했다.

"누구냐? 누가 이런 가증스러운 짓을 한 것인지 말해라! 지금 순순히 말한다면 정상참작은 해 주지."

"……."

그러나 아무도 입을 열지 않았다.

당연하지.

저 말에 순순히 자백한다면, 처음부터 이런 짓을 하지는 않았을 터.

보기보다 포정사 대인이 심문을 잘 못하시네.

사실 나는 누가 범인인지 알고 있지만, 그것만으로는 안 된다. 모두를 납득시키는 것이 중요했다.

뭐, 다른 곳에 노리개를 숨겼을 건 예상했다.

바보가 아닌 이상 짐 수색을 예상하고 당연히 다른 곳에 숨겼을 테니까.

하지만 배 안이라는 공간적인 제약 때문에 숨길 수 있는 곳은 범인이 머무는 선실로 한정되어 있었다.

어딜 가든 누군가가 있었으니까.

하지만 이 선실이라면, 함께 쓰는 이들도 적고 그들 나름대로 바쁘니 틈이 있었을 거다.

노리개의 역할은, 모두가 납득할 만한 이유로 범인 후

보를 좁히는 것에 있었다.

내가 주목한 건 다른 증거다.

그러니까 빼도 박도 못할 증거.

"저, 대인. 제가 한마디 해도 되겠습니까?"

그가 고개를 끄덕이자, 나는 한 걸음 나서며 말했다.

"이 기물은 냉기를 퍼뜨리는 효능이 있습니다. 그렇다는 건, 이 자체가 냉기를 담고 있다는 의미입니다. 잠시 만지는 건 괜찮지만, 오래 만지고 있으면 동상에 걸릴 정도입니다."

나는 말을 이었다.

"생각을 해 봅시다. 곁의 상자를 열고 이 기물을 취했습니다. 그런데 노리개가 무척 차갑죠. 게다가 이걸 손에 쥔 상태로는 상자를 닫지 못합니다. 그런데 이걸 누군가 본다면 그것대로 곤란합니다. 그러니 바닥에 내려놓지도 못합니다. 그렇다면 이걸 어떻게 했을까요?"

"……."

"모두 소매를 내밀어 보십시오."

내 말에 그들은 소매를 내밀었고, 나는 그들의 소매를 살피며 말했다.

"여러분들께서는 더운 지방에만 계셔서 잘 모르시겠지만, 여러분들이 입으신 옷감은 식물에서 채취한 것입니다."

식물 중에서 유독 껍질이 질긴 것들이 있는데, 그것으로 옷감을 짜서 옷을 만들어 입는 것이다.

귀주성은 고온다습하기에 바람이 잘 통하는 옷을 입어야 피부병으로 고생하지 않기 때문이다.

"그런 옷의 특징은, 만약 얼게 되면 변색되고 옷감이 많이 상한다는 겁니다."

나는 빙긋 웃으며 말했다.

"뭐, 지금 입으신 옷이 얼 정도의 추위를 경험해 보신 적이 별로 없으시니 모르시는 게 당연합니다."

"……."

"아까 드린 질문의 답이 여기 있습니다. 그 기물을 소매 안에 넣은 겁니다."

통풍을 위해 하나같이 소매가 넓게 만들어져 있었으니까.

"그래서 옷감이 상한 겁니다."

나는 그들 중 한 사람의 손목을 잡으며 말했다.

"이렇게 말입니다."

그 옷소매는, 변색되어 있었다.

잡았다. 범인.

내 말에 그는 당황한 표정이 역력했지만, 내 손을 뿌리치며 변명했다.

"이, 이건 어제 차를 흘리는 바람에 이런 것뿐이오! 괜히 생사람 잡지 마시오!"

"제가 찻물 때문에 물이 든 건지, 얼어서 변색된 것인지도 구분하지 못하는 얼간이로 보이십니까? 그리고 옷감이 상한 건 어떻게 설명하실 겁니까?"

"그, 그러니까……."

그는 땀을 삐질삐질 흘렸다.

이미 빠져나갈 구멍이 없는데, 애쓰시네.

"이 자식이!"

그때, 평탁이 범인이라는 것을 확신한 포정사가 그를 향해 주먹을 휘둘렀다.

퍼억!

"아이쿠!"

평탁은 얼굴을 감싸 쥐며 뒤로 나동그라졌다. 손을 뗀 그의 입술이 찢어져 피가 흐르고 있었다.

그가 입을 열자 피에 물든 하얀 치아 두 개가 바닥에 떨어졌다.

와…….

포정사 대인, 한때 주먹 좀 쓰셨나 보네?

무공을 전혀 익히지 않은 것 같은데, 어떻게 주먹 한 방으로 치아를 두 개나 날려 버릴 수 있지?

그만큼 전력을 다해 주먹을 날릴 정도로 그는 단단히 화가 난 상태였다.

"내가 이번 일에 얼마나 진심인지 알면서 이런 짓거리를 해?"

"주, 죽을죄를 지었습니다!"

"누구의 사주를 받은 것이냐?"

"사, 사주라니요? 그런 거 없습니다!"

평탁은 필사적으로 고개를 저었다.

당연하겠지. 배후가 있었음을 밝힌다면 포정사의 부관으로서 청탁을 받은 것이 되는 만큼, 죄는 더 무거워질 테니까.

그러나 포정사의 얼굴은 냉담했다.

"네가 정녕 고신을 받아야 실토를 하겠느냐?"

"저, 정말 없…….."

그때 누군가 말했다.

"대인, 아뢰옵기 송구하오나 얼마 전 저에게 누군가 평 부관에 대해 말해 준 적이 있습니다."

그는 포정사의 또 다른 부관이었다.

"요즘 평 부관이 오성상단의 사람과 자주 어울린다는 이야기였습니다."

오성상단에 대한 이야기가 나오자 평탁의 얼굴에는 당혹스러움이 역력했다.

배후가 오성상단이구나.

"그간 수상한 점이 한두 가지가 아니라 자체적으로 조사 중이었습니다. 확실해지면 보고드리려 했는데, 이런 일이 생기고 말았습니다."

그는 머리를 숙였다.

"이는 대인께 미리 언질을 드리지 못한 소인의 잘못입니다."

그 말에 포정사는 고개를 저으며 그의 어깨를 잡아 몸을 일으켰다.

"괜찮네. 지 부관은 괜한 분란을 만들지 않기 위해 그랬던 것뿐임을 아네."

"대인……."

"그런데, 방금 수상한 점이라고 했나?"

그의 물음에 지 부관이라고 한 자가 고개를 끄덕였다.

"네. 그렇습니다."

순간 내 뇌리에 스쳐 지나가는 생각이 있었다.

오성상단의 사주를 받고 기물을 훔칠 정도이다. 그렇다면 그 이전에도 이와 비슷한 일을 해 오지 않았을까?

지 부관이 입을 열었다.

"전에 건물 보수를 위해 나무를 납품받을 때 상단들을 통해 경쟁 입찰을 하지 않았습니까?"

"그랬지."

"당시 대인께서는 가격보다 그 목재의 질을 더 중시하라고 하셔서 직접 방문하여 목재의 질을 살폈고, 오성상단은 우리가 보고자 하는 것들에 대해 완벽하게 준비를 한 상태였습니다."

"그랬지. 가장 상태가 좋아서 오성상단이 낙찰된 것 아닌가?"

"맞습니다. 그런데 뭔가 이상하다고 생각되지 않으십니까?"

다른 이들이 고개를 갸웃할 때 내가 나섰다.

"그 어느 상단도, 상대방이 원하는 것에 대해 완벽하게 준비할 수는 없습니다. 미리 정보를 알고 있지 않은 한 말입니다."

내 말에 모두의 시선이 평탁을 향했다.

"설마?"

지 부관이 말을 이었다.

"그러나 정작 납품된 목재는 질이 낮았습니다. 이에 대해 대목장이 여러 번 불만을 제기했으나 이를 담당했던 부관은 그 불만을 묵살했다고 합니다."

"그 담당 부관이 저 새끼고?"

"그러하옵니다. 그뿐만이 아닙니다."

그의 입에서 줄줄이 나오는 행적에, 포정사는 기가 찬 듯 헛웃음을 지었다.

그리고 나를 보며 말했다.

"자네가 그 기물을 잃어버렸던 건 어찌 보면 나를 위한 일이었는지도 모르겠군. 저놈을 계속 데리고 있었다면 분명 나는 큰 화를 당했을 거야."

그 말에 나는 쓴웃음을 지었다.

내 이전 삶에서 포정사의 딸에게 사기를 쳐서 죽게 한 곳이 오성상단이라는 것이 기억났으니까.

그로 인해 오성상단이 탈탈 털리는 과정에 평탁이라는 저 부관도 같이 털려 나갔을 거다.

하지만 그러면 뭐 하는가? 딸은 이미 죽었는데.

딸이 죽은 것보다 더 큰 화는 없을 터. 그러니 포정사의 그 말은 맞는 말이었다.

나는 포권하며 말했다.

"아무래도, 천지신명께서 대인을 굽어살피시는 모양입

니다."

"정말 자네 말대로네. 내가 볼 때 천지신명께서 자네라는 귀인을 보내 주신 듯하네."

"저는 그저 천한 상인일 뿐입니다."

"천지신명께서 보내 주신 귀인에 천함이 어디에 있겠는가?"

그는 평탁을 일별하며 병사들에게 명령했다.

"저 자식을 기둥에 묶고 재갈을 물려라."

"네!"

나는 포권하며 말했다.

"그럼 저는 이 기물을 다시 설치하러 가 봐도 되겠습니까?"

"당연하지! 어서 가서 설치하게!"

"그럼 저는 이만."

나는 호위무사들과 함께 상자가 있는 선실로 향했다. 그리고 상자를 열고 기물인 척 속인 노리개를 달았다.

물론 다시 냉기를 불어 넣는 것도 잊지 않았다.

오성상단은 이런 상황을 까맣게 모르고 있겠지.

포정사는 귀주에 도착하자마자 오성상단에 병사들을 보낼 것 같은데.

솔직히 상단에서 누군가를 매수하여 정보를 알아내는 일은 흔한 일이다.

하지만 오성상단은 그 선을 넘지 말아야 했다.

아까 지 부관이 말한 바에 의하면 평탁은 오성상단을

위해 꽤 여러 번 서류를 조작한 듯했다.

아무리 상단의 이익이 중요해도 정도를 지켜야 하는 법.

우리가 그런 짓을 할 줄 몰라서 안 하는 게 아니다.

정도가 아니기에 하지 않는 거다.

.

.

.

며칠이 지났다.

평탁의 기물 절도 사건이 있고 난 뒤, 이제 나는 대놓고 호위들에게 상자를 지키라고 할 수 있게 되었다.

이제 저들은 "우리를 믿지 못하는 거냐?"는 불만을 말할 수 없는 상황이니까.

그리고 솔직히 그런 일이 있었는데 상자를 지키지 않는 것도 웃기잖아?

평탁은 여전히 기둥에 묶여 있었다.

솔직히 모두가 오가는 공간에 묶여 있는 그 자체가 그에게는 고통이었을 거다.

일반 병사도 아니고 부관이라는 지위에 있던 자의 그 명예가 바닥으로 떨어진 거니까.

하지만, 자업자득이다.

"어떻게 사람의 탈을 쓰고 그럴 수 있지? 대인께서 따님을 얼마나 사랑하는지 잘 알면서."

"그러니까! 어떻게 자령 아가씨에게 그런 짓을 할 수가 있어?"

"자령 아가씨를 배신하다니!"

"우리 자령 아가씨에게 그런 못된 짓을 한 그 자식은 죽어도 싸!"

"그래도 다행이지! 은 소단주의 선견지명이 아니었다면 자령 아가씨가 얼마나 상심할 뻔했어."

"자령 아가씨가 저 눈을 보고 웃으시겠지?"

나는 사람들의 말에 고개를 살짝 갸웃했다.

그들은 평탁이 서류 조작이라든지 정보를 빼돌렸다든지 그런 것보다 포정사의 딸을 속상하게 할 뻔했다는 것에 더 분노하고 있었기 때문이다.

한 번도 본 적은 없지만, 저렇게 모두에게 사랑받는 소저에 대해서는 개인적으로 궁금증이 생겼다.

하여 기회를 보다가 백호의 직을 맡은 자에게 슬쩍 물었다.

"포정사 대인의 따님은 어떤 분입니까?"

"응? 자령 아가씨 말인가?"

"따님의 이름이 자령입니까?"

"아, 그렇다네."

포정사의 이름이 동휘니까, 그럼 동자령 소저이군.

"그런데 그건 왜 묻는가?"

"이런 것을 여쭙기 좀 그렇지만, 그래도 알아두어야 제가 실수하지 않을 것 같아서 말입니다. 그렇다고 포정사 대인께 여쭙기도 그렇고…….”

“음, 그렇긴 하군.”

그는 고개를 끄덕이더니 나에게 말했다.

“그래, 내가 대답할 수 있는 건 대답해 주지. 뭐가 궁금한가?”

“저, 소저의 연치가 어찌 됩니까?”

“올해 열아홉이라네.”

일반적인 관리의 집안이라면 벌써 혼인을 했을 나이다.

하지만 병석에 누워 있으니, 혼인은 꿈도 꾸지 못했겠지.

나는 고개를 주억거리며 조심스럽게 물었다.

“그러면, 어릴 적부터 아프셨던 겁니까?”

“아, 그건 아니네.”

그는 고개를 저었다.

“내가 백호가 되기 전에는 대인의 집안에서 개인 사병으로 있었거든. 그래서 알고 있는데 우리 자령 아가씨도 어릴 적에는 무척 건강하셨네.”

“그럼 언제부터…….”

그는 한숨을 푹 내쉬었다.

“삼 년 전쯤, 그러니까 아가씨가 열여섯 살이 되었을 때부터 갑자기 아프시더니, 지금은 침상에서 벗어나는 것도 힘들어하신다네.”

“그러셨군요.”

나는 고개를 끄덕였다.

"그리고 포정사 대인께서는 귀주성에서 계속 계셨다고 들었습니다."

"맞네. 귀주성의 참의와 참정으로 오래 계셨거든."

비록 지방관이지만 한 성의 육조의 실무관인 참의가 종사품이고, 육조의 수장인 참정이 종삼품이다.

포정사가 종이품이고.

그 말은 즉, 처음부터 고관에 계셨다는 건데?

그러고 보니 지금 포정사 대인은 포정사라는 직책에 비해 젊은 편이다.

그렇다면…….

"혹시, 포정사 대인의 집안 중에 황족과 관련이 있으신 분이 계십니까?"

"어찌 알았나? 대인께서는 과거에 장원급제하시긴 했지만, 사실 건충왕 전하의 외손자가 되시세."

그럼 건충왕의 딸을 어머니로 두었다는 거네.

그럼 그렇지.

젊은 나이에 고위직에 있을 수 있는 건 두 가지 이유가 가장 유력하다.

미친 듯이 일을 잘하거나.

아니면, 황금빛 수저를 입에 물고 태어나거나.

그래도 의외네?

보통 황금빛 수저를 물고 태어나면 일하지 않아도 먹고 살 수 있으니 공부에 크게 관심을 두지 않는데, 장원급제를 할 정도라니.

하지만 조금만 생각해 본다면 귀주성의 포정사가 현명한 것이긴 하다.

아무리 황족이라고 해도 대가 바뀔수록 그 위상은 급격히 떨어지니까.

게다가 현 황제는 황족들의 재산을 싹 걷어가는 대신, 다달이 품위 유지비를 주기 시작했다.

그렇게 되면 현 황족의 손자 정도까지는 품위 유지비를 받지만, 그 아래부터는 그게 어려워진다.

그러니 일찍부터 자신의 자손들을 위해 공부를 하기 시작한 거다.

미처 몰랐는데, 대단하신 분이다.

그나저나 포정사가 장원급제를 했음에도 왜 중앙에 있지 않고, 계속 귀주성의 관리로 있는지도 짐작이 간다.

귀주성은 북경에서 먼 곳, 그런 곳에서 불온한 세력이 발흥하지 않도록 잘 살피라는 뜻이겠지.

그 대신, 시작부터 높은 관직을 주고 일을 시킨 거겠고.

포정사 입장에서도 속 편할 수 있다.

괜한 일로 황제로부터 경계도 받지 않고, 이상한 일에 휘말리지도 않고 편하게 지낼 수 있으니까.

내 이전 삶에서 귀주성이 편안했던 것을 생각하면 그래도 행정에는 능력이 있는 분이다.

그럼 다시 본래 주제로 돌아와서…….

"모든 분이 자령 소저를 좋아하는 듯합니다."

"그야 당연하지!"

그는 흐뭇한 미소를 지었다.

"자령 아가씨는 보고만 있어도 힘이 나거든. 얼마나 상냥하고 애교 많고 아름답고…….."

나는 일각이나 자령 소저에 대한 칭송을 들었다.

"그런데 저 ×× 같은 새끼가!"

그리고 평탁에 대한 분노도.

.

.

.

우장강을 타고 내려온 우리는 슬슬 내릴 준비를 했다.

귀주성의 성도인 귀양에 도착할 때가 되었기 때문이다.

배가 속도를 늦추었고, 곧 나루터가 보였다.

선원이 밧줄을 던지고, 나루터의 선원이 배를 고정했다.

끼이익—! 쿵—!

하선을 위한, 배와 나루터를 잇는 기다란 널빤지가 깔렸다.

우리는 그 널빤지를 걸어 배에서 내렸다.

승선 인원이 제법 많았기에, 하선하는 데도 시간이 걸렸다.

나루터에서 귀주성 승선포정사사까지는 반나절이 걸렸

으니 그냥 가도 되긴 하지만, 오랜 기간 말을 배에 태웠기에 말에게 휴식을 주어야 했다.

나루터 근처의 마역에 있는 말이 마침 열 필이 있었기에, 포정사는 아홉 명의 무사와 자신의 부관을 먼저 보냈다.

오성상단이 상황을 눈치채고 선수를 치기 전에 상단에 병사들을 보내기 위함이었다.

평탁은 지금 커다란 가마니 안에 들어가 있었다.

오성상단의 세작들에게 평탁의 모습을 보여 주지 않기 위해서였다.

그렇게 근처의 객잔에서 하루를 쉰 우리는 아침이 되자마자 채비를 갖추고 승선포정사사로 향했다.

포정사 가족이 그곳의 사택에서 머물고 있으니까.

귀주성은 삼 년 만인가?

당숙인 은조산 상단주 때문에 왔었지.

그 뒤로는 직접 올 일이 없었다.

지금 미과상단은 상호만 미과상단이지, 사실상 우리 은해상단의 지부나 다름없는 곳이다.

그때 더러운 경쟁을 벌였던 남호상단에서 들어오는 전체 수익의 삼 할이라는 돈은 지금도 아주 짭짤했다.

나는 이번에 아버지께 받았던 답신을 떠올렸다.

[이왕 귀주성에 가게 되었으니, 내 이름으로 송식 지부

장에게 안부를 전해 다오.]

아버지의 부탁도 있으니, 일을 끝내고 오면서 잠시 미과상단에 들러야겠네.

어느새 우리는 승선포정사사에 도착했다.

"먼 여로에 고생이 많으셨습니다."

그리고 관복을 입은 이들이 문 앞까지 나와 포정사를 맞이하였다.

포정사는 마차에서 내렸다.

"내가 없는 동안 성을 치리하느라 고생이 많았네. 내조만간 자네들의 노고를 위로하기 위한 연회를 열도록 하겠네."

"대인의 은혜에 감사드립니다."

그때였다.

저 안쪽에서 누군가 허겁지겁 달려 나온 것은.

"어? 대, 대인! 대인! 큰일입니다!"

급하게 달려온 자는 한 여인이었는데, 그녀를 본 포정사의 눈이 휘둥그레졌다.

"아니, 너는 자령이의 시녀가 아니냐?"

"대인! 자령 아가씨가 혼절해 깨어나지 못하고 계십니다."

그게 무슨 말이지?

포정사의 딸이 혼절했다니?

"뭐라고?"

놀란 포정사는 얼른 안채로 향했고, 어쩌다 보니 우리
도 얼떨결에 포정사를 따르게 되었다.

사택은 제법 넓고 아늑하게 잘 꾸며져 있었는데, 딸을
위해 정성을 들인 듯했다.

그런데 내가 이렇게 내처까지 들어와도 되는 건가?

"자령아! 자령아!"

포정사는 딸의 이름을 부르며 딸의 방으로 들어갔다.
나는 침상 위에 누워 있는 한 소저를 볼 수 있었다.

파리한 모습이었지만, 이목구비가 뚜렷한 것을 보니 건
강했을 때는 꽤 미인이었을 듯했다.

포정사가 연신 그녀를 불렀음에도, 그녀는 미동도 없었
다.

"어찌 된 일이냐?"

그 물음에 시녀가 대답했다.

"오늘 아침부터 아가씨의 상태가 좋지 않았습니다. 그
러다가 기침을 연신 하시더니 갑자기 혼절하셨습니다."

포정사와 집안사람들이 안절부절못하는 것을 보니, 그
녀가 혼절한 건 처음인 듯했다.

"의원!"

"네! 대인!"

"내 딸의 상태는 어떤가?"

그의 물음에 의원이 진땀을 흘리며 대답했다.

"그것이, 도통 이유를 알 수 없습니다."

"이유를 알 수 없다니?"

"분명 맥은 정상적으로 뛰는데……."

그때 나는 뭔가 기시감을 느꼈다.

맥은 정상적으로 뛰지만, 이상하게 조금씩 병이 깊어지고 있다고?

나는 슬쩍 기운을 뻗어 소저 옆의 찻주전자를 살폈다.

"……!"

익숙한 기운이다.

일전에 내가 느껴 봤던 기운.

"저, 송구합니다만 소저의 병명이 무엇입니까?"

내 물음에 의원이 대답했다.

"처음 보는 종류의 병입니다."

"혹시 소저께서 평소 갈증이 난다고는 하시지만, 그냥 물은 드시지 못하고 꼭 차를 드시지 않습니까?"

"어? 맞습니다."

내 말에 대답한 자는 시녀였다.

나는 그녀에게 계속해서 물었다.

"그리고 땀도 많이 흘리시지 않습니까?"

"맞습니다."

"한겨울에도 땀을…… 아, 여기는 더운 곳이니 그건 모르겠군요. 혹시 아침마다 속이 얹힌 것 같이 답답하다고 하지 않으십니까?"

"어? 맞습니다."

"그것도 차를 마시면 나아지고요?"

"네! 그래서 차 드시는 것을 무척 좋아하십니다."

지금까지 내가 물은 건, 백발화의에게 들었던 그 독으로 인해 상태가 중해졌을 때의 증상들이다.

그렇다. 지금 소저는 병에 걸린 것이 아니라, 독에 중독된 것이다.

"저, 그런데…… 누구십니까?"

나는 시녀의 질문에 대답하지 않고 한 가지 질문을 더 던졌다.

"혹시 소저께서 드시는 차 중에 화조청음, 매중명월, 녹미인이 있습니까?"

내 질문에 그녀는 깜짝 놀라 반문했다.

"대체 그건 어떻게 아시는 겁니까? 그 차들을 무척 좋아하십니다. 그래서 매일 그 세 가지 차를 드십니다."

"대추도 드시죠?"

내 물음에 그녀는 고개를 끄덕이며 옆에 놓인 함을 열어 보였다.

그 안에는 말린 대추가 가득했다.

아, 젠장.

그 독을 이곳에서 또다시 마주하다니.

화조청음, 매중명월, 녹미인.

이 세 가지 차에 섞인 독이 균형을 이루며 증상이 나타나지 않다가 대추 안의 독을 통해 균형이 깨지며 증상이 나타나는 사중첩 독.

지난 삶에서 황후를 죽이고, 이번 삶에서 제갈세가의 태상가주가 중독되었던 독인 무각수(無覺藪)다.

내가 연달아 질문을 던지고, 그 질문이 다 맞아떨어지는 것에 의아함을 느꼈는지 포정사가 나에게 물었다.

"지금 대체 무슨 소리를 하는 건가? 자령이의 증세를 자네가 어찌 아는 건가?"

"사실, 소상은 제갈세가에 초대를 받아 갔던 적이 있습니다. 자세한 건 말씀드릴 수 없지만, 그때 소저와 같은 증세로 큰일을 치를 뻔한 분이 계십니다. 하여 혹시나 해서 질문을 드린 겁니다."

"그럼, 자네는 자령이가 왜 아픈 것인지 아는 건가?"

"네. 압니다. 소저께서는 지금 독에 중독되신 겁니다."

내 말에 포정사는 충격에 휘청거렸지만, 이내 자세를 바로 하고는 나를 보았다.

"독? 대체 누가 자령이에게 독을 썼다는 건가?"

"저 역시 그건 모릅니다. 제가 소저를 본 건 오늘이 처음이니까요."

"하긴, 그렇지. 자네는 오늘 처음……."

그는 나를 보며 잠시 눈을 깜박였다. 내가 얼떨결에 이곳까지 왔다는 것을 깨달은 듯했다.

나는 얼른 포권하여 고개를 숙였다.

"외부인인 제가 내처까지 들어오게 되어 송구하게 생각합니다. 어쩌다 보니 사정이 이리되었으니 용서해 주십시오."

"아, 아닐세. 상황이 매우 급했으니 자네도 어쩔 수 없었겠지. 자네에게 먼저 처소를 안내해 주지 못한 내 잘못도 있네."

그는 말을 이었다.

"그보다 자령이를 치료할 수 있나?"

"저는 상인이지, 의원이 아닙니다. 다만 치료할 수 있는 분을 알고 있습니다."

"그자가 누군가?"

"혹시 백발화의라고 아십니까?"

내 물음에 옆에 서 있던 의원이 말했다.

"백발화의라면 호북성에 계시는 분이 아닙니까?"

"맞습니다."

의원은 얼른 포정사에게 말했다.

"대인, 아가씨께서 독에 중독된 거라면 얼른 그를 불러야 합니다. 그는 해독에 관해서는 타의 추종을 불허하는 인물입니다. 저는 병을 치료하는 자이지, 이런 독에 대해서는 그다지 해박하지 못합니다."

"당장 그자를 불러오도록 해라! 돈이 얼마가 들어도 상관없다!"

"네!"

그는 아련한 눈으로 딸을 바라보았다.

"자령아, 너에게 보여 주려고 눈을 가져왔는데……."

"대인, 증상을 들어 보니 몇 시진 후면 정신을 차리실 겁니다. 너무 걱정하지 않으셔도 됩니다."

"다행이군."

"그러니 그때 눈을 보여 드리면 좋을 듯합니다."

"그래, 고맙네. 희망을 가져야지."

그는 나에게 말했다.

"머물 처소를 내줄 테니 그곳에 가 있도록 하게."

"그럼, 소상은 이만 물러가겠습니다."

나는 시종의 안내를 받으며 안채에서 나갔고 외처에 있는 빈객당으로 안내받았다.

나는 다탁에 앉아 이번 일에 대해 생각해 보았다.

무각수를 이곳에서 마주하게 될 줄이야.

그 독은 무림맹에서 만든 독이다. 그리고 그 독은 쓰기에 까다롭고 비싸기도 해서 아무나 쓰기 어렵다고 알고 있다.

무림맹에서 움직인 건가?

목적이 뭐지?

포정사를 제거하고 무림맹의 사람을 이곳의 포정사로 세우기 위함인가?

그런데 왜 포정사가 아니라 포정사의 딸이지?

그리고 이전 삶에서 포정사는 내가 죽었던 그때도 여전히 귀주성의 포정사였다.

그럼 애초부터 포정사의 딸이 목적이었던 건가?

자, 다시 정리해 보자.

분명 포정사의 딸은 오성상단의 장난질로 인해 죽었다.

혹시 단순한 장난이 아니라, 그들이 가져온 무언가가 딸의 중독 증세를 악화시킨 건가?

만약 그게 무림맹으로서도 예상치 못한 사건이었다면, 그로 인해 뜻을 이루지 못했을지도 모른다.

아무튼, 이 독이 여기서 발견된 이상 자령 소저 주변에 무림맹의 사람이 있을 가능성이 높다.

일단 그 시녀나 의원이 순순히 내 질문에 대답해 준 것을 보면 그들은 무림맹의 사람이 아닌 것 같긴 한데…….

그나저나 백발화의가 빨리 오셨으면 좋겠네.

소저의 증세가 중독이라는 것을 내 입으로 언급한 이상, 백발화의가 도착해야 내가 이곳을 떠날 수 있으니까.

물론 말하지 않고 포정사로부터 보상만 받고 떠날 수도 있었다.

하지만, 사람의 목숨을 두고 그리할 수는 없는 일이지.

그때 팔갑이 나에게 말했다.

"도련님, 씻고 옷을 갈아입으시는 게 좋을 듯합니다요."

"아, 그래야겠네."

나는 준비된 물로 씻고 깨끗한 옷으로 갈아입었다. 그리고 늦은 점심을 먹은 후 잠시 서책을 보고 있을 때 나를 이곳으로 안내해 준 포정사의 시종이 나를 찾아왔다.

"은서호 소단주님. 포정사 대인께서 부르십니다."

"네. 소저께서는 깨어나셨습니까?"

"아, 네! 방금 깨어나셨습니다. 저, 그런데…….."

그는 머뭇거리다가 나에게 물었다.

"아가씨께서는 괜찮으신 겁니까? 나을 수 있으신 거죠?"

"죄송합니다. 저는 의원이 아니기에 확답을 할 수가 없습니다."

"……."

그는 아차 하는 얼굴로 내게 사과했다.

"제가 곤란한 질문을 드렸습니다. 송구합니다."

"아닙니다."

나는 이곳의 이들에게 자령 소저가 어떤 존재인지 다시금 깨달았다.

나는 그를 따라 걸으며 말했다.

"소저를 많이 아끼시나 봅니다."

"그럼요. 아가씨는 저희의 기쁨입니다. 좋은 곳으로 혼처가 정해져서 무척 기뻤는데……."

그리고 보니 자령 소저가 아프기 시작했을 때가 열여섯 살 때였다고 했지.

열여섯이면 혼처가 정해졌을 나이긴 하지.

우리가 도착한 곳은 안채로 향하는 입구다.

그 앞에 포정사가 서 계셨다.

"대인, 기다리셨습니까? 부름을 받고 왔습니다."

"내 딸이 깨어났네. 눈을 가지고 왔다고 하니 지금 보고 싶다고 하는군. 이곳으로 가지고 와야겠네."

"알겠습니다. 그리하겠습니다."

나는 곧바로 수레를 가지고 다시 안채의 입구로 돌아왔다.

그런데 생각보다 수레가 커서 안채의 입구를 통과할 수
없어서 상자만 들고 들어가야 했다.

서우 무사와 진유 무사가 상자를 들고 들어가자, 포정
사가 감탄했다.

"무거워 보이는데 대단하군."

"제 호위들이 제법 실력이 좋습니다."

"인덕이 좋구만. 그 상자를 내 딸의 방 앞에까지 옮겨
다 주게."

"저…… 그런데 저희가 안채로 들어가도 되는 겁니
까?"

"이미 한 번 들어왔었지 않나?"

"그렇긴 하군요."

그렇게 우리는 안으로 들어갔다.

자령 소저의 방 앞으로 향하자, 창문이 열렸다.

한 소저가 너울을 쓴 채 우리를 보고 있었다.

저 너울이 있기에 우리가 안으로 들어가는 것을 포정사
가 허락해 준 것이다.

"처음 뵙겠습니다, 소저. 저는 은해상단의 소단주 은서
호라고 합니다. 옆에는 제 시종과 호위들입니다."

"반가워요. 자령이라고 해요."

그녀의 목소리는 무척 고왔다.

아픈 상태에서 이 정도인데 아프지 않았다면 그녀의 목
소리를 듣는 것만으로도 얼마나 기분 좋게 느껴졌을까?

"저를 위해 눈을 가지고 오셨다고 들었어요."

"네. 소저의 아버지께서 소저를 위해 준비하신 겁니다."

"그래도 무척 고생하셨을 텐데."

"물론 힘들었죠. 하지만 상인은 고객을 만족시키기 위해서라면 힘든 일도 마다하지 않습니다."

나는 호위들에게 눈짓했고, 그들은 상자를 열었다.

그리고 안쪽의 상자를 또 열고 눈이 담긴 판을 꺼내 그녀에게 내밀었다.

"소저, 이게 눈이라는 것입니다."

그리 말하며 슬쩍 차가운 기운을 내뿜었다.

상자 안의 눈은 내가 노리개에 한기를 담아 놓았기에 괜찮았지만, 상자에서 꺼낸 눈은 주변 기온이 높아 금방 녹을 수도 있었으니까.

"이게…… 눈."

그녀는 떨리는 목소리로 손을 내밀다가 이내 멈칫했다.

"마, 만져 봐도 되나요?"

"물론입니다."

그녀는 천천히, 아주 천천히 처음 보는 눈으로 손을 내밀었다.

톡.

그녀의 손이 눈에 닿았다.

"아…… 차가워요."

"네, 눈이니까요."

나는 말을 이었다.

"눈은 날씨가 추워지면 비가 내리다가 공중에서 얼어서 이렇게 그 모양이 바뀌는 것입니다. 눈 역시 얼음의 일종이라고 보시면 됩니다."

"그렇군요. 하지만 이런 얼음은 처음 봐요."

그때 그녀가 너울을 걷었다.

"자, 자령아……!"

"죄송해요. 하지만 너울을 쓰고서는 이 눈을 제대로 볼 수가 없어서요."

그녀는 미소 지었다.

"하얗고, 반짝이고…… 아름다워요."

그 모습이 너무나도 행복해 보여서 보람이 느껴졌다.

"이 눈으로 여러 가지 놀이를 할 수 있다고 들었어요."

"맞습니다. 저도 어릴 때 이 눈을 뭉쳐서 던지며 놀기도 했고, 또 눈을 뭉쳐서 설인을 만들기도 했습니다."

나는 말을 이었다.

"또 눈에 제 이름을 적기도 했습니다. 눈에 쓴 이름이 새해가 올 때까지 사라지지 않으면 백 살이 넘게 살 수 있다는 말이 있었습니다."

"그거…… 진짜인가요?"

"사실인지는 저도 잘 모르겠습니다."

그때 그녀는 눈 위에 글자를 쓰기 시작했다.

"음?"

그런데 그녀가 쓴 글자는 자신의 이름이 아니었다.

"혹시 아버님과 어머님의 존함입니까?"

"네."

그녀는 배시시 웃으며 말했다.

"아버지께 들었어요. 저 노리개 기물이 눈을 녹지 않게 한다고요."

"네. 맞습니다."

"그 노리개, 폐가 되지 않는다면 저에게 팔지 않으실래요? 아니면 빌려만 주셔도 감사해요. 새해까지 이 눈이 녹지 않게 하고 싶어요."

"새해까지 부모님의 이름이 사라지지 않게 하기 위함입니까?"

"네."

그녀는 고개를 끄덕였다.

"제 부모님이 백 살 넘게 사셨으면 좋겠거든요."

"……."

나는 순간 말을 잃었다.

어떻게 사람이 이렇게 마음씨가 곱지?

이곳 사람들이 모두 자령 소저를 아끼고 좋아하는 이유를 알 것 같았다.

사람이 이렇게 마음이 고운데, 어떻게 좋아하지 않을 수가 있겠어?

그녀의 말에 포정사와 그 뒤쪽에 있던 중년의 부인이 옷소매로 눈물을 닦았다. 복장이나 외모를 보니 소저의 어머니인 듯했다.

그때 문득 의문이 들었다.

"그런데 왜 소저의 이름은 적지 않으십니까?"

내 물음에 그녀가 애써 웃으며 대답했다.

"저는 제 운명을 알아요. 저는 오래 살지 못할 거예요. 그러니까……."

운명이라서 오래 살지 못한다고?

그딴 게 어디 있어?

소저의 말대로라면 내 이전 삶에서 내가 남궁강 상단주에게 비참하게 살해당했던 것이 내 운명이었다는 말이 된다.

하지만 그 운명, 얼마든지 바뀔 수 있다고 생각한다.

나만 해도 조사님의 희생 덕분이긴 하지만, 운명을 거슬러 또 다른 삶을 살고 있지 않나.

그리고 나로 인해 운명이 바뀐 이들도 있고.

나는 손을 뻗어 눈에 자령 소저의 이름을 적었다. 사실 이건 좀 충동적인 행동이었다.

"이 눈은 새해까지 녹지 않을 겁니다. 그러니 소저께서도 백 살 넘게 사실 겁니다."

그녀는 살포시 웃으며 말했다.

"그렇게 말해 줘서 고마워요."

그리 말하며 손을 내밀어 눈에 새겨진 자신의 이름을 살짝 만졌다.

나는 그녀의 눈빛에 담긴 갈망을 읽었다.

그건, 삶에 대한 갈망이었다.

죽음이 운명이라 생각하면서도 죽고 싶지 않다는, 생에 대한 갈망.

나는 그녀를 위해 입을 열었다.

"소저, 저는 운명이란 사람이 어떻게 하느냐에 따라 달라진다고 생각합니다. 혹시 압니까? 제가 이렇게 소저의 이름을 눈에 쓴 것으로 인해 소저께서 백 살 넘게 사는 운명으로 바뀌게 될 수도 있죠."

"저도, 제 운명을 바꾸고 싶어요. 하지만 어떻게 해도 운명이 바뀌지 않는다면 어떻게 해야 할까요?"

체념이 섞인 그녀의 물음.

나는 확신을 담아 대답했다.

"그래도, 저는 운명을 바꾸기를 포기하지 않을 겁니다. 끝날 때까지 끝난 게 아니니까요."

그때 뒤에서 그녀의 어머니가 다가왔다.

"힘들지 않니? 이제 그만 쉴까?"

하지만 그녀는 가볍게 고개를 저었다.

"저는 괜찮아요, 어머니. 이렇게 눈을 봐서 그런지 오늘은 별로 힘들지 않네요."

정말 그녀의 얼굴에 살짝이나마 혈색이 돌고 있었다.

잠깐, 혈색이…… 돌고 있다고?

"눈은 이게 전부죠?"

"아닙니다!"

나는 얼른 고개를 저었다.

"이것과 같은 것으로 다섯 개가 더 있습니다. 새것으로 가져다 드릴까요?"

"네. 이번에는 눈을 뭉쳐 보고 싶어요."

나는 그녀에게 처음 보여 준 판을 조심스럽게 상자 안에 넣었다.

그리고 다른 판을 꺼내 그녀의 앞에 놓았다.

"눈을 뭉치는 건 생각보다 손이 시릴 수 있습니다."

"네. 유념할게요."

그녀는 두 손으로 눈을 모았고, 꼭꼭 뭉쳤다.

"아! 눈이 진짜 뭉쳐져요!"

자령 소저의 눈동자가 커졌고 반짝반짝 빛났다. 그녀는 배시시 웃으며 말했다.

"아버지. 이렇게 눈을 선물해 주셔서 정말 감사해요."

그녀의 미소는 너무나도 아름다웠다.

나조차도 멍해질 정도로.

그건 그녀의 외모가 아름다워서가 아니었다.

진심에서 우러나오는 감사함이 그녀를 반짝이게 하는 것이다.

"소저, 아름답고 신기해도 너무 오래 만지시면 안 됩니다. 동상에 걸리면 꽤 괴롭거든요."

"자제한다는 것이 참 힘드네요."

그리 말하면서도 그녀는 얼른 눈에서 손을 뗐다.

"눈이 담긴 상자와 냉기가 담긴 기물은 여기에 두겠습니다. 언제든 눈을 만져 보실 수 있게요."

"감사해요."

빙긋 웃으며 고개를 숙이는 그녀.

확실히 처음 봤을 때보다 안색이 좋아 보였다.

중독된 상태에서 혼절했다가 깨어난 건데, 왜 안색이 좋아진 거지?

그게 가능한 일인가?

* * *

은서호가 물러가고, 동자령은 시종들이 눈이 담긴 상자를 옮기는 것을 보았다.

"자령아, 너무 무리한 거 아니니?"

옆에서 어머니가 걱정스러운 표정을 지었다. 사실 동자령은 일각도 서 있을 수 없었다.

그래도 일 년 전에는 후원을 조금 걸을 수 있었지만, 지금은 침상을 벗어나 다섯 걸음 걷는 것도 힘겨워했다.

솔직히 일각 넘게 서 있는 지금이 기적과도 같았다.

"괜찮아요."

그녀의 상태가 좋아진 것을 깨달은 어머니가 안도의 한숨을 내쉬었다.

"눈을 봐서 좋긴 한가 보구나."

"네. 어머니."

그녀는 고개를 갸웃했다.

"이상하게 힘이 나네요. 방금까지만 해도 힘들었는데."

동자령에게도 무척 신기한 일이었다.

점점 답답해지고 숨 쉬기가 힘들어지고 있던 참이다. 그런데 거짓말처럼 지금은 숨 쉬는 것도 편안했다.

얼마 후, 그녀와 이야기를 나누던 어머니는 안주인의 일을 하러 방을 나갔다.

다시 혼자가 된 그녀는 침상에 앉아 후원을 바라보았다.

그녀를 위해 공을 들인 곳답게 후원에는 무척이나 아름다운 꽃들이 많이 피어 있었다.

"아!"

그때 그녀의 눈앞에 뭔가가 보였다.

그건…….

봄인가? 뭔가 하얀색 꽃잎이 흩날리는…….

아니었다.

그건 꽃잎이라고 하기에는 더 하얗고 반짝였다. 그리고 그것은 바닥에 소복소복 쌓이고 있었다.

자신은 눈을 맞고 있었다.

여기가 아닌 다른 곳에서, 그리고 그 뒤에는 겨울옷을 입은 아버지가 서 계셨다.

그리고 아버지는 오늘 봤던 잘생긴 청년과 마주 보고 계셨다.

그것도 무척 난감한 표정으로.

그 표정에 뭔가 웃음이 나왔다.

잠시 후, 그녀의 시야에는 다시 후원이 보였다.

그녀의 눈에서 한 줄기 눈물이 흘러내렸다.

"운명이…… 바뀌었어? 어떻게?"

사실 동자령에게는 미래를 보는 능력이 있었다.

아주 찰나였지만.

이를 통해 그녀는 아버지에게 도움을 주고 있었다.

그리고 그녀의 개입으로 미래가 바뀐다는 것도 알고 있었다.

하지만, 자신이 아파질 운명은 바꾸지 못했다.

그 어떤 방법을 써도 자신이 이번 가을에 죽을 운명은 바뀌지 않았다.

그래서 그녀는 모든 희망을 놓아 버린 것이었다.

"저도, 제 운명을 바꾸고 싶어요. 하지만 어떻게 해도 운명이 바뀌지 않는다면 어떻게 해야 할까요?"

아까 은서호에게 했던 그 질문은, 바꾸지 못하는 자신의 운명에 대한 체념 어린 투정이었다.

문득 그런 생각마저 들었다.

미래를 보는 능력 때문에 자신이 단명하는 게 아닌가 하는…….

그런데 그런 자신의 운명이 바뀐 거다.

눈이 온다는 것은 겨울을 뜻하는 것.

그리고 자신이 눈이 쌓여 있는 저 북쪽으로 갈 수 있다는 것.

즉, 자신이 건강해진다는 뜻이니까.

그걸 깨달았기에 너무나도 기뻐서 눈물이 났다.

사실 누가 이렇게 병들어 죽고 싶겠는가!

그녀는 살고 싶었다. 너무나도 살고 싶었기에 바뀐 자신의 운명이 더할 나위 없이 기뻤다.

그때 그녀의 뇌리에 아까 들었던 은서호라는 미청년의 말이 떠올랐다.

"소저, 저는 운명이란 사람이 어떻게 하느냐에 따라 달라진다고 생각합니다. 혹시 압니까? 제가 이렇게 소저의 이름을 눈에 쓴 것으로 인해 소저께서 백 살 넘게 사는 운명으로 바뀌게 될 수도 있죠."

그리고, 끝날 때까지 끝난 게 아니라는 말.

그녀는 자신도 모르게 웃었다.

"정말 그런가 보네. 그런데 왜 내 운명이 바뀐 거지? 나는 아무것도 한 게 없는데?"

어떻게 자신의 운명이 바뀌었는지 알 수 없었다.

하지만 그 운명이 바뀐 기점이 은서호라는 건 확실했다.

* * *

그 후로 이틀이 지났다.

그동안 나는 이 사택의 사람들을 꼼꼼히 살폈다. 무림맹의 사람을 찾아내기 위해서다.

하지만 무림맹의 사람으로 보이는 자는 없었다.

혹시, 벌써 내뺀 건가?

자령 소저의 병세를 보면 더 손을 쓰지 않아도 어차피 죽을 테니 종적을 감췄을 수도 있다.

나는 복잡해진 머릿속을 식힐 겸 숙소에서 책을 읽고 있었다.

다른 사람들과 만났을 때 자연스럽게 대화할 거리를 만들어 두기 위해서였다.

사람은 대화가 잘 통하는 사람에게 호감이 가기 마련이니까.

그 호감은 거래 성사 여부에 있어 가장 중요한 요소이고.

그때 포정사의 시종이 나를 찾아왔다.

"소단주님, 포정사 대인께서 부르십니다."

"알겠습니다."

나는 그 시종을 따라 포정사가 있는 곳으로 향했다. 그런데 그가 안내하는 곳은 포정사의 집무실이 아니었다.

그곳은 안채였다.

"제가 여기에 들어가도 되는 겁니까?"

"예. 이 안으로 모시라는 명을 받았습니다."

나는 고개를 갸웃하며 안으로 들어갔고, 곧 후원에 서 있는 포정사를 보았다.

"부르셨다고 들었습니다."

"어서 오게. 내가 이것저것 신경 써 주지 못해서 미안하네."

"아닙니다. 덕분에 무척 편안하게 잘 지내고 있습니다."

요즘 포정사는 오성상단을 때려잡느라 무척 바빴다.

내가 만약을 위해 설치한, 기물 절도 사건 덕분에 드러난 청탁 사건만 해도 보통 일이 아닌데 실제로 서류 조작이 있었다는 것 때문에 지금 오성상단은 탈탈 털리고 있었다.

과연 오성상단은 어떻게 될까?

내 이전 삶에서처럼 쫄딱 망하려나?

하지만 오성상단 정도의 규모라면, 이럴 때에 대비한 방책 정도는 준비해 뒀을 거다.

내 생각대로라면 평탁이 자주 어울리던 매염이라는 자를 비롯한 일부만 처벌받는 것으로 끝날 가능성이 크다.

지금보다 더 큰 건이 발견되지 않는다면 말이지.

"오늘 바쁜 일 있는가?"

포정사의 물음에 나는 미소 지으며 대답했다.

"없습니다."

"잘됐군. 그럼 내 딸이랑 차라도 한잔 같이 하겠나?"

"네?"

아니, 지금 무슨 소리를 하시는 거야?

무림이나 상계 쪽은 그 특성상 따지는 게 별로 없지만,

관리 쪽은 다르다.

심지어 포정사는 황족 출신.

그런 곳에서는 혼인하지 않은 여인이 외간 남자와 가까이하는 것을 무척이나 꺼린다.

그걸 알기에 대체 무슨 의도인지 알 수 없었다.

내가 의아한 표정으로 포정사를 보자, 그는 손을 저으며 말했다.

"별다른 의도는 없네."

"네……."

"그저, 내 딸이 자네를 한 번 더 만나 보고 싶다고 부탁을 해 와서 그 부탁을 들어주는 것뿐이네."

그때 안에서 시녀가 나왔다.

"다과 준비가 다 되었습니다."

포정사가 고개를 끄덕이고는 내게 말했다.

"저 시녀를 따라가면 되네."

"알겠습니다."

"아, 그리고 그 차와 대추에 대한 건…… 비밀이네."

역시 비밀로 하셨구나.

"유념하겠습니다."

그렇게 나는 그 시녀를 따라 안으로 들어갔다.

여기는 접빈실, 아까 자령 소저의 처소와는 적잖은 거리가 있는 곳이다.

이곳까지 자령 소저가 걸어올 수 있나?

그리 생각할 때 뭔가 익숙한 소리가 들려왔다.

드르륵, 드르륵.

이건, 의륜의 바퀴가 굴러가는 소리다.

곧 의륜의에 앉은 자령 소저가 접빈실로 들어왔다. 의륜의를 여기서 보니 반갑네.

나와 공밀이 만든 의륜의가 이런 곳에서 도움이 되는 것을 보니 뭔가 뿌듯했다.

"앉으세요."

"감사합니다."

내가 자리에 앉자, 그녀가 부드럽게 물었다.

"차는 입에 맞으신가요?"

"무척 훌륭한 차입니다."

"의원님이 제가 마시던 차들이 제 건강을 해치는 것 같다고 하셔서 다른 차를 마시고 있답니다."

"그러시군요."

아까 포정사 대인이 차와 대추에 관해 비밀로 하셨다고 했지.

하긴…….

때로는 모르는 것이 약일 때도 있다.

자신이 중독되었음을 안다면 누가 자신에게 독을 썼는지 고민하느라 병세가 더 깊어질 수도 있다.

"소단주의 상단이 차로 유명하다고 들었어요."

"아, 맞습니다."

우리는 이런저런 담소를 나누며 차를 마셨고, 우리의 이야기는 내가 눈을 가지고 온 여정으로 넘어갔다.

"그럼 북해까지 가셔서 눈을 가지고 오신 건가요?"

"네. 그렇습니다."

"대단해요!"

나는 멋쩍게 웃으며 한쪽을 흘깃 보았다.

에휴…….

포정사 대인께서는 참 못 말리는 팔불출이시구나.

딸을 위해 이 여름에 눈을 의뢰했을 때부터 알아차리긴 했는데 말이지.

웃음이 나오려는 것을 참고, 속으로 피식 웃었다.

지금, 이 접빈실에는 접빈실 안에서 보이지 않는 비밀 공간이 있다. 그곳에서 포정사가 우리의 이야기를 엿듣고 계신 거다.

그 좁은 공간에서 대체 무슨 이야기를 하는지 신경을 집중하고 계실 포정사를 생각하니 웃음이 나네.

우리의 다과 시간은 그리 오래 걸리지 않았다.

한 반 시진 정도?

그리고 나는 다시 내 처소로 돌아갔다.

* * *

은서호가 처소로 돌아가고, 자신의 방으로 돌아온 동자령은 너울을 벗었다.

그녀의 얼굴에 살짝 생기가 돌고 있었다.

이틀 전, 은서호와 만났을 때와 마찬가지였다.

"자령아."

그때 방으로 포정사가 들어오며 그녀에게 물었다.

"네 부탁이라서 들어주긴 했지만, 대체 무슨 생각인 것이냐?"

"아버지. 제 운명이 바뀌었어요."

"뭐?"

그녀의 말에 포정사는 깜짝 놀랐다. 그동안 그 어떤 치료를 해도 바뀌지 않았던 딸의 운명이다.

그런데 그 운명이 바뀌다니!

'그럼 정말 딸이 아픈 이유가 은서호 소단주의 말대로 중독이라는 건가?'

그는 조심스레 동자령의 안색을 살폈다.

확실히 이전보다 혈색이 좋아 보였다.

그리고 본인이 중독되었다는 것에 대해서는 아직 모르는 듯했다.

주변 이들에게 함구령을 내렸는데, 잘 지켜지고 있는 듯했다.

동자령의 미래를 보는 능력은 무척 단편적이었고 그녀의 의지와 상관없는 찰나였기에 가능한 것.

그것만으로도 그에게 큰 도움이 되었지만.

물론 포정사가 동자령을 사랑하는 건 그런 능력 때문이 아닌, 그녀의 딸이기 때문이다.

"게 운명이 바뀐 이유는 틀림없이 은서호 소단주라는 분 때문이라고 생각해요."

그녀는 말을 이었다.

"그건 제 능력이 아닌, 제가 직접 체감하고 있어요. 이 상하게 그를 만나면 아픈 것이 덜하거든요."

"그렇구나."

"그리고 아버지. 저는 방금 또 다른 미래를 봤어요."

그녀는 진지한 표정으로 말했다.

"저희, 은서호 소단주랑 친하게 지내야 할 것 같아요."

78장. 엇나간 것들

엇나간 것들

나는 내 처소로 돌아왔고, 그대로 침상에 엎어졌다.

그런 나를 보며 팔갑이 물었다.

"도련님, 포정사 대인을 만나러 가시더니 왜 그러십니까요?"

"으아, 너무 힘들었어."

옆에서 포정사가 우리의 대화를 엿듣고 있다는 것을 알고 있으니, 편하게 말을 할 수가 없었다.

하여 질문하고 대답하는 데 고민을 하느라 진이 다 빠진 거다.

"대체 뭐가 힘드셨다는 겁니까요?"

하지만 이를 팔갑에게 말할 수는 없었다.

팔갑을 믿지 못하는 것은 아니지만, 비밀은 아는 사람이 적을수록 안전한 법이니까.

그래서 그냥 대충 얼버무렸다.

"그냥, 있어. 그런 게."

내가 겪은 상황은 마치 혼약을 앞둔 남녀가 대화를 하는데, 여자 측의 아버지가 지켜보고 있는 상황이라고나 할까?

음, 뭔가 말이 이상해지는군.

하여튼, 뭐 그런 거다.

포정사의 모습을 생각하며 속으로 웃었던 것도 잠시, 나는 내가 그런 '예비 장인어른의 감시를 받는 남자'의 입장이 된 것도 아님에도 그 남자의 심경을 느낄 수 있었다.

에휴.

그렇게 이틀이 흘렀다.

다행히 그 후로 나를 부르는 일은 없었고, 나는 모처럼 한가로운 시간을 보낼 수 있었다.

그리고 팔갑이 분주하게 오가며 알아 온 정보들을 나에게 알려 주었다.

포정사의 자녀는 오남 일녀라고 했다.

아들만 다섯 명을 내리 낳다가 마지막으로 딸을 낳았고, 그 딸이 자령 소저인 거다.

그러니 얼마나 예쁠까?

"그럼 자령 소저의 오라비들은?"

"이미 다 혼인했고, 이곳 귀주성에 있는 본가에서 살고 있다고 합니다요."

"그렇구나."

나는 백발화의께서 얼른 오셨으면 했다.

혹시라도 다섯 명이나 되는, 자령 소저의 오라버니들에게 오해라도 받으면 그 오해를 풀기 위해 들일 심력을 생각하니 뭔가 아찔했거든.

그나저나 이틀 동안이나 처소에 틀어박혀 서책만 읽다 보니 뒷목이 뻣뻣해지는 듯했다.

내가 목을 좌우로 꺾으며 뒷목을 주무르자 그걸 본 팔갑이 말했다.

"도련님, 산책을 하시는 건 어떻습니까요? 계속 움직이지 않고 서책만 보시면 자세가 안 좋아질 겁니다요."

"음…… 일리가 있어."

나는 고개를 끄덕이며 자리에서 일어났다.

"잠시 나갔다 와야겠어."

"네, 따르겠습니다요."

나는 내 처소를 나와 호위무사 두 명과 함께 외처의 후원을 거닐었다.

얼마 전에 본 안채의 후원보다는 못하지만, 그래도 이곳의 후원 역시 잘 꾸며져 있었다.

외부에 보이는 곳이기도 하니 나름 신경을 쓴 거겠지.

그렇게 경치를 구경하며 바람을 쐬다 보니 생각보다 멀리까지 오게 되었다.

"너무 멀리 왔네. 이제 돌아가자."

"알겠습니다요."

그때 뒤에서 나를 부르는 목소리가 있었다.

"은서호 소단주."

포정사다. 나는 곧바로 몸을 돌려 그에게 인사했다.

"대인을 뵙습니다."

"산책 중이었나 보군."

"네. 서책을 읽다가 몸이 찌뿌둥한 것 같아서 잠시 걷던 중이었습니다."

"그 기분 내가 잘 알지."

대인께서도 산책 중이셨구나. 그런데 표정이 별로 좋지 않으시군.

나는 그의 얼굴에 드리운 수심을 눈치채고는 조심스럽게 말했다.

"근심이 많으신가 봅니다."

"아…… 티가 나는가."

그는 자신의 얼굴을 만지고는 한숨을 내쉬었다.

"음…… 혹시 나와 잠시 어울려 줄 수 있겠는가?"

"……?"

나는 포정사 대인을 따라 그의 집무실로 향했다.

잠시 어울려 달라는 말이 뭔가 했더니, 이렇게 차를 마시며 자신의 하소연을 들어 달라는 거였다.

그런데 괜찮나?

외부인인 내가 그런 이야기를 들어도?

"사실, 자네가 말한 그 독들의 출처가 어딘지 내 개인적으로 조사를 했네."

당연히 그러셨을 테지. 중독이라는 건, 그 범인이 있다는 의미니까.

나는 무슨 이야기를 하시려나 긴장했는데, 확실히 이런 이야기라면 나에게 할 만하시지.

그런데 이런 말씀을 하신다는 건…….

그는 한숨을 내쉬었다.

"그런데, 그 차를 선물한 곳이 자령이와 혼약이 되어 있는 집안이라네."

"……네?"

뜻밖의 말에 나는 눈을 끔뻑였다.

그러고 보니 자령 소저가 좋은 집안으로 혼처가 정해져서 모두 기뻐했다고 했었지.

그런데 혼약이 되어 있는 집안에서 독이 든 차를 선물했다고?

"그 집안이…… 호남성 포정사의 집안이네."

"……."

그건 팔갑이 물어온 정보를 들어 알고 있긴 했다. 호남성 포정사의 셋째 아들과 혼약이 되어 있다고.

그는 복잡한 표정으로 말을 이었다.

"자령이가 아프기 시작하기 전부터 꾸준히 안부를 물으며 그 차들을 선물했다네."

이거, 참 골치 아픈 문제였다.

귀주성만이 아니라 호남성 역시 수도에서 먼 곳에 위치한 탓에 지방관들의 권한이 크고, 군사력도 어느 정도 갖추고 있는 편이었다.

그러다 보니 자칫했다가는 예기치 않은 혼란을 일으킬 수도 있다.

"지금 여러모로 조심스러운 상황이라네."

확실히 그러했다.

내 이전 삶에서는 자령 소저가 오성상단의 장난질에 급사하면서 두 성의 충돌은 없었지만.

혹시 무림맹의 속셈이 그건가?

하지만 뭔가 이상했다.

만약 무림맹에서 혼란이 일어나기를 바랐다면, 굳이 비싸고 쓰기도 까다로우면서도 독살인지 알 수 없는 그런 독을 쓰지 않았을 거다.

확연히 독이라는 것이 드러나는 그런 독을 썼겠지.

아, 진짜 모르겠다.

무림맹은 정말 알다가도 모를 곳이다.

하지만 그 속이 시커멓다는 건 알지.

그리고 목적을 위해서는 수단과 방법도 가리지 않는다는 것도.

나는 가만히 포정사의 하소연을 들어 주었다.

"……아무튼, 호남성 포정사의 집안이 범인일 거라 생각되는데, 어떻게 해야 저들의 범행을 입증할 수 있을지 모르겠네."

그때 문득 생각 하나가 떠올랐다.

"저, 송구합니다만…… 호남성 포정사의 집안이 범인이라고 하셨는데 구체적으로 누구를 의미하시는 겁니까?"

"응?"

"그러니까 따님과 혼약이 되어 있는 공자를 의미하시는 겁니까? 아니면 그 공자의 아버지입니까? 아니면 그 어머니입니까? 그 또한 아니면 제삼자입니까?"

내 물음에 포정사는 두 눈을 깜박였다.

그건 생각하지 못하셨던 건가?

"어…… 생각해 보니 그렇군."

"그리고 지금은 범인을 찾는 것보다는 따님의 치료에 집중하시는 게 좋을 듯합니다. 우선 따님을 살려야 하지 않겠습니까?"

"물론일세. 하지만 그사이 저들이 증거를 인멸하지 않을까 싶어 초조한 걸세."

"그 부분은 걱정 마십시오. 그럴 가능성은 별로 없습니다."

"그걸 어찌 그리 확신하나?"

"대인께서 저들을 추궁하지 않으셨으니까요. 그리고 아시다시피, 그 독은 독살의 정황이 거의 없는 독입니다. 그런 만큼 범인도 마음 놓고 있을 겁니다."

"음, 일리가 있군."

그때 부관이 손님이 왔음을 알렸다.

이제 그만 가야겠군.

포정사가 미소를 지으며 인사했다.

"오늘 내 변덕에 어울려 줘서 고맙네."

"별말씀 다 하십니다. 대인의 배려 덕분에 편히 지내고 있습니다. 언제든지 불러 주십시오."

나는 포정사의 집무실에서 물러나 내 처소로 향했다.

그런데 포정사가 정신이 없긴 없으신 모양이다. 무작정 범인을 호남성 포정사의 집안이라고 생각하는 것을 보면 말이지.

하긴, 어느 아버지가 딸이 중독되었음을 듣고, 제정신일까?

하지만 포정사와 동행하면서 본 그의 모습을 떠올리면 좀 이해가 가지 않는 것이 있긴 하다.

과거시험에 장원급제했을 정도로 학식이 뛰어난 인물이지만, 그다지 실무에 능한 모습은 아니었다.

그럼에도 내 이전 삶의 기억 속에서 귀주성은 매우 평온했다.

뛰어난 행정가를 수하로 두고 있는 건가?

하지만 귀주성은 매우 넓은 편이다.

그런 곳의 행정을 총괄하다 보면 예상치 못한 일들이 툭툭 터지기 마련이다.

그러면 아무리 해결을 잘 한다고 해도 혼란이 안 생길 수는 없다.

그럼에도 마치 그런 일이 일어날 것을 예상이라도 했다

는 듯, 즉시즉시 일이 해결되었지.

물론 모든 일에 있어 그랬던 건 아니었다. 내 이전 삶에서의 남호상단의 약초 독과점 사태를 보면 말이지.

진짜 이상하긴 하네.

그 일에 개입하는 데 시간이 좀 걸렸던 것을 생각하면 내가 감탄할 정도로 뛰어난 행정가가 있는 건 아닌 것 같은데?

후, 머리가 아프네.

"왜 그러십니까요?"

"아니, 그냥 이것저것 생각하다 보니까 머리가 아파서. 이럴 땐 달콤한 뭔가를 먹어 줘야 하는데 말이지."

귀주성은 내륙에 위치한 데다가 암염 같은 것도 없어서 음식이 담백한 편이었다.

짠맛 대신 신맛과 매운맛으로 맛을 낸 음식들도 많고.

물론, 포정사의 사택이니만큼 소금이 부족하지는 않다.

하지만 지역 특성상 음식의 간이 심심한 것은 사실이다.

그리고 지대가 높은 편이라 농사를 짓기에 적합하지 않고, 산림이 주를 이루는 곳이다.

그래서 약초의 산지로 유명하기도 하지.

"ㅎㅎㅎㅎ."

내 말에 팔갑이 눈을 빛냈다.

"도련님, 제가 누굽니까요?"

"응?"

"저 팔갑입니다요. 제가 그럴 줄 알고 미리 부탁해 놨습니다요."

"……?"

잠시 후.

나는 내 처소에 돌아왔고, 잠시 나갔던 팔갑은 곧 내 처소로 들어와 다탁 위에 접시 하나를 올려놓았다.

"어? 이건……."

녹인 설탕을 부어 굳힌 떡이었다.

"이걸 어떻게 구했어?"

사탕은 광동성이 주 산지로, 이곳 귀주와 그리 멀지 않다.

그래서 비교적 쉽게 구할 수 있는 편이지만, 이곳의 습한 기후 탓에 보관이 쉽지 않다.

그래서 신맛이 나는 음식들이 많은 편이다.

"제가 찬모와 좀 친해졌습니다요."

"어떻게?"

"제가 여자들에게 좀 인기가 많습니다요. 여자의 마음을 사로잡는 건 얼굴뿐만은 아니잖습니까요?"

"그렇긴 하지."

"제가 도련님을 위해서 매력 발산을 좀 했습니다요."

나는 피식 웃었다.

그래, 팔갑이가 재주가 좀 좋기는 하지.

그때였다.

밖에서 문 앞을 지키고 있던 이필 무사의 목소리가 들렸다.

"주군, 포정사 대인께서 시종을 보내셨습니다."

대인께서 보내신 시종이니 만큼 내가 직접 나갔다.

"대인께서 보내신 음식입니다."

시종은 손에 들고 있던 것을 내밀며 말했다.

내가 그것을 받아 열어 보니 조청에 버무린 과자였다.

"소단주께서 단 음식을 먹고 싶다는 말을 전해 들으신 대인께서 특별히 지시하여 만든 음식입니다."

"감사합니다. 대인께 감사히 잘 먹겠다고 전해 주십시오."

그렇게 포정사의 시종이 돌아가고, 나는 팔갑을 보며 말했다.

"소문 진짜 빠르네."

"그, 그러게 말입니다요."

나는 그것을 가지고 안으로 들어갔다. 이따가 호위무사들이랑 같이 먹어야겠네.

그런데 팔갑은 고개를 갸웃했다.

"이상합니다요. 저는 분명 제가 먹고 싶어서 그 떡을 구한다고 했습니다요."

"그래?"

그러고 보니 내가 단 음식을 먹고 싶다고 했을 때 그곳을 지나던 이들이 몇 명 있었는데…….

설마 그들이 말을 전한 건가?

진짜 말조심해야겠네.

다음 날 아침.

잠에서 깬 나는 팔갑에게 호법을 부탁한 후, 침상 위에서 운기조식을 했다.

내가 무공을 수련하는 모습을 다른 이들에게 보이고 싶지는 않았으니까.

운기조식을 마치고 문을 열고 나가자, 서우 무사와 명종 무사가 내게 인사해 왔다.

"기침하셨습니까?"

"네. 좋은 아침입니다. 간밤에도 수고 많으셨습니다."

"저희는 그저 저희가 할 일을 했을 뿐입니다."

"저, 그런데…….."

명종 무사가 어색한 표정으로 말을 이었다.

"간밤에 사람들이 이것들을 처소 앞에 놓고 갔습니다."

그리고 옆에 있던 광주리를 들고 왔다.

그 광주리 안에는 꿀병이라든지 사탕 같은 것들이 가득 들어 있었다.

그리고 서신이 묶여 있었다.

나는 그것 중 하나를 풀어서 펼쳤다.

[공자님의 얼굴을 보고 그만 저도 모르게 설레고 말았습니다…….]

다른 서신들의 내용도 대동소이했다.

나는 슬그머니 고개를 돌려 팔갑을 보았다.

뭔가 내상을 입은 듯한 표정으로 나를 보고 있었다.

"괜찮아?"

"역시 세상은 잘생긴 것만 기억하는 더러운 세상입니다요."

삐졌네. 삐졌어.

그날 나는 팔갑의 기분을 풀어 주느라 제법 애를 써야했다.

"꾸이!"

그런데 금령아, 넌 왜 신난 거니?

.

.

.

그날 오후.

드디어 귀주성 포정사의 사택에 기다리고 기다리던 손님이 도착했다.

"어서 오십시오. 오랜만에 뵙습니다."

"아니! 은서호 공자!"

백발화의는 나를 보며 놀란 표정이었다.

여기서 나를 보게 될 줄은 몰랐겠지.

"사정이 있어 잠시 이곳에 머무르고 있습니다."

"그렇군요."

"그리고 솔직히 말해서, 의선을 청한 건 제 부탁이었습니다."

나는 진중한 표정으로 말했다.

"제갈세가에서 마주했던 독을 이곳에서도 마주했기 때문입니다."

백발화의는 곧장 자령 소저의 처소로 향했고, 굳은 표정으로 그녀를 진맥했다.

그러고는 조용한 장소를 청했고, 접빈실로 안내받았다.

그는 목이 탄다는 듯, 연거푸 식힌 차를 들이켰다.

"어떤가? 우리 딸의 증상이…… 중독이 맞나?"

포정사의 물음에 그는 무겁게 고개를 끄덕였다.

"네. 맞습니다."

"이런!"

"그리고 그 독 역시 은서호 공자가 말했듯이, 사중첩독인 무각수가 맞습니다."

그는 말을 이었다.

"열여섯 살 때부터 아프기 시작했다고 들었습니다."

"맞네."

"또한 최근에 혼절한 적도 있다고 들었습니다."

"그 또한 맞네."

백발화의는 잠시 미간을 찌푸렸다가, 고개를 갸웃하며 물었다.

"그런데, 대체 어떻게 했기에 독의 진행이 멈춘 것입니까?"

백발화의의 말에 포정사가 반문했다.

"그걸 자네가 알지, 우리가 어찌 아나?"

나 역시 그런 생각이었기에 고개를 끄덕였다. 나는 백발화의에게 물었다.

"그리 물으시는 이유가 있습니까?"

"그게…… 따님의 증상만 보면, 이미 손을 쓰기 힘들 정도입니다."

"뭣이?"

"증상만 봐서는 분명 이번 가을을 넘기기 힘들어야 합니다."

"……"

"그런데 제가 진맥을 해 본 결과, 그 진행이 멈추었습니다. 아니, 오히려 상태가 더 나아졌습니다. 충분히 치료할 수 있을 만큼 말입니다."

"……"

우린 잠시 말을 잃었다.

그게 가능한 일이야?

하긴, 그러니까 백발화의도 우리에게 묻는 거겠지.

포정사가 잠시 생각하다가 입을 열었다.

"우리가 한 것이라고는 마시던 차들을 더 이상 마시지 못하게 한 것 정도네."

"무각수는 삼 년 정도만 섭취하면 그 이후로는 독을 먹지 않아도 중독이 진행됩니다."

"아! 그러고 보니 눈이 있군."

"눈…… 이라면, 그 하늘에서 내리는 눈 말입니까? 하지만 이곳은……."

백발화의는 의아한 표정을 지었다. 그도 그럴 것이 이곳은 눈이 내리지 않는 지역이니까.

포정사가 나를 가리켰다.

"내 여기 은서호 소단주에게 의뢰했고, 북해에서 눈을 가지고 왔다네."

"아, 그래서 은서호 공자가 이곳에 있군요."

"네. 그리되었습니다. 덕분에 소저의 증상을 알아차릴 수 있었습니다."

나는 부드럽게 말을 이었다.

"이는, 따님을 생각하는 포정사 대인의 그 마음을 하늘이 알아준 것이라고 생각합니다."

"부끄럽군."

포정사가 헛기침을 하며 말을 이었다.

"치료는 언제부터 시작할 예정인가?"

"지금 당장 시작하겠습니다."

"내 딸을 잘 부탁하네."

"예. 최선을 다하겠습니다. 그리고 실례가 아니라면 오늘 시침을 끝내고 은서호 공자가 가지고 왔다는 눈을 잠시 살펴봐도 되겠습니까?"

* * *

포정사는 자신의 집무실로 돌아왔다.

그는 자신의 의자에 앉아 두어 달 전, 그가 북경으로 향하기 전에 있었던 일을 떠올렸다.

동자령은 파리한 안색으로 침상에 앉아 그에게 말했었다.

"아버지, 제 운명은…… 바뀌지 않네요."

"아니다, 자령아. 네 운명도 분명 바뀔 수 있을 거다."

"이제 그만 발버둥 치려고요."

"……."

"이번 겨울에 북경에 함께 가서 눈 오는 걸 보고 싶었는데, 그럴 수 없을 것 같아요."

"자령아……."

"아, 이번에 북경에 가시면요. 공부 관리들의 조언을 새겨들으세요. 그로 인해 아버지가 구하시는 것을 구하실 수 있으실 거예요."

"알겠다."

그녀는 고개를 끄덕이는 포정사에게 한 권의 서책을 내밀었다.

"이건?"

"제가 그동안 봤던 앞으로 일어날 일들에 대해서 적은 서책이에요."

그러니까 일종의 예언서인 것이다.

"아버지께 도움이 되었으면 좋겠다는 생각에 적어 봤어요."

죽어 가는 와중에도 자신을 생각하는 딸의 마음에 그는 울컥했다. 하지만 그는 부러 그런 그녀를 꾸짖었다.

"이런 못난 녀석! 안 그래도 좋지 않은 몸으로 이걸 적느라 무리했겠지! 이게 네 명을 줄인다는 것을 정녕 모르는 것이더냐?"

"제가 생각이 짧았어요. 아버지. 죄송해요."

"후! 다녀오마."

그렇게 그는 얼른 딸의 방을 벗어났다.

주책맞게 딸의 앞에서 눈물을 보이고 싶지 않아서.

자신이 눈물을 보이면 딸이 속상해할 테니.

그렇게 북경으로 떠났고, 공부에 들렀다.

그리고 볼일을 처리하던 중 문득 딸이 했던 말을 떠올렸다.

그때 시의적절하게 공부의 관리가 그에게 물었다.

"대인, 왜 그리 표정이 어두우십니까?"

이에 그는 자신의 고민에 대해 말했고, 공부의 관리들은 그에게 은해상단을 추천해 주었다.

그가 공부의 조언을 받아들인 건 딸의 조언이 있었기 때문이었다.

그러지 않았다면 당연히 귀주성의 상단 중 하나에 의뢰

했을 터였다.

상단도 좀 더 힘을 써서 구해 볼 테고, 자신도 보답을 하기 좋았으니까.

하지만 은해상단에서는 생각보다 빠르게 눈을 구해 왔다.

그리고 눈을 구해 온 당사자인 은서호와 동행한 덕분에 동자령이 중독되었다는 것을 알 수 있었다.

오늘, 백발화의의 말에 의하면 동자령의 말대로 원래 그녀는 가을을 넘기지 못했을 터.

하지만 뭔가로 인해 독의 진행이 멈추었고, 그래서 치료가 가능하다고 했다.

특별한 일이라면 눈을 만졌다는 것과 은서호와 대화를 했다는 것 정도였다.

동자령의 얼굴에 혈색이 돌았다는 보고는 두 번 있었고, 그때의 공통점은 하나뿐이었다.

그건 은서호와 가까이에서 대화했다는 것.

자신의 딸도 여자이니, 은서호의 잘생긴 얼굴에 대한 그런 반응이었을 거라고 생각했다.

그러나 지금 생각해 보면 단순히 그런 이유 때문만은 아닌 듯했다.

"연격."

"네, 주군."

그의 부름에 문 앞에 서 있던 그의 호위가 안으로 들어왔다.

"전에 네가 그랬지? 은서호 소단주가 범상치 않은 인물인 것 같다고."

"네. 맞습니다."

"그때 정확하게 뭐라고 했었지?"

"눈을 북해에서 이곳까지 녹지 않게 옮길 수 있던 건 은서호 소단주의 무공 때문인 것 같다고 말씀드렸습니다."

"맞아. 그랬지. 하지만 기물의 도움을 받은 건 사실 아닌가?"

"예. 그래서 그 기물에 대해 자세히 살펴보았습니다. 그리고 제가 보기에 그건 기물이 아니었습니다."

"기물이 아니었다고?"

"그렇습니다."

그는 확신을 담아 말했다.

"그 기물은 일종의 눈속임이라고 생각됩니다. 은서호 소단주와 그 기물에 담긴 기운이 같은 것으로 보아, 그 기물에 자신의 기운을 담은 것으로 생각됩니다."

포정사의 호위무사인 연격은 절정무사다.

하지만 그는 남들보다 기운에 상당히 민감한 편이었고, 그 수준은 초절정고수들 못지않았다.

"제 생각에 은서호 소단주는 절정을 넘어섰습니다. 하지만 아직 그 기운을 완벽하게 갈무리하지 못하는 것으로 보아 초절정에 든 지 얼마 되지 않은 듯합니다."

"뭐? 그 나이에?"

"상당히 놀라운 일이라는 건 분명합니다."

연격이 말을 이었다.

"제가 알기로 양강의 기운이든 극음의 기운이든 그 기운과 가까이하게 되면 그 주변인들 역시 영향을 받게 됩니다."

"나쁜 영향인가?"

"상황에 따라 다르겠지만, 아가씨를 예로 든다면 어중간한 양기는 독기를 활발하게 하지만 극양의 기운은 그 독기를 태웁니다."

"그렇군."

"하지만 은서호 소단주의 기운은 극음의 기운입니다. 그리고 음의 기운은 독의 진행을 멈춥니다."

그는 말을 이었다.

"그리고 극음의 기운은, 모든 정순하지 못한 것을 정화하는 공능이 있습니다."

"독 같은 거 말인가?"

"맞습니다. 그 역시 정순하지 못한 것에 포함됩니다."

그렇다면 동자령의 중독의 진행이 멈춘 건 은서호의 영향이라고 봐야 했다.

그리고 연격의 말은 끝나지 않았다.

"하지만 묘하군요."

"무엇이 말인가?"

"그 정도로 강력한 극음의 기운은 북해빙궁의 제자들도 가지고 있는 경우가 드문데, 남자가 그런 극음의 기운을 지니고 있다니 말입니다."

"그거라면 생각나는 게 있네. 은서호 소단주는 이백 년 전의 영웅인 극천검 곽훈의 절기를 이어받았다고 들었네."

"그렇다면 그럴 만합니다."

포정사는 동자령의 말을 떠올렸다.

"저희, 은서호 소단주랑 친하게 지내야 할 것 같아요."

"그게 무슨 말이냐?"

"방금 본 미래에 의하면, 이 제국의 영웅이 되실 분이 거든요."

원래부터 은서호에게 호의를 베풀 생각이긴 했다. 동자 령의 말도 있었으니까.

그리고 동자령이 목숨을 구한 이유가 은서호라고 생각 되는 지금, 그 은혜는 확실하게 갚아야 했다.

"하지만 주군, 이에 대해서는 모른 척해 줘야 할 것 같 습니다."

"하긴, 그가 기물을 썼다는 핑계를 댔다는 건, 이를 밝 히고 싶지 않다는 거겠지."

그가 자신들을 부담스러워해서 피하거나 멀리하면 큰 낭패니까.

* * *

나는 귀밑을 긁적였다.

음, 귀가 살짝 간지러운 것이 누가 내 이야기를 하는 건가?

시침을 끝내고 탕약까지 마신 그녀는 편안히 잠에 빠져들었다.

그 후, 나는 백발화의에게 눈을 보여 주었다. 그걸 보고 싶다는 요청이 있었기 때문이다.

그는 내가 보여 주는 눈을 살폈다.

하지만 별다른 것은 밝혀내지 못했는데, 이런 현상은 그로서도 처음이라 무척 신기한 모양이었다.

나도 신기할 정도니 말 다했지.

나는 내 방으로 돌아와 겉옷을 벗고, 침상에 드러누웠고 생각에 잠겼다.

아까 포정사와 백발화의와 대화했을 때 이상하게 생각되는 게 있었기 때문이다.

그런 상황에서 포정사는 당연히 해야 할 질문을 하지 않았다.

"내 딸이 살 수 있는 건가?"라는 질문 말이다.

내가 그간 본 포정사는 딸에 대한 걱정이 가득한 사람이었는데.

그러고 보니…… 며칠 전부터 묘하게 그의 안색이 밝아 보였다.

마치 자령 소저가 살아날 것을 미리 알고 있는 사람처럼……

미리 안다고?

나는 몸을 벌떡 일으켰다.

그러면 내가 의아하게 생각했던 것들에 대해 어느 정도 의문이 풀린다.

미래를 아는 거다.

설마 자령 소저도 나처럼 되돌아온 사람인가?

잠시 고민했지만, 고개를 저을 수밖에 없었다.

그렇다면 이전 삶에서도 단명했다는 거고, 그 이후의 일에 대해서는 잘 모를 수밖에.

그러니 이 가설은 기각.

그렇다면 남은 건 하나다. 자령 소저에게 미래를 알 수 있는 능력이 있다는 것.

그리고 내가 본 그녀의 성격대로라면, 자신이 죽은 후를 걱정해서 미래의 일에 대해 기록해서 포정사에게 넘겼을 가능성이 크다.

덕분에 포정사가 별일 없이 귀주성을 평온하게 치리할 수 있었던 거고.

하지만 자령 소저의 목숨을 위협했던 중독 증상이 멈춘 이유나, 그 상태가 좋아진 이유는 아직 잘 모르겠다.

그 무각수라는 독은 삼 년 정도만 섭취해도 그 이후로는 그 독을 쓰지 않아도 진행이 멈추지 않는다고 했는데.

그때 내 손이 닿는 부분에서 뭔가 이상한 감촉이 느껴졌다.

폭신한 이불인데, 왜 딱딱하지?

내 손이 있는 곳을 보고는 그 이유를 알아차렸다.

아……

내 기운 때문이구나.

초절정이 된 지 얼마 되지 않아서인지 아직 기운을 완벽히 갈무리하지 못하고 있었다.

그래도 처음보다는 많이 갈무리할 수 있게 되었다.

"어?"

순간 나는 내 손을 보며 눈을 깜박였다.

그러고 보니 내 기운은 태음빙해신공의 기운.

즉, 그 자체로 정화의 공능이 있다는 의미이다.

설마 내가 미처 갈무리하지 못한 기운이 자령 소저에게 영향을 준 건가?

그래서…….

상당한 가능성이 있는 가설이다.

그나저나 이거 조심해야겠네.

내 기운에 해독의 공능이 있다는 것을 다른 이들이 알아차린다면 내 무공이 멸문당한 설풍궁의 무공이라는 것이 밝혀질 테니까.

그게 아니더라도 나를 찾는 이들로 인해 상당히 피곤해질 거다.

물론 이를 통해 얻을 수 있는 이득이 크다는 것은 확실하지만, 사람의 목숨을 두고 흥정하고 싶지는 않았다.

그리고 누군가의 목숨을 위해 애쓴다는 건 웬만한 희생정신이 없이는 불가능한 일이다.

그렇기에 비록 대가는 받지만, 그것과는 별개로 생명을

살리기 위해 잠 못 자고 마음고생 하며 고군분투하는 의
원들이 존경받는 것이다.

그런 자들에게 행패 부리는 인간들은 대체 뭔지…….

물론, 의원이라는 이름이 아까운 이들도 있지만.

아무튼, 나는 나를 잘 안다.

나는 그런 희생정신은 없는 사람이다.

"뭐, 잘된 일인가?"

내가 의도하지는 않았지만, 덕분에 자령 소저를 살릴
수 있게 되었으니까.

음, 포정사나 백발화의나 다른 이들이 이걸 눈치채지는
못했겠지.

.

.

.

그 후로 며칠이 지났다.

자령 소저의 안색은 나날이 좋아지고 있었다. 그것만
봐도 현재 치료가 잘 되고 있음을 알 수 있었다.

그리고 자령 소저를 치료하던 의원은 백발화의 옆에 딱
붙어서 보조를 하면서 그에게 해독에 대한 것을 배우고
있었다.

그 의원의 말에 의하면 병의 치료와 해독은 그 궤를 완
전히 달리한다고 했다.

그리고 나는 포정사의 부름을 받아 그의 집무실로 향했
다.

"부르셨다고 들었습니다."

"아, 어서 오게나."

그는 나에게 자리를 권했고, 나는 다탁 앞에 앉았다.

"잠시 차 한 잔 하자고 불렀네. 괜찮은가?"

"물론입니다."

시녀가 차를 가지고 왔고, 우리에게 차를 따라 주었다.

"들게나."

"감사히 마시겠습니다."

역시 포정사의 사택에서 쓰는 차인 만큼, 상당한 고급 차이다.

그때 밖에서 부관의 목소리가 들렸다.

"대인, 저 지영입니다."

"들어오게."

문이 열리고 전에 배에서 봤던 지 부관이 들어왔다.

"죄송합니다만, 잠시 직접 와 보셔야 할 일이 생겼습니다."

"그런가?"

포정사는 나에게 양해를 구했다.

"잠시 자리를 비워도 되겠나?"

"물론입니다. 괘념치 마십시오."

그가 지 부관과 함께 나갔고, 나는 그의 집무실에서 혼자 차를 즐겼다.

그나저나 나를 꽤나 신뢰하는 것 같네?

명색이 포정사의 집무실인데, 외부인인 나를 혼자 두다니.

전에도 호감을 보이긴 했지만, 지금은 아예 자신의 영역 안에 넣어 놓은 듯한 느낌이다.

그때 포정사 대인의 서탁 위에 있는 서책이 보였다. 글씨가…… 여인의 서체인데?

나는 기운을 퍼뜨려 주변을 살폈다.

혹시 누가 나를 감시하고 있나 확인하기 위함이다.

아무도 없다는 것을 확인한 나는 슬쩍 서탁으로 다가가 서책을 보았다.

[아버지, 이제 곧 흉년이 들고 흉년은 아주 오랫동안 이어질 겁니다. 대비하셔야 합니다]

내 예측이 맞았다.

자령 소저는 미래를 보는 사람이었다.

어?

나는 그 뒤에 적힌 구절에 그대로 굳어 버리고 말았다.

[아버지, 일전에도 말씀드렸듯이 무림맹과 가까이하지 마십시오. 그들은 아버지를 이용할 겁니다.]

잘못 해석할 여지가 전혀 없는 깔끔하고도 명료한 문장이다.

자령 소저는 분명하게 말하고 있었다.

무림맹과 가까이하지 말라고, 그들이 포정사를 이용할

거라고.

그 말은 즉, 자령 소저가 무림맹이 포정사를 이용하기 위해 접근할 미래까지도 예지했다는 거다.

만약 이걸 무림맹에서 본다면, 예상되는 그들의 반응은 두 가지다.

포섭하거나, 제거하거나.

그리고 무림맹에서는 그녀를 제거하기로 결정한 거겠지. 그래서 그 사중첩 독을 먹인 것이고.

물론 지난 삶에서 자령 소저의 직접적인 사인은 오성상단이었지만, 무림맹 입장에서는 나쁠 게 없었다.

어쨌거나 목적은 이뤘으니까.

하지만 조금 의아하다.

미래를 안다는 건 엄청난 능력이다. 어지간해서는 포섭하는 게 무조건 좋을 정도로.

그런데 왜 그녀를 제거하기로 한 거지?

그때 누군가 다가오는 기척이 느껴졌다.

나는 얼른 내 자리로 돌아가려다가 생각을 바꿔 옆의 서가로 향했다.

드륵,

문이 열리고 포정사가 들어왔다.

"일은 다 보셨습니까?"

"별일은 아니었네. 이렇게 혼자 내버려 둬서 미안하군."

"아닙니다."

나는 서가를 가리키며 말했다.

"아, 송구합니다. 서책들이 흥미로워 보여서 미처 허락도 구하지 않고 보고 말았습니다."

"괜찮네. 그런데 그 서책들은 제법 수준이 높은 것들인데, 학문에도 조예가 깊나 보군!"

"변변찮은 식견일 뿐입니다."

내 겸양의 말에 그는 허허 웃으며 말했다.

"원한다면 빌려 가도 좋네. 여기에 머무는 동안 서책을 많이 읽는다고 들었네."

"네? 귀한 서책들도 있는 것 같은데 괜찮습니까?"

"독서백편의자현(讀書百遍義自見)이라고 했네. 그 서책들은 이미 백 번 이상은 읽어 본 것들이네."

독서백편의자현은 동우라는 학자의 학문을 흠모하여 제자가 되려는 이들에게 그가 했던 말이다.

책을 백 번 읽으면 저절로 그 뜻이 드러난다는 의미인데, 솔직히 한 권을 백 번씩 읽는다는 건 엄청난 뚝심과 인내심이 필요한 일이다.

이 서가에 꽂혀 있는 책들만 해도 천 권 가까이 되어 보이는데, 이걸 전부 백 번씩 읽었다니…….

와, 장원급제 하실 만 하네.

"대단하십니다."

나는 순수하게 감탄했다.

"그럼 나중에 서책을 좀 빌리겠습니다. 마음 같아서는 지금 당장 빌려 가고 싶지만, 아직 읽고 있는 서책이 있으니 말입니다."

"그렇군. 지금 읽고 있는 서책이 무엇인가?"

그 말에 나는 자연스럽게 다탁 앞에 앉으며 대답했다.

"유승이라는 이가 지은 자천문자천답(自千問自千答)입니다."

그건 요즘 북경에서 제법 유명한 서책으로, 스스로에게 천 가지 질문을 던지고, 스스로 답한다는 내용의 서책이다.

"자네도 그 책을 아는군! 나도 이번에 북경에 가서 그 책을 구해 왔네. 하지만 아직 읽을 시간이 없어서 읽지 못하고 있지."

"소상의 식견으로는 제법 흥미롭습니다."

"그렇군. 꼭 읽어 봐야겠네."

그런저런 이야기를 하던 나는 이제 슬슬 본론이 나올 때라는 것을 알아차렸다.

"요즘 고민이 많으신 듯합니다."

"아, 그래 보이나? 하하하."

그는 멋쩍게 웃었다.

"매번 자네에게 이리 내 속마음을 들키니, 내가 속마음을 감추는 데 영 소질이 없나 보군."

"아닙니다. 그만큼 대인께서 진솔하신 분이라는 의미가 아니겠습니까."

"그리 생각할 수도 있겠군. 하지만 자네도 알다시피 정치판에서 그건 제법 큰 약점이라네."

"하지만 그 누가 대인을 음해하겠습니까?"

"맞는 말이네. 좋은 핏줄을 타고나서 그거 하나는 좋더군."

그는 말을 이었다.

"이제 자령이의 병세가 확연히 호전되고 있는데, 그래서 고민일세. 혼약이 되어 있으니 말이지."

그의 고민은 이해가 됐다.

자령 소저를 독살하려고 한 곳으로 추정되는 집안으로 시집을 보내게 생겼으니 말이다.

그렇다고 무작정 파혼하자고 하기에는, 그 증거가 부족했다.

게다가 지금까지 기다려 준 것에 대한 예의도 아니다.

"자령이가 건강해졌으니 이에 대해 혼약자 집안에 알릴 의무가 있다네."

"그렇죠."

"헌데 그쪽에서 어떤 반응을 보일지 모르겠네."

음, 진짜 문제긴 하네.

오성상단의 일은 문제라고 느껴지지 않을 정도로.

"아, 그러고 보니 오성상단의 일은 어찌 되었습니까?"

"거기? 아…… 나를 기만한 평 부관은 십 년의 강제노역에 처하기로 했네. 그리고 평 부관에게 청탁을 넣은 매염이라는 자 역시 십 년의 강제노역에 처했네."

"하지만 매염이라는 자가 개인의 욕심만으로 움직인 것은 아닐 겁니다."

"나 역시 그리 생각하고 있네. 그리고 오성상단 차원에서 그들에게 지원을 했고, 그로 인해 이득을 봤다는 증거도 확보했지."

"다행이군요. 그러면 그들에게도 중벌을 내리셨겠군요."

"물론이네. 상단에게 중벌이란 벌금이 아니겠는가. 그들에게 오만 냥의 벌금형을 내렸네."

은자로 오만 냥이면, 생각보다 얼마 안 되는데?

"아, 금자로 오만 냥이네."

그 정도면 충분하지.

그만한 벌금을 내리려면 아무리 대형 상단이라고 해도 피똥 좀 쌀 거다.

그 위세도 상당히 약해질 거고.

"그 정도는 해야 다른 상단에 대한 경고가 되지 않겠나?"

"지당하신 말씀입니다."

오성상단의 일로 분위기를 부드럽게 하고는 넌지시 다른 이야기를 꺼냈다.

"저, 혹시 최근에 따님 주변에서 일하던 사람 중에 그만두거나 한 자가 있습니까?"

"왜 그런 것을 묻는지 알겠군. 안 그래도 알아보았네."

역시, 대단한 행정관은 아니지만 과거에 장원급제하신 만큼 현명하신 분이다.

"최근에 자령이의 시녀 중 한 명이 삼 개월 전에 일을 그만두었네. 매사에 친절하고 그 어떤 일탈도 없었으며 일 처리도 완벽하게 해내던 시녀라고 평하더군."

"그렇습니까?"

"그래서 그녀가 그만둘 때 모두 서운해했고, 자령이의 지시로 그녀에게 퇴직금을 넉넉하게 주었다고 하는군."

포정사가 눈을 빛냈다.

"그녀가 자령이의 차를 담당했다고 하네."

"……!"

그렇다면 그녀가 무림맹의 사주를 받았을 가능성이 아주 컸다.

"하여 그 시녀의 행방을 추적했네."

나와 같은 생각을 하셨구나.

"어떻게 되었습니까?"

"그 시녀의 고향에는 아무도 없었네. 심지어 그녀의 가족들도 전부 사라졌네."

그의 말에 나는 미간을 찌푸릴 수밖에 없었다.

"너무나 수상하군요. 당당한 사람이라면 고향으로 돌아가자마자 종적을 감췄을 리가 없습니다."

"맞는 말일세. 게다가 이런 일을 일개 시녀가 독단적으로 벌였을 리가 없네."

그는 말을 이었다.

"분명 호남성 포정사 쪽에서 사주한 거겠지."

하긴…….

무림맹이 개입한 것을 모른다면 충분히 그런 결론이 나올 거다.

"호남성 포정사 쪽에서 독이 든 차를 공급하고 사주 받은 시녀가 그것으로 차를 우려서 사중첩 독을 완성시킨 것이지."

그래, 그건 맞다.

내가 볼 때 그 시녀가 애초부터 무림맹의 사람이었을 가능성이 높다.

예언서의 날짜를 보니 무림맹에 대한 경고는 자령 소저가 아프기 전에 적어 놨던 게 분명했다.

그 시녀가 예언서를 보고 그것에 대해 무림맹에 보고했을 거다.

아! 그래서 제거하기로 한 거구나.

어쨌든 호남성 포정사 쪽에 무림맹의 사람이 있다는 의미다.

그 말은 즉, 이번 사건을 해결하기 위해서는 호남성 포정사 쪽을 알아봐야 한다는 것.

솔직히 내가 개입하지 않아도 될 일이긴 하다. 하지만 그 상대가 무림맹이라면 이야기가 다르다.

무림맹을 엿 먹일 수 있는 일인데 이 기회를 놓칠 수는 없지.

"대인. 그래도 저들의 죄를 밝힐 수 없는 이상 누군가 사람을 보내야 하지 않습니까?"

"그렇긴 하지."

"대인께서 직접 가시지는 않으실 테고…… 누구를 보내실 생각이십니까?"

"내 셋째 아들과 지영 부관을 보낼 생각이네."

"혹시, 제가 그 일행에 껴도 되겠습니까?"

"자네가 말인가?"

나는 귀밑을 긁적이며 멋쩍은 표정을 지었다.

"예. 조금 갑작스러운 말입니다만…… 제가 확실하고 깔끔한 것을 좋아해서 말입니다. 그리고 훗날 저희 상단이 호남성 포정사와 거래를 하게 될 일이 있을지도 모르는데 누가 시키면 속내를 지니고 있는지는 알아야 손해를 보지 않을 듯합니다."

"누가 범인인지 알아내겠다는 뜻인가?"

"제가 그리 대단한 능력이 있는 건 아니지만, 직접 제 눈으로 보고 판단하고 싶습니다."

내 말에 그는 기꺼운 표정을 지었다.

"사실, 그렇지 않아도 자네에게 부탁할 생각이었다네."

어? 나에게?

"저번에 배에서 평 부관이 기물을 도둑질한 범인이라는 것을 밝혀냈을 때, 자네의 통찰력에 큰 감명을 받았다네."

아…… 그냥 가만히 있을 것을.

그게 더 그림이 좋았을 텐데 말이지.

"부디, 부탁하네."

그렇게 나는 호남성으로 가게 되었다.

.

.

.

다음 날,

포정사의 사택에 한 젊은 남자가 방문했고, 포정사의 부름에 그의 집무실로 온 나는 그를 소개받았다.

"인사하게나. 여기는 내 셋째 아들일세. 그리고 여기는 은해상단의 은서호 소단주다."

"처음 뵙겠습니다. 은해상단의 소단주 은서호라고 합니다."

"동항수입니다. 귀주성 이연주에서 판관으로 있습니다."

판관은 종칠품의 직급으로 실무를 담당하는 위치다.

"실례지만, 맡으신 일이……."

"이런저런 잡무를 하고 있습니다."

두루뭉술한 답.

자세한 건 알려고 하지 말라는 의미구나.

"들었습니다. 자령이의 증세가 중독임을 알려 주셨다고요."

"우연히 발견하게 된 겁니다. 여동생분께서 살 운명이셨겠지요."

"그건 그렇군요."

그때 포정사가 말했다.

"내일 호남성에 갈 때 은 소단주와 동행하거라."

"어째서입니까?"

"제법 통찰력이 있는 자니, 이번 일에 도움이 될 것이다."

"생긴 건 잘생겼으니, 여인들의 입을 열고자 할 때는

도움이 되긴 하겠군요."

냉소적이네.

지금 여동생이 독살당할 뻔했고, 이를 밝혀내기 위해 간다는 것도 알고 있는 사람 치고 너무 냉담한 거 아닌가?

보통의 오라버니라면 당장 쳐들어가겠다고 길길이 날뛸 텐데 말이지.

혹시 포정사가 다섯 명이나 되는 아들 중에서 이자를 부른 이유가, 이런 성격 때문인가?

성격이 불같은 것보다는 낫지만…… 이건 이것대로 좀 당혹스럽네.

다음 날.

우리는 호남성으로 출발했다.

호남성의 성도는 장사였는데, 귀주성과는 조금 먼 편이다.

호남성의 북동쪽에 위치해 있으니까.

동정호와 장강의 지류로 인해 물이 풍부하여 농사가 아주 잘 되는 곳이기도 하다.

그리고 면화가 많이 생산되며 구릉지에서는 연초와 꿀, 모시 등이 생산된다.

아, 사향노루가 좀 많아서 사향도 많이 생산된다.

사향은 향유의 원료 중 하나이긴 하지만 약재로도 쓰이는 만큼, 우리 상단에서도 자주 방문하는 곳이다.

생각해 보니 무림맹 입장에서도 귀주성보다는 훨씬 쓸모가 있는 곳이긴 하네.

아무튼, 귀주성과 호남성의 경계 지역은 산지가 대부분이다.

그렇다는 건 가는 길에 고생을 좀 해야 한다는 의미다.

그래도 관도가 이어져 있어서 산길을 헤치며 가야 할 정도는 아니다.

그런데…….

지금 생각하면 차라리 그게 나을 것 같다는 생각이 들었다.

항수 공자와 함께 마차를 타고 이동하는 건 좋은데, 바늘방석에 앉아 있는 기분이라서 말이지.

"그러고 보니 자령이가 자네에게 잘 다녀오라고 전해 달라고 하더군."

"그렇군요."

"우리 자령이와 개인적으로 만나는 사이인가?"

"네? 그게 무슨 말씀이십니까?"

"그런데 왜 자령이가 자네에게 그런 말을 전해 달라는 것이지?"

"제가 눈을 가져왔기 때문이 아니겠습니까? 그리고 소저와 차를 같이 마신 적도 있기는 합니다."

"차를 같이 마셨다고? 어째서지?"

"대인의 요청이었습니다."

"아버지께서? 그런데 자네는 왜 거절하지 않았지?"

"그건······."

아니, 대체 내가 왜 이런 질문을 받고 있어야 하는 거지? 게다가 질문이 참······.

실무를 담당하는 판관이라는데, 그것보다는 제형안찰사사의 감찰을 맡은 첨사 같다.

전에 은해상단에 감찰을 왔던 자의 말투가 꼭 이랬거든.

차갑고 감정이 담기지 않은······.

속되게 말하면 싸가지 없는 말투라고 할까?

이런 사람들은 꼬투리를 잡아서라도 따지고 들기 때문에 솔직하게 말하는 것이 최선이다.

후, 나도 모르겠다.

쫄릴 것도 없는데, 뭐.

"아니, 대인의 배려로 편하게 지내고 있는데, 그 요청을 감히 어떻게 거절합니까?"

"······일리가 있군."

"그리고 오해하지 마십시오. 저는 소저에게 별다른 감정은 없습니다."

"정말인가?"

"소저에게는 혼약 상대가 있습니다. 무슨 경을 칠 일 있습니까? 저는 제 몸이 제일 소중한 사람입니다."

"하긴, 그래 보이긴 하는군."

"그냥 사람과 사람 사이의 호감은 있지만, 그 이상은 아니니 걱정하실 필요 없습니다."

나는 말을 이었다.

"소저께서 저에게 그리 전하라고 하신 건 소저께서 워낙 마음씨가 고우셔서 저같이 천한 상인까지 신경 써 주신 것뿐입니다."

내 말에 그는 고개를 끄덕였다.

"하긴, 자령이가 마음씨가 곱긴 하지."

그러다가 다시 눈을 가늘게 뜨며 물었다.

"그런데 자령이에게 눈을 보여 줬으면 가도 되는 거 아닌가? 그런데 왜 아직 가지 않고 있던 것인가? 혹시 자령이를 보려고……."

이 인간, 진짜…….

"대인께서 돈을 주셔야 가죠."

나는 말을 이었다.

"대인께서 의뢰를 하셨고, 저는 그 의뢰를 완수했으니 돈을 받아야 가죠. 돈도 안 받고 갑니까?"

"……험험."

그는 헛기침하며 고개를 돌렸다.

내가 이렇게까지 직설적으로 답할 줄은 몰랐나 보다.

딱 봐도 당황했네.

당황을 가라앉힌 항수 공자는 나에게 물었다.

"그럼 내가 돈을 주면, 지금이라도 떠나겠군."

"아, 그건 아닙니다."

나는 정색하며 말했다.

"대인께서 저에게 부탁하신 일이 있는데, 그걸 내팽개

치고 어딜 갑니까? 저는 상인입니다. 그리고 상인의 자산은 신용이지요."

나는 말을 이었다.

"저를 신용 없는 자로 만들지 마시지요."

"……미안하군."

그래도 사과는 빠르시군.

"그리고 늦었지만, 고맙네."

"네?"

"자령이의 증상을 알아차리고 빨리 대처해 준 것 말이네."

음, 제법 늦은 감사지만, 대인배인 내가 이해해야지.

"알아주시니 감사합니다."

항수 공자는 내가 자령 소저에게 관심이 없음을 확인했는지 더 이상 쓸데없는 질문을 하지 않았다.

처음 자령 소저가 중독되었던 일에 대해 알고 있음에도 냉담한 태도를 보여서 자령 소저에 대해 관심이 없는 건가 했는데 아니었다.

겉으로만 그리 보일 뿐이지, 그 역시 자령 소저를 무척 아끼는 오라버니였다.

그 자신의 방식대로 분노를 표현하는 것뿐.

그래도 이성적으로 생각하고 행동할 수 있는 사람이라 다행이네.

.
.
.

그렇게 며칠을 이동한 우리는 마침내 호남성의 성도인 장사에 도착했다.

그리고 곧장 호남성 포정사의 본가로 향했다.

문지기에게 우리의 신분을 밝히자 그는 얼른 우리를 안으로 들여보내 주었다.

"기다리고 있었습니다. 저를 따라오시지요."

시종으로 보이는 자가 우리를 맞이했고, 숙소로 안내해 주었다.

역시 호남성.

후덥지근하지만 해를 보기 힘든 귀주성과 달리 호남성은 태양이 뜨겁게 내리쬐고 있었다.

이래서 농사가 잘되는 거다.

그래서인지 후원에는 각종 꽃이 가득 피어 있었다.

"아름다운 정원입니다. 특히 꽃이 곱습니다."

내 말에 시종이 대답했다.

"대인께서 화초에 관심이 많으셔서, 특히 신경 쓰고 있는 부분입니다."

"그러시군요."

같이 걷던 항수 공자가 복잡한 표정으로 입을 열었다.

"그러고 보니…… 자령이가 이곳 후원을 좋아했지. 나는 그게 이해가 되지 않지만."

"네?"

"나는 솔직히 지금도 꽃을 좋아하는 것이 이해가 되지 않네. 꽃은 그저 자신의 번식을 위해 화려함을 뽐낼 뿐이고 그게 실생활에 큰 도움이 되는 건 아니지 않나?"

"……."

잠시 정적이 흘렀다.

시종도 당혹스러운 듯한 표정이었고.

나는 부드럽게 웃으며 말했다.

"예뻐 보이는 것을 좋아하는 게 나쁜 건 아니지 않습니까? 동 공자께는 자령 소저가 예뻐 보이시죠?"

"그건 당연한 것 아닌가?"

"하지만 소저는 동 공자께 잘 보이고 싶어서 매사 예뻐 보이는 행동을 하는 건 아닐 겁니다. 그럼에도 공자께서는 자령 소저를 좋아하는데, 그게 나쁜 겁니까?"

"……."

잠시 말문이 막힌 그는 무언가 깨달은 듯한 얼굴로 고개를 끄덕였다.

"그러고 보니, 그렇군."

항수 공자의 그런 모습에 뭔가 기시감이 느껴졌다.

내 주변에도 이런 사람이…….

아!

나는 곧 유소악 내총관을 떠올렸다.

그 역시 사회성도 없었고, 주변에 대한 배려도 없었지.

지금은 그전에 비하면 많이 나아졌지만.

하긴, 사람이 냉담한데 배려와 사회성이 있다는 건 어폐가 있는 말이지.

나는 귀주성 포정사가 나를 보낸 이유를 알 것 같았다.

나의 통찰력을 기대한다고 하긴 했지만, 아마 이런 부분을 채워 달라고 보낸 듯싶다.

가장 냉철한 아들이지만, 동시에 가장 사회성이 부족한 만큼 그 부분을 채워 주고 분위기를 부드럽게 만들 수 있는 사람이 필요하니까.

지영 부관도 같이 왔지만, 그에게 그런 역할을 기대하기는 힘드니…….

좀 피곤할 것 같지만, 그래도 의뢰비를 생각하니 힘이 났다.

이런 일까지 시켰으니 포정사께서 넉넉하게 챙겨 주시겠지.

그리고 나에게 사과를 하고 또 감사를 표한 것을 보니, 유 총관보다는 심하진 않은 듯하고.

곧 우리는 처소에 도착했다.

호남성 포정사의 셋째 공자의 혼약자 집안에서 온 만큼 별채 하나를 통째로 쓸 수 있었다.

"대인께서는 지금 승선포정사사에서 근무 중이십니다."

보통은 사택에서 지내는 것이 보통이지만, 호남성의 포정사는 본가가 근처에 있어서인지 출퇴근을 한다고 했다.

"이따 저녁에 퇴청하시면, 제가 다시 찾아뵙겠습니다."

"알겠습니다."

고개를 들어 하늘을 보니 어느새 저녁때가 가까워지고 있었다.

뭐, 많이 기다리지 않아도 되겠네.

유시(17~19시)쯤 해서 저녁이 제공되었다.

자령 소저를 독살하려고 했던 곳이니만큼 혹시 우리도 독살하려고 하지 않을까 하는 걱정 때문인지 지영 부관은 제대로 음식을 먹지 못했다.

하지만 나는 그런 걱정 없이 잘 먹었다.

태음빙해신공이라는 믿는 구석이 있기도 했고, 독살 같은 것을 할 가능성은 희박했으니까.

귀빈으로 방문한 사람들이 독에 당한다면 그 책임은 오롯이 호남성 포정사 집안이 짊어져야 하니까.

전에 배에서도 느꼈지만, 지영 부관은 매사에 조심성이 많은 사람이군.

그건 그렇고, 항수 공자가 그런 기색 없이 음식을 먹는다는 것이 좀 의외네.

그 역시 나랑 비슷한 생각을 한 모양이다.

그나저나 음식이 맵긴 하군.

그래도 이곳은 달콤하게 매워서 다행이다. 사천성의 음식은 달지 않고 엄청 자극적이거든.

설탕의 산지와 가까워서 그런 것일 터.

그나저나 이렇게 국수를 식사로 내온 것을 보니 그만큼 우리가 귀한 손님이라는 의미다.

호남성에서는 쌀이 풍족한 대신, 밀이 귀한 편이라 귀

한 손님이 오면 밀로 만든 국수를 내주곤 한다.

게다가 요즘은 흉년으로 인해 한층 더 밀이 귀할 텐데
말이다.

그렇게 식사를 마치고 차를 마시고 있으니, 시종이 우
리를 찾아왔다.

"대인께서 퇴청하셨습니다. 반 시진 후에 모시고 오라
고 하셨습니다. 준비하고 계시면 다시 찾아뵙겠습니다."

"알겠습니다."

우리는 각자 방으로 돌아가 의관을 정제하고 모였다.

아무래도 호남성 포정사의 가족들이 모인 자리일 가능
성이 크니까.

반 시진쯤 지나서 아까의 시종이 우리를 데리러 왔고,
우리는 그를 따라 이동했다.

가는 길에 접빈실로 보이는 공간이 여러 개 있었는데,
시종은 가장 커 보이는 곳 앞에서 멈췄다.

"귀주성 포정사 대인 집안에서 오신 분들입니다."

"들게."

문이 열리고 우리 일행은 안으로 들어갔다.

역시…… 내 예상이 맞았군.

호남성의 포정사와 그 가족으로 보이는 이들이 여럿 앉
아 있었다.

넓은 탁자의 상석에 앉은 이가 바로 포정사다.

이번 삶에서는 초면이지만, 이전 삶에서는 몇 번 본 적
이 있어서 바로 알아볼 수 있었다.

그리고 왼쪽에 앉아 있는 이들이 그의 가족들이다.

우리는 공손하게 머리를 숙여 인사하고 각자 소개했다.

포정사가 고개를 끄덕여 인사를 받고는 우리에게 앉을 것을 권했다.

"앉게나."

"네."

우린 탁자 오른쪽에 앉았다.

"우선, 내 가족을 소개하지. 자네는 못 본 가족도 있을 것 아닌가?"

바라던 바다.

그렇게 우린 가족들을 소개받았다.

호남성 포정사 옆에 있는 중년의 부인이 포정사의 부인이다. 그 옆은 둘째 부인이고.

그 옆에는 장남과 장녀, 차남, 삼남, 사남, 차녀의 순으로 앉아 있었다.

여섯 명의 자녀를 두신 것.

귀주성 포정사는 한 부인에게서 여섯 명의 자녀를 두신 건데…….

여러모로 대단하시구나.

"그래, 이렇게 직접 온 것을 보면 꽤나 중대한 사안인 모양이군."

"네."

항수 공자가 입을 열었다.

"대인의 말대로, 서신으로 소식을 전할 일은 아니기에 이리 직접 찾아뵙게 되었습니다."

그는 말을 이었다.

"제 여동생 자령이의 병세가 호전되었습니다."

"오! 그런가?"

호남성 포정사는 반색했다.

"병이 너무 중하다기에 걱정했는데, 호전되었다니! 그럼 완치될 수 있는 건가?"

"그렇습니다. 훌륭한 의원을 구했고 덕분에 곧 완치가 멀지 않았습니다. 이에 아버지께서 대인과 대인의 가족에게 이 소식을 전해 드리기 위해 저를 보냈습니다."

"그렇군. 한시름 놓을 수 있겠네."

호남성 포정사는 미소를 띤 채 고개를 끄덕였다.

"그러면 이제 혼례를 진행할 준비를 해야겠군."

"지금까지 기다려 주셔서 감사할 따름입니다."

"그런 말 하지 말게나. 혼약이라는 건 두 가문이 서로 맺어지는 것이니만큼 함부로 할 수 없는 약속이 아닌가?"

"그리 생각해 주시니 감사할 따름입니다."

항수 공자는 말을 이었다.

"다만, 아직 자령이의 몸이 완쾌되지는 않았으니 몇 달 정도만 더 기다려 주셨으면 합니다."

"물론이네. 삼 년을 기다렸는데 몇 달을 기다리지 못하겠는가?"

나는 새삼스러운 눈으로 항수 공자를 보았다.

생각보다 매끄럽게 말 잘하네.

나는 그리 생각하며 앞에 앉은 가족들의 표정을 살폈다.

자령 소저의 병세가 호전되고 있다는 소식을 전했을 때 그들이 지은 표정은 안도, 기쁨 등등이었다.

그런데 뭔가 의아했다.

어째서 혼약 당사자인 셋째 아들보다 넷째 아들이 더 기뻐하는 거지?

그리고 두 번째 의문은 그렇게 좋아하는 넷째 아들에게서 흑도의 기운이 느껴진다는 거다.

초절정에 오르니 흑도의 기운이 역겹게 느껴지는 건 훨씬 덜했다.

그리고 그 기운에서 이전에는 알지 못했던 특별한 것이 느껴졌다.

그건 뭔가 비릿한 피 냄새가 섞여 있다는 거다.

그리고 보니 이전에도 무림맹과 관련이 있던 자들은 흑도의 기운을 지니고 있었지.

내 추측으로는 무림맹이 흑도의 무리를 이용해서 뭔가를 하고 있다는 거다.

그렇다면 넷째 아들이 무림맹과 관련이 있다는 뜻인데……

하지만 이해가 되지 않았다.

자령 소저가 죽기를 바라고 독을 쓴 것인데, 어째서 그녀의 병세가 호전되고 있다는 말에 저렇게 기뻐하는 거지?

그때 내 앞에 있던 둘째 아들이 내게 물었다.

"아까 은서호라는 이름을 듣고 긴가민가했는데, 혹시 선협미랑 대협이 아닙니까?"

쿨럭!

그 이름을 아는 자가 있을 줄이야!

아니라고 하기에는 이미 확신하는 눈빛이다.

그래서 나는 순순히 수긍했다.

"대협이라니요. 부담스럽습니다. 그저 허명일 따름입니다."

"오오! 역시 맞군요!"

이에 호남성의 포정사가 눈을 빛내며 나를 보았다.

"용봉비무회의 영웅이라고 알려진 그 선협미랑의 위명에 대해서는 나도 들은 적이 있네. 자네가 그자였다니! 놀랍군!"

그는 말을 이었다.

"그런데 어쩐 일로 동 공자와 동행하는 건가?"

나는 당황하지 않고 대답했다.

"귀주성 포정사 대인께 은혜를 입은 일이 있어, 동행해 달라는 청을 거절하지 못했습니다."

"그랬군."

나는 슬쩍 고개를 돌렸다.

나를 바라보는 둘째 아들의 선망 가득한 눈빛이 따가울

지경이었기 때문이다.

호남성 포정사도 이를 눈치챘는지, 웃으며 설명했다.

"사실 둘째 아들이 무림에 적을 두고 있다네. 형산파의 속가제자지."

"그러시군요."

솔직히 호남성을 치리하다 보면 무림인들이 깽판을 칠 때가 있다.

호남성의 군사력이 약한 건 아니지만, 무림에서 생긴 문제는 무림 문파의 도움을 받는 것이 더 편하고 빠르다.

그럴 때 도움을 받기 위해서 둘째 아들을 형산파의 속가 제자로 보낸 듯했다.

다행히 둘째 아들이 억지로 무공을 익히는 게 아니라, 무공 자체를 좋아하는 듯하다.

반면, 귀주성의 경우에는 무림인들이 깽판을 치는 경우가 별로 없다.

왜냐고?

무림인들이 깽판을 치는 것도 이권이 걸려 있어야 깽판을 치는 거니까.

솔직히 뭔가 이득이 있어야 죽고 다칠 것을 각오하고 치고받는 거 아니겠는가?

솔직히 약재 같은 것이 풍부하긴 하지만, 그뿐이다. 그것 가지고는 큰 이득을 얻기는 힘들다.

녹림들도 약재를 위해 오가는 상단의 주머니를 털어서 배를 채우는 것이 고작이니 험한 산속의 귀한 약재를 채

취해 상단에 팔아서 옷과 무기를 마련하는 판인데 뭐.

그래서 귀주성에는 유명한 무림세가나 무림문파가 없다.

둘째 아들이 나에게 포권하며 말했다.

"저, 실례가 아니라면 제 견문을 좀 넓혀 주지 않으시겠습니까?"

"네?"

지금 무슨 말을 하는 거야?

그는 말을 이었다.

"저는 무인으로서 많은 이들과 검을 맞대며 제 견문을 넓히고 싶지만, 지금까지 제가 만난 무사들의 수준은 고만고만하니 이러다가 우물 안 개구리가 되는 게 아닌가 싶습니다."

"……"

"부디, 대해의 넓음을 알 수 있게 해 주십시오."

그러니까 지금…… 나와 대련을 하고 싶다는 거지?

나는 어색하게 웃으며 말했다.

"저는 누군가의 견문을 넓혀 줄 정도로 대단한 실력이 아닙니다."

무림맹의 사람이 있을지도 모르는 곳이다. 이런 곳에서 내 실력을 드러내는 건 좀 그렇잖아.

설령 다치기라도 했다가는 꽤나 난감한 일이 될 것이다.

솔직히 귀찮기도 하고.

그때 호남성 포정사가 말했다.

"그러지 말고 어울려 주지 않겠나?"

"네?"

"사실 둘째 녀석이 허구한 날 강자와 싸우고 싶다면서 동정호 근처를 어슬렁거리니⋯⋯."

아, 그런 뜻이구나.

동정호는 중원에서도 소문난 명소인 만큼 외부의 무림인들도 많이 찾아오는 곳이다.

그곳에서 괜히 진짜 고수와 시비가 걸리면 골치 아프니까.

"부탁하네."

"⋯⋯."

포정사마저 진지하게 부탁해 오자, 이를 거절할 수가 없었다.

우리는 자리에서 일어나 마당으로 나갔다.

그리고 시종이 맡아 두고 있던 검을 내게 돌려주었다.

"그럼, 부탁드리겠습니다."

"저야말로 잘 부탁드립니다."

그렇게 대련이 시작되었다.

무림의 오래된 예법에 따라 내가 삼 초를 양보하기로 했다.

솔직히 실전에서는 그런 거 없는데 말이지. 실전에서는 선빵이 최고다.

호남성 포정사의 둘째 아들이 나를 향해 달려들었다.

챙-!

채챙-!

어라?

검을 내리칠 때 처음 검이 닿았을 때보다 그 후에 더 강하게 압박하는 이 버릇.

그래, 분명 내가 알고 있는 버릇이다.

알고 있다 뿐일까, 익숙하고…… 그리운 버릇이다.

나는 이 버릇을 가진 자를 아주 잘 알고 있다.

일문.

내 호위무사였던 사내.

틀림없었다.

내가 그와 한두 번 검을 맞대어 봤을까?

이전 삶에서도 호위무사들과 종종 대련을 했었고, 그들과 같이 싸웠기에 그 버릇을 못 알아볼 수가 없었다.

그런데 그가 호남성 포정사의 둘째 아들이었다고?

내가 그를 첫눈에 알아보지 못한 건 당연했다.

우선, 이름이 달랐다.

내 호위무사의 이름은 일문이었지만, 지금 나와 대련을 하고 있는 둘째 아들의 이름은 연주혁이니까.

또한, 내 호위가 되었을 때 그의 얼굴은 끔찍할 정도로 불에 타 일그러져 있었다.

그래서 가면을 쓰고 다녔다.

성대가 망가져서 목소리도 썩 듣기 좋은 편은 아니었다.

그럼에도 그의 실력은 발군이었고, 그 의지도 굳건해서 내 호위무사가 되었다.

내가 죽던 그 날, 그 역시 죽었지만.

일단, 그에 대한 기억을 떠올려 보자…….

그러고 보니 그때 팔갑이 전해 준 말에 의하면, 호남성 포정사의 집에 불이 엄청나게 크게 났었다고 했지.

그로 인해 마침 집에 있던 포정사의 둘째 아들의 가족들과 넷째 아들이 죽었다고.

그럼…….

그때 둘째 아들은 죽지 않았고, 간신히 목숨을 건져 내 호위무사가 된 거였어?

나는 복잡한 눈으로 그를 바라볼 수밖에 없었다.

* * *

접빈실의 마당에서는 호남성 포정사의 둘째 아들 연주혁과 은서호의 대련이 이어지고 있었다.

검과 검이 부딪혔다.

연주혁의 경지는 일류.

사실 서른 초반인 그가 일류 무사라는 건 준수한 성취다.

어지간한 문파의 장로들조차 절정이라는 것을 생각하면 말이다.

은서호는 그런 그와 비등한 수준으로 싸우고 있었다.

호남성 포정사는 이를 지켜보며 생각했다.

'분명…… 저자의 경지는 절정일 터인데, 주혁이에게 맞춰 주는 건가?'

그런데 그의 눈에 뭔가 이상한 것이 보였다.

"……!"

그건 은서호의 발자국이었다.

후원이 가까운 만큼 바닥은 흙바닥이었고, 그 아래 연주혁의 발자국이 어지러이 찍혀 있었다.

'왜 저자의 발자국은 없는 것이지?'

곧 그는 다른 이들은 알아차리지 못한 것을 알아차렸다.

'헉! 내 눈이 이상한 게 아니라면, 아까부터 저자는 한 발자국도 움직이지 않고 있다!'

그가 아는 바에 의하면 일류 무사를 상대로 그게 가능하기 위해서는 절정의 경지로는 불가능했다.

그 말은 즉, 은서호는 절정을 훌쩍 넘는 경지라는 의미다.

'경지를 숨기고 있던 건가?'

그의 눈이 빛났다.

'마침 잘 되었군.'

어느덧 대련이 끝을 보이고 있었다.

"이쯤 하는 것이 좋을 듯합니다."

은서호의 말에 연주혁이 숨을 헐떡이며 대답했다.

"충분히, 후우, 견문을 넓힐 수 있었습니다. 제 억지를 들어주셔서, 감사합니다."

"별말씀을요."

* * *

대련이 끝난 후, 우린 이런저런 이야기를 나누었다.

이제 슬슬 자리를 파할 시간이군.

"아버지께서 답신을 받아 오라고 하셨습니다."

항수 공자의 말에 호남성의 포정사는 기다리고 있으면 서신을 적어 주겠다고 했다.

하지만 그리 금방 주지는 않을 것 같다. 이것저것 고민할 게 많을 테니까.

별당으로 돌아온 내게 항수 공자가 물었다.

"무공도 쓸 수 있었나?"

나는 가볍게 웃으며 대답했다.

"아니면 제가 무슨 수로 북해에서 눈을 가지고 왔겠습니까?"

"그것도 그렇군."

그는 그냥 고개를 주억거리고는 방에 들어가 버렸다.

매정하군.

어쨌든 그와 동행했기 때문에 대련까지 했는데 수고했다는 말 한마디 정도는 해 줄 수 있지 않나?

아까 호남성 포정사 앞에서는 제법 말을 잘하더니, 내 앞에서는 냉담하고 무심한 사람이 되어 버리네.

뭐, 상관없지. 이번 일이 해결되면 더 볼 일은 없을 테니까.

나는 하늘을 보았다. 어느새 해가 완전히 져 버렸다.

나를 찾을 사람은 더 없겠지?

나는 오늘 밤 넷째 공자의 처소로 잠입할 생각이다. 아무리 생각해도 그가 무척 수상하니까.

내 방으로 들어온 나는 팔갑에게 말했다.

"팔갑아. 혹시 누가 나를 찾으면 잔다고 해 줘."

"어디 가십니까요?"

"응. 좀 알아볼 것이 있어서."

밤이 늦어지길 기다리면서 움직이기 편한 경장으로 갈아입었다.

솔직히 야행복이 제일 눈에 안 띄겠지만, 그건 눈에 띌 경우 너무 수상해 보이니까.

그리고 혹시 누군가 불렀을 때 갈아입는 것도 번거롭고…….

그래서 최대한 어두운 색의 경장으로 갈아입은 것이다.

그때였다.

"주군, 밖에 시종이 찾아왔습니다."

"……?"

나는 고개를 갸웃하며 방을 나섰다.

여기 와서 처음 보는 시종인데?

"저, 선협미랑 대협 되십니까?"

나는 고개를 끄덕였다.

"도련님께서 모셔오라고 하셨습니다."

"도련님이라면?"

"둘째 도련님이신 연주혁 도련님이십니다."

무슨 일이지?

솔직히 거절하고 싶었지만, 생각을 바꿔 승낙했다.

그의 부름을 받아 간다는 건, 당당하게 내처 안으로 들어갈 수 있다는 의미니까.

잠시 후.

나는 시종을 따라 내처 안으로 들어갔다.

"그런데, 외부인인 제가 이렇게 늦은 시간에 내처 안으로 들어가도 되는 겁니까?"

보통 늦은 밤에는 외부인을 내처 안으로 들이지 않으니까.

시종은 내 물음에 친절하게 답해 주었다.

"걱정하지 않으셔도 됩니다. 내처에 거하는 분의 초대가 있다면 문제 없습니다."

"그렇군요."

곧 내가 당도한 곳은…… 연무장?

여기 연무장 같은데?

그렇게 생각이 될 정도로 넓은 곳이었다. 게다가 바닥에는 청석까지 깔려 있었다.

돈 엄청 들인 티가 나네.

그리고 그곳에는 연주혁 공자가 서 있었다.

"오셨습니까? 대협."

"대협이라는 말은 부끄러우니, 그냥 소단주라고 불러 주시지요."

"그건……."

"부탁드립니다."

내 부탁에 그는 마지못해 고개를 끄덕였다.

"정 그렇다면, 알겠습니다."

그는 말을 이었다.

"제가 이렇게 소단주를 모신 건, 청이 하나 있기 때문입니다. 반드시 들어주셨으면 합니다."

그리고 나를 바라보는 것이, 그 청이 뭔지 물어봐 달라는 듯했다.

"……."

할 수 없지.

"그 청이 무엇입니까?"

"저와 대련해 주십시오."

"분명 아까 대련을 했던 것으로 기억하는데, 또 다시 대련을 해 달라는 것입니까?"

내 물음에 그는 고개를 끄덕였다.

"그렇습니다. 아까는 가족들 앞에서 제 면을 세워 주시기 위해 봐주신 것을 알고 있습니다."

"……."

사실 아까 내 실력을 제대로 드러내지 않은 건, 수상해 보이는 넷째 아들 때문이었다.

그런데 연주혁 공자는 그게 본인의 체면을 세워 주기 위해서 그런 것이라고 착각하고 있는 거다.

뭐, 착각은 자유니까.

"이번에는 봐주시지 않았으면 합니다. 저는 지금 제 진짜 실력을 알고 싶기 때문입니다."

그의 눈빛은 진지했다.

내 이전 삶에서, 나를 위해 목숨을 바쳤던 호위무사 일문의 눈빛과 겹쳐 보였다.

"후……."

나는 한숨을 내쉬며 승낙했다.

"할 수 없군요. 좋습니다."

"감사합니다!"

"단, 진검이 아닌 목검으로 합시다."

내 제안에 그는 당황한 표정이다.

"목검으로 말입니까? 하지만 저는 진검승부가 하고 싶습니다."

나는 고개를 저었다.

"진검이든 목검이든, 위험하기는 매한가지인데 어째서 진검을 고집하시는 겁니까?"

"그야, 진검을 사용해야 실전에 익숙해지지 않겠습니까?"

"명필은 붓을 탓하지 않는다고 합니다."

"……."

"저의 제안을 받아들이지 않는다면, 대련은 없던 것으로 하겠습니다."

내가 목검으로 대련을 하겠다고 한 건 솔직히 서로가 곤란해지지 않기 위해서다.

우선 나는 초절정이 된 지 얼마 안 된 상태.

혹시라도 진검을 사용하다가 실수를 하게 된다면 난감해진다.

아까는 내가 일부러 살살 했으니 괜찮았지만, 상대방이 진심인 만큼 지금은 어찌 될지 모르니까.

게다가 아무리 당사자가 괜찮다고 했어도, 진검 대련이라는 것은 다른 이들에게 오해를 사기 쉽고.

하지만 목검이라면 어지간해서는 지도 대련으로 취급되니까.

내 말에 결국 그는 고개를 끄덕였다.

"알겠습니다."

"목검을 좀 빌리죠."

그는 시종에게 지시했고, 시종은 목검 두 개를 가지고 왔다.

나는 목검을 들어 보았다.

철심이 박혀 있는지 묵직하면서도 단단했고, 균형이 잘 잡혀 있었다.

"좋은 목검이군요."

"천강목으로 만든 목검입니다."

"아! 역시."

나는 고개를 끄덕이며 말했다.

"목검을 드십시오. 봐주지 말라고 하셨죠? 삼 초식을 양보하는 것 따윈 없습니다."

"알겠습니다."

우리는 기수식을 취했다.

어느새 우리 주변에는 적막이 내려앉았다. 숨소리조차 조심스러웠다.

그렇기 긴장감이 감돌 때.

탓-!

연주혁 공자가 선공을 취했다.

분명 무척 빠른 속도였지만, 내 눈에는 느리게 보였다.

이게 초절정과 일류의 차이구나.

절정일 때는 이 정도 차이를 느끼지 못했는데.

나는 목검을 들어 상단에서부터 베어 내려오는 연주혁 공자의 목검을 올려 쳤다.

"윽!"

그는 목검을 놓치지 않았고, 다시 힘을 주어 내리쳤다.

아까도 느꼈지만, 지금의 연주혁 공자의 실력은 제법 괜찮은 편이다.

아무리 일류무사라고 해도 방금 내 공격에 목검을 놓치지 않고 곧바로 다시 공격하기는 쉽지 않으니까.

나는 다시금 그의 목검을 받아쳤다.

하지만 이번에는 아까와 달리 송적설의 묘리를 담았다.

진설십이식검법 중 하나이자 중검이다.

"……!"

그는 당황한 표정이다. 내 목검에 담긴 기운에 막혀 더 이상 목검이 움직이지 않았으니까.

그리고,

슥,

물 흐르듯 자연스럽게 그의 목에 목검을 가져다 대었다.

"졌습니다."

그 선언에 나는 목검을 내렸다.

지금 우리의 대련은 실제로는 다섯을 셀 정도의 짧은 시간 안의 공방이었다.

순식간에 끝난 것이 아쉬운지 그는 간절한 표정으로 고개를 숙였다.

"한 번만 더 부탁드립니다."

하지만 나는 그가 이번 한 번으로 끝나지 않을 것을 알고 있다.

내가 기억하는 일문이라는 사내는, 포기를 모르는 끈기 있는 사내였거든.

그러니 여기서 확답을 받아 두어야 한다.

"앞으로 다섯 번. 그 이상은 안 됩니다."

그의 얼굴이 환해졌다.

"감사합니다."

우리는 대련을 펼쳤고, 이어진 네 번의 대련 모두 연주혁 공자가 선공을 했고, 내가 이겼다.

물론 몇 초에 불과한 짧은 공방이었지만.

"이제 마지막입니다."

"……."

"약속은 약속입니다."

"알겠습니다."

나는 아쉬워하는 그에게 말했다.

"이번에는 제가 선공을 하겠습니다."

그는 긴장한 표정으로 고개를 끄덕였고, 목검을 단단히 쥐었다.

나는 그에게 쇄도했다.

슉!

"……!"

또한, 아까와 달리 내 공격에 진짜 살기를 담았다.

그와 동시에 내 살기를 감지하고 옆에서 튀어나온 한 인영이 있었다.

역시 내 생각대로네.

내가 목검을 사용한 이유는 저자 때문이기도 했다.

은밀하게 숨어 있던 걸 봐서는 연주혁 공자의 호위무사로 보였다.

그의 존재는 연주혁 공자도 알고 있었을 거다. 그러니까 겁도 없이 나에게 진검 대련을 요청했겠지.

그는 나를 다급하게 검을 들어 방어하려 했다.

하지만.

톡.

그 전에 내 목검이 연주혁 공자의 머리를 가볍게 툭 쳤다.

"어……."

그는 멍한 표정으로 나를 봤고, 나는 피식 웃으며 말을 이었다.

"실전이었으면, 죽었겠죠?"

"어……."

아직도 어안이 벙벙한 표정이다. 그의 호위무사는 검을 미처 다 뽑지도 못하고 당황한 표정이었다.

"방금 무슨 생각이 들었습니까?"

"어……."

그는 간신히 침을 꿀꺽 삼키며 말했다.

"아무 생각도 나지 않았습니다."

"방금처럼, 고수의 살기를 마주하게 되면 아무 생각도 나지 않는 것이 맞습니다. 그런 상황에서 무엇이 공자의 목숨을 구할 수 있을까요?"

"……."

나는 곧바로 말을 이었다.

애초에 대답을 바라고 한 질문도 아니었으니까.

"솔직히 대답해 보시지요. 검술을 수련하실 때 기초 수련에 그리 큰 비중은 두지 않으시죠?"

"……어찌 아셨습니까?"

"제 공격에 제대로 움직이지도 못하셨으니까요. 만약

기초 수련에 충실하셨다면 제 공격을 막을 수 있었을 겁니다. 그리 빠르지도 않았던 공격이니까요."

그는 자신의 손을 내려다보았다.

"형산파의 속가제자라고 들었습니다. 형산파뿐만 아니라 다른 문파들도 매일 제자들이 기초 수련을 하는 것으로 일과를 시작한다고 알고 있습니다."

"맞습니다. 형산파 역시 그랬습니다."

"솔직히, 검술의 기본인 아홉 개의 검로를 수백 번이나 반복하는 것은 괴롭고 지루하죠. 하지만 그것은 제자들을 괴롭히기 위함이 아닙니다. 만약의 상황에서 본능적으로 검을 휘두를 수 있게 하기 위함이죠."

나는 말을 이었다.

"그러니, 강자들을 찾아 위험천만한 대련을 하기 전에 기초 수련에 중점을 두십시오. 매일 매일 기초 수련을 소홀히 하지 않는다면, 본인보다 고수를 만나도 한두 번은 그 공격을 막을 수 있을 겁니다."

나는 고개를 돌려 옆의 호위무사를 보며 말을 이었다.

"그럼, 공자의 호위무사가 늦지 않을 수 있겠죠."

이전 삶에서 그는 말했었다.

자신이 기초를 소홀히 했음을 후회한다고.

만약 자신이 그런 과오를 저지르지 않았다면, 소중한 사람들을 지킬 수 있었을 거라고.

증오스러운 삶을 살지 않았을 거라고……

"저는 제 재능만을 믿고 까불었던 겁니다."

그리 말하던, 그의 표정이 떠올라 살짝 쓴웃음을 지었다.

이번 삶에서는 그가 그런 후회를 하지 않았으면 좋겠다는 마음에 다소 과격한 방법을 쓴 것이다.

"그럼, 약속대로 다섯 번의 대련을 마쳤으니 이만 돌아가도록 하겠습니다."

나는 그리 말하며 옆의 시종에게 목검을 건넸다. 그리고 뒤돌아 돌아가려는 그때였다.

"사부님!"

"응?"

뒤를 돌아보니, 그는 바닥에 무릎을 꿇고 내게 절을 했다. 그리고 외쳤다.

"사부님으로 모시겠습니다!"

저기, 왜 그러십니까? 저보다 나이도 많으신 분이…….

당황스럽네.

나는 어색하게 웃으며 말했다.

"하하하. 농담이 심하십니다."

"농담이 아닙니다."

그리 대답하는 연주혁의 얼굴은 진지했다.

"지금의 가르침으로 확신했습니다. 이렇게까지 진정으로 저를 위해 주고 또 걱정해 주는 사부님은 만나 보지 못했습니다."

"형산파의 사부님이 계시잖습니까?"

"솔직히 포정사의 아들을 가르친다는 명예와 저희 가문에서 준 기부금으로 인한 사제 관계입니다."

그는 말을 이었다.

"지금의 제 경지도 제 노력에 의한 것일 뿐입니다."

"……."

단호하네.

"저는 정식으로 소단주님을 사부님으로 모시고 싶습니다."

"공자의 연치가 어찌 됩니까?"

"저는 올해 서른하나입니다."

"저는 스물하나입니다. 열 살이나 어린 사부라니요! 사람들이 비웃을 겁니다."

"비웃으라지요! 저는 개의치 않습니다."

"……."

저는 개의치 않지 않습니다만?

"허락해 주실 때까지 저는 이 자리에서 움직이지 않겠습니다."

나는 그 옆에 서 있는 연주혁 공자의 호위무사를 흘깃 보았다.

하지만 그는 내 시선을 받기 무섭게 같이 무릎을 꿇었다.

"부디, 주군의 청을 들어 주십시오."

이, 이보세요?

그쪽이 그러시면 안 되죠.

아, 진짜 곤란하게 하네.

고집이 쇠심줄보다 더 질긴 사내이기에, 쉽게 포기하지는 않을 거다.

물론 매정하게 돌아설 수도 있고 조곤조곤 설명해서 단념하게 할 수도 있다.

하지만 내가 망설이는 건 이전 삶에서 제법 많은 도움을 받았기 때문이다.

마지막까지 나를 지키다가 죽었고.

"주군을 만난 것도, 주군을 모시게 된 것도, 주군을 위해 죽을 수 있음도 저에게는 한 점 후회 없는 기쁨입니다."

그 말을 끝으로, 적들에게 뛰어들어 전사했다.

그가 마지막으로 했던 그 말이, 지금도 잊히지 않는다.

나는 복잡한 눈으로 그를 보았다.

"저보다 더 훌륭한 사부를 찾으시면 안 되겠습니까?"

"저에게는 은 소단주님이 훌륭한 사부입니다."

"후, 알겠습니다. 그럼 이렇게 합시다."

내 말에 그의 시선이 나를 향했다.

"정식으로 사제의 연을 맺지는 않겠습니다. 솔직히 말해서 그건 저에게 무척 부담스러운 일이니까요. 또한 지금, 이 순간의 결정이 한순간의 치기일 수도 있습니다."

나는 부드럽게 말을 이었다.

"그러니, 삼 년 동안 제 지시에 따라 충실히 훈련을 하다가 그때도 마음에 변함이 없다면, 저를 찾아오십시오. 하지만 제 제안을 받아들이지 않는다면 모든 건 없던 일로 하겠습니다. 어떻게 하시겠습니까?"

내 물음에 그는 잠시 고민하다가 고개를 끄덕였다.

"그 말은, 저에게 무공을 알려 주시긴 하겠다는 거군요. 알겠습니다. 삼 년, 금방 갑니다."

그건 나도 안다.

내가 열다섯 살로 돌아온 지 엊그제 같은데 벌써 스물한 살이니까.

그리고 그가 삼 년 뒤에도 포기하지 않을 것도 안다.

내가 삼 년의 유예 기간을 둔 건, 그의 훈련 방향은 이미 정해져 있었기 때문이다.

그땐 내가 사부가 되지 않아도 알아서 잘할 테니까.

그리고 나는 그에게 삼 년 뒤에 사제의 연을 맺겠다고 하지 않았다.

나를 찾아오라고 했지.

"그러니 이제 그만 일어나시죠."

내 말에 두 사내는 자리에서 일어났다.

"잘 들으십시오."

나는 그에게 그가 해야 할 훈련에 대해서 말해 주었다.

"더 이상 동정호 근처를 기웃거리는 건 그만두십시오. 공자가 대련을 원하는 수준의 고수들은 무림의 은원의 굴레에 대해 아는 자들. 괜히 골치 아픈 일을 만들려 하지 않을 겁니다."

나는 말을 이었다.

"보나 마나 고수와의 대련을 위해 상대를 도발하는 방법을 쓸 터인데……."

내 말이 맞았던 듯, 그의 얼굴이 붉어졌다.

"그 도발에 넘어오는 고수는 뒷일을 생각하지 않는 흑도의 인물뿐입니다. 그리고 그들의 수법은 비겁하고 악랄하죠."

내 말에 연주혁 공자의 호위는 고개를 끄덕였다. 그 눈빛을 보니 내가 가려운 곳을 긁어 준 듯했다.

"목숨은 하나뿐입니다. 그리고 공자의 목숨은 공자의 것만은 아닙니다. 부모님과 형제자매들 그리고 공자의 처자식의 것이기도 합니다."

"유념하겠습니다."

"그리고……."

나는 그에게 우리 은해상단의 은풍대 무사들이 매일 하는 삼대 기초 훈련과 아홉 개의 기본 검식을 매일 천 번씩 반복할 것을 지시했다.

물론 쉽지 않을 거다.

하지만 이게 그의 인생을 바꿀 터.

나는 하늘의 달을 보았다.

이런, 생각보다 시간이 많이 지체되었군.

"그럼 저는 이만 가 보겠습니다."

"제가 배웅을……."

"제가 지시한 거 다 기억하십니까?"

"어……."

"배웅하지 않으셔도 되니, 잊어버리기 전에 어서 적으십시오."

"알겠습니다."

그렇게 그의 배웅을 물리치고 다시 시종의 안내를 받아 그곳을 나섰다.

나는 시종을 따라가면서 슬쩍 다른 곳으로 샐 기회를 엿보았다.

내처는 외처와 달리 구조가 좀 복잡했고, 덕분에 슬쩍 샐 수 있었다.

내가 사라진 것을 알고 당황할 시종분에게는 좀 미안하네. 하지만 어쩔 수 없는 일이다.

나는 기감을 집중해 아까 느꼈던 흑도의 기운을 찾았다.

그곳에 넷째 공자가 있을 테니까.

어라?

그런데 흑도의 기운이 느껴지는 게 한 명이 아니다.

하지만 여러 기운이 한 건물에서 느껴지는 것을 보니, 넷째 공자를 돕기 위해 파견된 인물이 같이 있는 게 아닐까 싶었다.

탓!

나는 그곳으로 신형을 날렸다.

잠시 후.

나는 한 건물에 도착했다.

둘째 공자의 별채와 비슷한 크기의 별채이다. 하지만 아직 혼인하지 않아서인지 그곳에 머무는 이들의 수는 훨씬 적었다.

나는 그들의 기운을 느꼈고, 흑도의 기운이 가장 진하게 느껴지는 곳으로 향했다.

그런데…….

그자는 넷째 공자가 아니었다.

누구지?

복장을 보니 신분이 높은 자는 아닌 듯하고, 시종에 가까운 듯한데…….

대문을 나오면서 주변을 두리번거리는 모습이 영 수상쩍었다.

이 야밤에 돌아다니는 것도 그렇고, 자신이 머무는 곳인데도 주변을 경계하는 모습까지…….

그건 자신의 행동이 누군가에게 발각되는 상황이 꺼려진다는 것이니까.

저자를 따라가야 한다고 내 직감이 말하고 있었다. 때로는 직감을 따라야 할 때가 있었고, 지금이 바로 그때였다.

나는 조심스럽게 그의 뒤를 밟았다.

내처의 한 나무에 도착한 그는 자신의 옷소매에서 뭔가를 꺼내더니 나무옹이에 꽂았다.

시선 위쪽에 있고, 교묘하게 숨겨져 있어서 언뜻 봐서
는 보이지 않는 위치다.

삐익-!

그는 호각을 불었다.

거의 소리가 나지 않는 호각이지만, 나는 그 호각을 불
때 뭔가 특별한 기운을 느꼈다.

그리고 그는 다시 내처로 돌아갔다.

나는 주변의 기운을 살펴본 후, 아무도 없다는 것을 확
인하고 그곳으로 향했다.

그리고 그자가 숨겨 놓은 것을 꺼냈다.

그건 서신이었다.

나는 그 서신을 펼쳐 읽어 보았다.

"……!"

역시 내 직감이 맞았다. 그 수상한 자를 따라온 것이
정답이었다.

[보고드립니다. 오늘 백란의 집안에서 사람이 왔고, 병
세가 호전되었다는 소식을 전해 왔습니다. 분명 이십육
호에게서 낙화가 머지않았다는 보고가 있었고, 철수했다
고 들었습니다. 이에 확인 후 조치가 필요합니다.]

분명 백란은 자령 소저를 뜻하는 거다.

백련이라고 불리는 백목련은 서리가 한 번 내리면 그대
로 져 버리기에 실질적인 개화 시기가 생각보다 짧거든.

즉, 빨리 낙화해 버릴 꽃이라는 의미로 이렇게 쓴 거다.

나는 온몸에 소름이 돋았다.

이 서신을 여기에 놓은 건 정기적인 보고를 위해서가 분명했다.

만약 이게 저들의 손에 들어갔다면 어찌 되었을까?

꽤 골치 아픈 건 둘째 치고 자령 소저의 목숨이 위험했을 거다.

나는 다음 내용을 마저 읽어 내려갔다.

[네 번째 가지가 눈치를 챈 것 같습니다. 조만간 제거해야 할 듯합니다]

응? 이건 또 무슨 소리야?

네 번째 가지라는 건 분명 넷째 아들을 뜻하는 것일 거다.

그런데 눈치를 챘다는 건, 모른다는 것이 전제되어야 자연스러운 문맥이 된다.

뭐야? 그럼?

넷째는 공범이 아닌, 이용당했다는 건가?

일단 그건 나중에 고민하고, 우선 이 서신을 어찌한다…….

잠시 고민하던 나는 이내 고민할 필요가 없음을 깨달았다.

그냥 발견했다고 하면 되는 거지, 뭐.

세상에는 예기치 못한 일들이 많은데, 새가 날아와서 앉았다가 이 서신이 떨어질 수도 있는 거지 뭐.

어? 잠깐…… 새라고?

나는 저 하늘에서 느껴지는 아주 희미하지만 분명한 흑도의 기운을 느꼈고, 이 서신을 어떻게 회수하는지 알아차렸다.

훈련받은 새를 통해 이 서신을 전달해 왔던 거다. 그가 호각을 불었던 건 새를 부르기 위함이었고.

솔직히 내처 안에 이 서신을 숨겨서 어찌 전달하나 했더니 방법이 있었다.

그때 저쪽에서 누군가의 기척이 느껴졌다.

익숙한 기운. 나를 안내해 주었던 시종이다.

마침 잘됐군.

"어? 여기 계셨습니까?"

그는 사색이 된 얼굴로 나를 향해 달려왔고, 그제야 안도의 한숨을 내쉬었다.

"한참 찾았습니다."

"하하하. 죄송합니다. 뭔가 신기한 게 있어서 잠시 구경하다가 뒤를 놓쳐 버렸습니다. 어떻게든 길을 찾으려 했는데…… 크게 소리치면 다른 이들에게 민폐일 것 같고 해서……."

"헤매다가 여기까지 오신 거군요."

"네, 그렇습니다."

"어쨌든 이렇게 찾아서 다행입니다. 사실 이곳의 내처는 증축에 증축을 거듭한 곳이라서 길을 자주 잃곤 하죠."

"아, 그래서 제가 길을 잘 찾지 못했던 거군요. 제가 길치는 아닌데…… 난감하던 참이었습니다."

나는 자연스레 말을 이었다.

"아, 그리고 이게 떨어져 있던 것을 발견했습니다."

나는 서신을 내밀며 말했다.

"제 기척에 놀랐는지 이 나무에 앉았던 새가 푸드덕 날아가다가 이걸 떨어트리더군요."

"그건, 서신이 아닙니까?"

"예, 그런데…… 이 내용이 좀 이상하더군요. 혹시 지금 포정사 대인을 뵐 수 있겠습니까?"

그는 잠시 고민하다가 고개를 끄덕였다.

"아직 대인께서 침소에 드실 시간은 아니니, 괜찮을 듯합니다."

그렇게 나는 곧바로 포정사의 집무실로 향했다. 남은 일은 외처에 있는 집무실에서 처리한다고 했으니까.

나는 접견을 허락 받았고, 집무실로 들어갔다.

"그래, 이 늦은 밤에 무슨 일인가?"

"다름이 아니라 이 서신 때문에 찾아뵙게 되었습니다."

나는 그 서신을 내밀며 자초지종을 설명했다. 물론 진짜 사정은 쏙 뺐지만.

호남성 포정사는 그 서신을 읽더니, 표정을 굳혔다.

그도 아는 거다.

그 서신이 이상하다는 것을 말이다. 오늘 우리가 자령 소저의 병세가 회복되고 있음을 알렸고 그 내용이 적혀 있었으니까.

"아무래도 대인께서도 아셔야 하는 것 같아서 이 밤에 찾아뵙게 되었습니다."

"후, 고맙군."

그는 잠시 그 서신을 노려보더니, 이내 피식 웃었다.

"마침 이리되었으니, 내 단도직입적으로 묻겠네. 자네가 이곳에 온 이유가 무엇인가?"

"네?"

"아까처럼 귀주성 포정사에게 은혜를 입어서 그 부탁을 거절하기 어려웠다는 등의 말은 하지 말게. 오히려 귀주성 포정사와 거래를 했다는 게 더 정확하겠지."

와…… 돗자리 까셔야겠는데?

"그리고 자네가 내처를 헤맸다고? 웃기는 소리를 하는군. 자네 같은 고수가?"

그는 말을 이었다.

"분명 자네가 이곳에 온 이유가 있고, 그 이유가 이 서신과 관련된 것이 아닌가 하는데?"

통찰력이 장난 아니시네.

하긴, 귀주성 포정사처럼 호남성의 포정사도 젊은 축에 속한다.

이 일을 해결하기 위해 호남성 포정사에 대해서 알아봤

는데, 그는 꽤 유능한 관리라고 한다.

그래서 현 황제의 눈에 들어 빠르게 승진하다가 호남성의 포정사로 발령을 받았다고 한다.

이곳은 물산이 풍부하고 넓은 곡창지대가 있어 제법 중요한 지역이거든.

나는 그를 보았다.

마침 이 서신을 발견해서 다행이었다.

호남성 포정사가 이 일과 관계가 없다는 것을 알게 되었으니까.

만약 무림맹과 관련이 있었다면 황제가 많이 속상해하실 뻔했잖아.

나는 속으로 미소 지었다.

능력이 좋다는 건, 내 든든한 조력자가 될 수 있다는 의미니까.

그래서 그의 조력을 구하기 위해 온 거다.

이 집안을 들쑤시기 위해서는 그의 도움이 필요했으니까.

나는 포권하며 말했다.

"사실대로 말씀드리자면, 자령 소저의 병세가 단순한 병이 아닌 중독 증상이었다는 것부터 말씀드려야겠군요."

"중독이라고?"

"예. 그리고 공교롭게도 그 독이 들어 있던 건 이쪽에서 보낸 차였습니다."

"뭐라? 그게 사실인가?"

내 말에 포정사는 깜짝 놀란 표정이었다.

"네. 사실입니다."

"어떻게 이런 일이……."

그는 탄식했다.

"그래서 이에 대한 진실을 밝히기 위해서 제가 여기에 온 겁니다."

"이 일은 나로서도 심각한 일이네. 우리 집안으로 시집 올 여인을 해하려 했다니! 그것도 자령이를……."

호칭이 친근하네.

"자령 소저를 아끼시나 봅니다."

그는 고개를 끄덕였다.

"포정사들끼리 만나는 정례회가 있거든. 거기서 가족 들끼리 만나다 보니 친해져서 말이지."

"그랬군요."

"꼭 며느리 삼고 싶어서 내가 졸라서 혼약을 맺었는데 어떻게 이런 일이……."

그는 미간을 찌푸렸다.

"후, 이거 내가 생각했던 것보다 훨씬 끔찍한 일이 벌 어지고 있었군."

"네?"

지금 그 말은, 호남성 포정사도 돌아가는 상황을 눈치 채고 있었다는 건가?

호남성 포정사는 미간을 찌푸리며 말을 이었다.

"이전부터 이상하다고 생각은 했었네. 내가 추진하는 일들에 대해 미리 알고 찾아오는 이들이 있더군."

"그 말은 즉, 미리 정보를 알고 있었다는 겁니까?"

"그렇네. 참 다양한 이들이 찾아오더군. 그들이 어디선가 정보를 얻고 오는 것은 확실해 보였네."

내가 볼 때 무림맹은 그 정보를 그들에게 주고, 대가를 얻고 있을 터.

"그렇지 않아도 자네에게 부탁할 게 있어서 따로 부를 생각이었는데 말이지."

"저에게 말입니까?"

"자네에 대한 위명은 많이 들었네. 게다가 무림맹에서 영웅으로 인정한 자가 아닌가?"

그러니까 무림맹의 이름을 신뢰한다는 거다.

에휴, 큰일 날 분이네.

하긴…… 무림맹이 겉으로 볼 땐 참 공명정대하고 정의로운 곳이니까.

뒤로는 온갖 나쁜 짓은 다 하면서 말이지.

그러다가 걸리면 그들의 핑계는 정해져 있었다. 대의를 위해서 어쩔 수 없었다는 것.

그로 인해 희생된 소수의 선량한 이들은?

이에 대해 납득하는 사람들이 생각하지 못하는 맹점이 하나 있다. 그건 바로 그 자신도 언젠가 희생당하는 소수가 될 수 있다는 거지.

나는 지금 굳이 호남성 포정사에게 무림맹이 사실은 나

쁜 놈이라고 말하지 않았다.

결국 나중에 가면 자연스럽게 알게 될 테니까.

"혹시 저에게 부탁하실 일이 그 일에 대한 것입니까?"

"그것과 자네가 말한 그 일까지. 이 서신을 보니 둘 사이에 연관이 없다고는 할 수 없으니까."

그는 말을 이었다.

"그 대가로는…… 우선, 묻겠네. 자네는 무인인가? 상인인가?"

"저는 상인입니다."

"그럼 대가로 은자 오백 냥을 주겠네."

과연 포정사 대인답게 넉넉하게 제안하시네. 하지만, 내게는 은자 오백 냥보다 큰 게 있다.

"말씀 감사합니다만, 돈은 사양하겠습니다."

"그럼 명예를 원하는가?"

"상인에게 명예는 쓸데도 없고 골치만 아픕니다."

나는 말을 이었다.

"그저, 이곳 호남성에서 저희 은해상단이 곤란에 빠졌을 때 딱 한 번 도움을 주셨으면 합니다."

"정녕 그것으로 되겠는가?"

"네."

지금 내가 말한 것이 훗날 은자 오백 냥보다 훨씬 더 값어치 있는 대가가 될 거다.

좋네. 무림맹 엿 먹이고 대가도 받고.

"하지만 내가 할 수 있는 선이어야 하네. 그건 알고 있겠지?"

"물론입니다. 포정사 대인께서 그 일로 곤란을 겪지 않으실 선에서 부탁드릴 겁니다."

"좋네. 그렇게 하도록 하지."

포정사는 흔쾌히 내 제안을 승낙했다.

"우선 그 차부터 조사해 봐야 할 것 같은데…… 다른 가문에 보내는 선물 같은 건 안주인의 영역이 아닙니까? 이 부분은 대인께서 알아봐 주셨으면 합니다."

"그러도록 하지."

"그럼 저는 이 서신을 어디로 보내려 했는지 알아보겠습니다. 우선, 이 서신을 제가 주웠다는 소문을 좀 내겠습니다."

* * *

임도는 지금 그의 상황에 만족했다.

힘든 일도 없었고, 대우는 대우대로 잘 받으며 봉급도 넉넉했으니까.

'하지만 이 생활도 곧 끝이지.'

그가 모시는 넷째 아들이 슬슬 뭔가 이상하다는 것을 눈치채기 시작한 듯했다.

자신을 통해 포정사가 시행하는 일에 대한 정보를 얻고 있음을 말이다.

분명 자신이 보낸 서신을 받으면 위에서는 포정사의 넷

째 아들을 제거하라는 명이 내려올 터.

'그리고 그 재수 없는 년을 없애 버릴 수도 있겠지.'

동자령의 시녀로 일하면서 그녀에게 독을 먹인 이십육
호는 계속해서 그를 앞질러 갔고 그게 못마땅하던 참이
었다.

자신이 보낸 서신대로라면 그녀의 상승세를 꺾을 수 있
을 터.

임도가 심부름을 위해 넷째 아들의 처소를 가로지르던
그때 하녀가 주방의 찬모와 나누는 대화를 들었다.

"그거 들었어? 이번에 손님으로 온 은서호 공자님이 내
처에서 웬 서신을 발견하셨다던데?"

"서신?"

"응. 나무에 앉아 있던 새가 날아가면서 서신 하나를
떨어트렸대."

그 대화에 임도는 가슴이 뜨끔했다.

그 서신은 분명 그가 상부에 전달하기 위해 숨겨 놓은
서신임이 분명했기 때문이다.

그는 그 대화에 귀를 기울였다.

"희한한 일이네. 그 서신은 어찌했대?"

"그게……. 뒷간에서 그만 잃어버리셨다는데?"

그는 가슴을 쓸어내렸다.

천만다행이었다. 만약 그게 포정사나 다른 누군가의 손에 들어갔다면 큰일 날 뻔했으니까.

'이런 삶아버릴 새 같으니라고!'

그는 이를 갈았다.

'그나저나 서둘러서 다시 서신을 써야겠군!'

어제 귀주성 포정사의 집안에서 전해 준 동자령의 회복 소식은 그로써 깜짝 놀랄 만한 일이었다.

만약 이에 대한 보고가 늦어진다면…….

상상만 해도 끔찍했다.

그는 다시 상부에 보내는 서신을 작성했다.

하지만 그걸 기존의 장소에 다시 숨길 생각은 없었다. 혹시라도 그 소문에 대해 호기심을 가진 이들이 그 나무를 수상하게 여기고 찾아볼 수도 있었기 때문이다.

'사실, 그 새는 내가 어떤 방식으로 호각을 부느냐에 따라서 정해진 장소로 오도록 훈련되어 있지.'

이번에는 그 나무와 정반대에 있는 나무에 서신을 숨겼다.

그러고는 호각을 꺼내 불었다.

삐이익!

그 호각 소리가 울려 퍼지고 약 일각 후.

하늘에서 검은색 새 한 마리가 날아왔다. 그 새는 재빠르게 날아와 나무에 앉았다.

그는 그 새의 다리에 직접 서신을 달아 주었다. 이번에는 놓치지 않도록.

푸드득!

그 새가 하늘 높이 날아가는 것을 보며 처소로 돌아가려던 때, 누군가의 목소리가 들렸다.

"당신이었군요. 그 의심쩍은 서신의 발신인이."

그 말에 깜짝 놀란 임도는 뒤를 돌아보았다. 그곳에는 한 미청년과…… 호남성의 포정사가 서 있었다.

* * *

걸렸군.

내가 수상쩍은 서신을 손에 넣었고 그걸 잃어버렸다는 소문을 내 달라고 부탁한 이유는, 현장에서 증거를 잡기 위해서다.

그 소문을 듣는다면 다시금 서신을 보내려 할 테니까.

그리고 그는 내 의도대로 행동했다.

"무, 무슨 소리를 하시는 겁니까? 저는 그저 바람을 쐬기 위해서……."

그 말에 내 옆에 있던 호남성 포정사가 말했다.

"네 녀석은 넷째의 시종이지. 그리고 넷째의 처소는 여기와 꽤 거리가 있는데 굳이 여기까지 와서 바람을 쐰다고? 말에 어폐가 있구나!"

그 말에 그 시종은 그 자리에 엎드리며 말했다.

"사실, 모시는 자를 힐난하는 것 같아 송구스럽습니다만, 사정이 있습니다."

"무슨 사정이냐?"

"실은…… 넷째 도련님께서 저를 은근히 괴롭히셔서…… 그래서 잠시 이렇게 피해 있던 것입니다."

"그랬구나. 허허. 넷째가 왜 그랬을꼬…… 라고 할 줄 알았나?"

"네?"

호남성 포정사의 말에 그는 얼굴을 들며 당혹스러운 표정을 지었다.

참, 가지가지 하네.

나는 코웃음을 칠 수밖에 없었다.

포정사 대인이 저런 말에 넘어갈 리가 없으니까.

"그 녀석은 누군가를 괴롭힐 인물이 되지 못한다. 천성이 유약하고 소심해서 말이지. 아, 물론 아버지로서 아들을 제대로 바라보지 못할 수도 있지만, 그 녀석은 그럴 녀석이 아니다."

그는 서늘한 표정으로 말을 이었다.

"참으로 발칙한 자로구나! 그런 말로 교묘하게 본질을 흐리다니! 지금 중요한 건 네놈이 새의 다리에 서신을 묶어 어디론가 서신을 보냈다는 것이다."

호남성 포정사는 자신의 뒤를 보며 말했다.

"저자를 포박해라."

"네!"

즉시 그의 뒤쪽의 무사들이 달려와 그자를 포박했다.

"사실대로 말해라! 그 서신을 어디로 보낸 것이냐?"

이미 변명은 틀렸다고 생각했는지, 그는 본색을 보였다.

"흐흐흐, 내가 말할 것 같습니까?"

"이 자식이!"

호남성 포정사가 분노했다.

조금 전 나는 호남성 포정사에게서, 자령 소저가 마신 차의 출처에 대해서 들을 수 있었다.

그 차는 셋째 아들, 즉, 자령 소저의 혼약자가 개인적으로 구한 차라고 했다.

하여 셋째 아들을 추궁하니, 바빠서 동생에게 부탁했다고 했다.

넷째 아들에게 차에 대해 물어보니······.

"제 시종인 임도가 구해다 준 겁니다. 제가 마셔 봐도 향긋하고 맛좋은 차였습니다."

그렇다.

내 앞에 있는 저 임도라는 자가 이 집의 흑막이었던 것이다.

그러니 그 배후를 찾기 위해서 저 임도라는 시종의 입을 열어야 하는 상황이다.

호남성 포정사의 명에 의해 임도를 포박한 무사들이 그

를 이리 고문하고 저리 고문해 봤지만, 그 입은 굳게 다물어져 벌릴 생각을 하지 않았다.

뭐, 이것까지도 예상했지.

— 주군. 저들의 본거지를 알아냈습니다.

내 귓가에 진유 무사의 전음이 들렸다.

— 꾸이!

금령이의 전음도.

그래그래, 이따가 은자 하나 줄게.

사실 아까 임도가 새를 날려 보냈을 때 나는 금령이에게 그 새를 추적하도록 했다.

그리고 그 위치를 진유 무사에게 알려 주라고 했고.

그러니까 사실, 임도가 입을 열지 않아도 상관은 없다는 거다.

그러면 왜 호남성 포정사가 임도를 고문하도록 놔두었냐고?

나를 개고생하게 한 것이 괘씸했으니까. 또한, 그로 인해 많은 이들이 힘들었다.

그 도망친 시녀도 잡아서 족쳐야 하는데 말이지.

마음 같아서는 더 괴롭게 하고 싶었지만, 서둘러야 한다. 그 서신을 받은 이들의 상부가 어찌 나올지 모르는 일이니까.

"대인. 이제 그만 하셔도 됩니다."

"그게 무슨 소리인가?"

"제 호위무사가 서신이 도착한 곳을 추적했습니다."

．

．

．

잠시 후.

나는 내 처소로 향해 진유 무사를 만났다.

포정사에게는 그곳에 대해 조사하고 보고하겠다고 했
고.

"오셨습니까?"

"예. 어디입니까?"

"혹시, 서운파라는 곳을 아십니까?"

거긴 또 어디야?

"저도 이번에 처음 안 곳입니다만, 그곳이 이번 일의
배후였습니다."

"후, 그렇군요. 서둘러 그곳을 처리해야겠군요. 그 서
신이 그들의 손에 들어갔다면 저들이 자령 소저를……."

내 말에 진유 무사가 어색한 표정을 지었다.

"아, 그건 걱정하지 않으셔도 될 듯합니다만……."

진유 무사의 시선을 따라 아래를 내려다보았다.

거기에는 금령이가 앉아 있었다.

"……?"

우리의 시선을 눈치챈 금령이가 퉤-!하고 뭔가를 뱉었
다.

그것의 정체는 침에 흥건히 젖은 채 기절한 검은 새였
다.

저건, 아까 서신을 매달고 날아간 새?

나는 그 다리에 매어져 있던 서신을 풀어 펼쳤다.

맞네.

"아니! 이걸 어떻게 물어 온 거야?"

"꾸이! 꾸이꾸이! 꾸이!"

나는 금령이가 뭐라고 하는지 알 것 같았다.

그러니까 서운파 안으로 들어가 그곳의 횃대에 앉아 있는 새에게 몰래 다가가서 삼켜 버렸다는 거다.

"누구 본 사람은 없었고?"

"꾸이!"

"아, 없다고? 잘했어."

즉, 서두를 필요가 없다는 거다. 기특한 녀석.

나는 금령의 머리를 슥슥 쓰다듬어 주었다.

"꾸잇?"

아, 안 통하네. 그냥 쓰다듬어 주는 것으로 퉁치려고 했는데.

나는 쓴웃음을 지으며 은자를 꺼내 내밀었고, 금령은 은자를 날름 삼켰다.

그나저나 신기하네?

이 새보다 금령이의 덩치가 더 작은데, 이 새를 어떻게 삼킨 거지?

"이 새는 어찌하시겠습니까? 아직 살아 있는 듯합니다만, 역시 죽이는 편이 안전하지 않겠습니까."

그때 문득 그런 생각이 들었다.

금령이 이 새를 죽이지 않고, 살려서 데리고 온 이유가 있지 않을까 하는.

그때 금령이가 그 새에게 다가갔고, 앞발로 머리를 탁! 쳤다.

푸드덕!

그러자 그 새는 깜짝 놀라 벌떡 일어났다.

금령은 그 새를 노려보았고, 그 시선에 그 새는 부동자세로 바짝 굳어서…….

응? 눈을 내리 깐다고?

금령은 그런 새를 보며 흡족하게 고개를 끄덕였다.

허…….

지금 설마, 금령이가 새를 부하로 삼은 거야?

어쨌든 금령이가 부하로 삼은 녀석이다. 그러면 내가 마음대로 그 생사를 정할 수는 없다.

.

.

.

그날 밤.

나는 내 호위무사들과 함께 이번 일의 배후인 서운파로 향했다.

위치는 그리 멀지 않았다.

경공으로 달려서 한 시진 정도.

그들은 제법 규모가 있는 장원 하나를 본거지로 삼고 있었다.

우리가 이곳에 온 이유는, 서운파의 무인들의 수와 그 수준을 알아내기 위해서다.

그 규모가 작다면 우리 선에서 처리하고 보고하면 되니까.

조심스럽게 그 안으로 잠입하면서 장원 내부를 살폈다.

역겨운 흑도의 기운이 느껴졌다.

문제는…….

내 예상보다 숫자가 훨씬 많다.

우리는 우선 그곳에서 물러났다.

"어찌하실 생각이십니까?"

서우 무사가 물었고, 나는 한숨을 내쉬었다.

"잠시 생각을 좀 해 보죠."

그리고 난 그루터기에 앉아 생각에 잠겼다.

그곳에는 꽤 많은 이들이 모여 있었지만, 그들 모두에게 흑도의 기운이 느껴지지는 않았다.

그렇다는 건 대다수는 평범한 이들이라는 의미.

대체 그곳에 왜 평범한 이들이 모여 있을까? 이곳은 곡창 지대인 만큼 평범한 이들은 거의 농민들이다.

지금쯤 한창 농사를 짓느라 바쁠 텐데 왜 무기를 들고…….

아! 나는 왠지 알 것 같았다.

저들은 흉년으로 인한 난민들이다. 그리고 그들이 저렇게 모여 있다는 건…….

내 뇌리에 한 단어가 떠올랐다.

민란.

그렇다면 이야기가 자연스럽게 맞춰진다.

민란이 일어난다면, 포정사의 집에 불이 나는 것도 가능하고.

아니, 자령 소저의 중독 사건이 대체 어디까지 이어져 있는 거야?

저번에도 그렇고 무림맹에서는 대체 왜 민란을 주도하는 것이지?

어쨌든 이건 내 선에서 해결할 수 있는 문제가 아니다.

"포정사 댁으로 돌아가죠."

"알겠습니다."

우리는 호남성 포정사의 집으로 돌아갔고, 그에게 이 일에 대해 보고했다.

그는 즉시 북경에 서신을 보냈다.

포정사는 군사적인 전권을 가진 것이 아니기도 하고, 일어나지 않은 민란을 선제 제압하려면 황제의 허락을 받아야 하기 때문이다.

그리고 황제의 성지를 가지고 온 것은 뜻밖의 인물이었다.

"어? 진영 대협?"

나는 진영 대협을 맞이했다.

"대협께서 여기까지 어쩐 일이십니까?"

호남성이 나름 중요한 지역이긴 해도 꽤나 먼 곳이라

진영 대협 같은 분을 보내진 않을 거라 생각했는데…….

"폐하께서 직접 나를 불러 명하셨네. 자네가 이곳에 있다는 말에 걱정하신 듯하네."

"아…….."

그 말에 나도 모르게 신음을 흘리고 말았다.

"너는 내 손아귀에 있단다. 그러니 벗어날 생각은 하지 말거라. 황궁 안에서 일하다가 죽고 싶지 않으면 말이지."

라는 황제의 목소리가 들리는 듯했다.

으…… 오싹하네.

옆에 서 있던 호남성의 포정사는 진영 대협의 말이 무슨 말인가 싶은 표정이다.

그러나 이에 대해 설명하자면 복잡하고 길 뿐만 아니라 민망하기 짝이 없기에, 그 의문을 풀어 주지 않았다.

"먼 길 오시느라 고생하셨습니다, 대협."

본론으로 들어가려는 내 의도를 눈치챈 것인지 진영 대협은 고개를 끄덕이며 입을 열었다.

"포정사 대인. 황제 폐하의 성지를 가지고 왔습니다."

그의 말에 포정사와 우리는 즉시 무릎을 꿇고 예를 갖추었다.

진영 대협은 품에 고이 넣어 놨던 붉은 비단의 두루마리를 펼쳤다.

그리고 성지를 읽어 내려갔는데, 그 내용인즉슨 제대로 일하고 있어서 기쁘다는 것과 이번 일에 대해 도지휘사와 안찰사에게도 성지를 보냈으니, 잘 협력하여 일을 해결하라는 것이다.

전부 읽어 내려간 진영 대협이 두루마리를 다시 말아서 포정사에게 내밀었다.

"폐하의 성지, 성심으로 받듭니다."

그는 그 성지를 두 손으로 받으며 말했고, 다시 절을 한 후 일어났다.

우리 역시 자리에서 일어났다.

나는 진영 대협이 직접 온 이유를 알 것 같았다. 군사를 맡은 도지휘사와 형옥에 대한 것을 맡은 안찰사까지 조율해야 했으니까.

"지금 도지휘사 쪽에서 군사를 보냈고, 근처에서 대기하고 있습니다."

그 말에 포정사가 말했다.

"사실 저는 이에 대해 잘 모릅니다. 제 부탁을 받은 은 소단주가 일을 처리했으니 말입니다. 저보다는 은 소단주와 의논하시는 편이 나을 듯합니다."

"그렇습니까?"

진영 대협은 나를 바라보았는데, 그 시선에 흡족함이 가득했다.

이크!

조심해야 한다. 저 눈빛은 지금 '어떻게 하면 금의위로

끌어올 수 있을까?' 하는 눈빛이거든.

.

.

.

그로부터 두 시진 후.

근처에서 대기하고 있던 호남성의 병력들이 서운파로 진격했다.

그들을 지휘하는 자는 호남성의 도지휘동지.

중요한 일이기에 호남성 군부의 이인자가 나선 것이다.

그는 서운파에 도착해 크게 외쳤다.

"역도들은 들으라! 지금 당장 항복하라! 그렇지 않으면 너희들은 죽음을 면치 못할 것이다!"

* * *

그 시각.

서운파에 있던 유민들은 밖에서 들려오는 소리에 급격히 불안해하기 시작했다.

"지금 이게 뭔 소리여?"

"밖을 보니까 군사들이 이곳을 에워싸고 있던데?"

"이곳을 왜?"

"역도들이라는 건 대체 뭐고?"

그들이 어리둥절해하는 건 당연했다.

서운파는 흉년으로 인해 오갈 곳이 없던 그들을 재워 주고 먹여 준 고마운 이들이다.

그런데 역도라니!

"이런 × 같은! 이런 좋은 자들을 역도라니!"

"나라가 미쳐도 단단히 미쳤구먼!"

"가만히 있을 수 없지! 우리를 지금까지 먹이고 재워 준 준 은혜에 보답하기 위해서라도 우리가 오해를 풀어야지!"

"암! 그래야지!"

그렇게 유민들 사이에서는 군사들을 막아야겠다는 분위기가 형성되었고, 방금 오해를 풀겠다는 발언을 한 자는 회심의 미소를 지었다.

'멍청한 것들.'

방금 그가 그리 말한 건, 자신들이 먹여 주고 재워 준 유민들을 방패막이로 삼기 위해서였다.

'이렇게 인정이 많아서야, 우리에게 이용만 당하는 거지. 후후.'

사실 그들이 유민들을 모은 이유가 있었다.

그들을 통해 대규모 민란을 일으킬 생각이었던 것. 그런데, 어찌 알았는지 제국에서 먼저 선수를 친 것이다.

'몇 달만 더 있었어도! 젠장!'

유민들의 수가 약 팔백 명 정도였고, 문도들의 수가 이백여 명이었다.

하지만 이곳을 에워싼 병력은 물경 수천 명에 달했다.

이렇게 된 이상 그들이 살아남기 위해서는 그들이 모은 유민들을 전면에 내세워 화살받이로 삼아야 했다.

그러면 도망갈 수 있는 틈을 벌 수 있을 테니까.

"갑시다!"

"그럽시다!"

"나도 갑니다!"

그렇게 유민들이 우르르 움직일 때였다.

"그런데 말입니다요. 뭔가 이상합니다요."

그때 유민들 사이에서 누군가 말했다.

곰을 닮은 어수룩한 남자였는데, 그의 말은 왠지 그들의 주의를 끌었다.

다들 처음 보는 얼굴이었지만, 왠지 모를 친근함이 느껴져 오래전부터 알고 지낸 듯했다.

"뭐가 말인가?"

"그동안 계속해서 의문을 가졌던 것입니다요. 저희가 모두 몇 명입니까요?"

"우리랑 문도님들이랑 더해서 대충 천여 명 정도 되는 것 같은데?"

"그러면 하루에 먹는 쌀이 대체 몇 가마입니까요? 그리고 저희가 이곳에 머무른 것이 몇 달입니까요?"

그 말에 유민들은 자신들에게 제공된 식량의 양이 엄청나다는 것을 깨달았다.

"제가 비록 농사만 짓고 사느라 문자 왈 하는 건 잘 모릅니다만, 하나 아는 건 있습니다요. 세상 그 무엇도 공짜는 없다는 겁니다요."

이에 그 말을 듣던 이들은 고개를 끄덕였다.

그건 가끔 잊고 살지만, 단순하면서도 명료한 진리였다.

"그리고 대체 그 많은 식량은 어디서 나는 것입니까요? 지금 흉년으로 굶어 죽는 사람이 나오는 판인데 말입니다요."

그제야 그들은 뭔가 이상함을 느끼고 웅성거렸다.

"그래서 사실 불안했습니다요. 대체 저희에게 무엇을 바라기에 먹이고 재우는지 말입니다요. 저 군사들이 이곳을 에워싼 지금에서야 무엇을 위해서였는지 알 것 같습니다요."

그는 말을 이었다.

"그들은 저희를 앞세워 역모를 일으킬 작정이었던 겁니다요. 지금은 저희를 화살받이로 삼으려는 것입니다요."

"뭐?"

"여, 역모?"

"우리는 그럴 생각이 없……."

그들의 말에 그는 단호하게 말했다.

"그럴 생각이 없어도, 계속해서 나라에 대한 불만을 듣다 보면 그리 움직이게 되는 게 사람입니다요."

"……."

그때 누군가 말했다.

"그, 그래도 지금까지 먹여 살려 준 은혜가 있는데, 그 은혜를 갚아야지!"

"마, 맞아."

"흉년이 백 년 이상 갑니까요? 이제 곧 흉년이 끝나고 먹고 살 만해질 날이 올 텐데…… 지금 이곳에 함께 있는 처자식들 생각은 안 합니까요?"

어느새 모두의 시선이 그를 향해 있었다.

"역도들에 동조하면 함께 역도가 됩니다요. 군사들이 역도의 무리를 그냥 놔둘 것 같습니까요?"

그는 훌쩍이며 말을 이었다.

"처자식들은 살려야 하지 않겠습니까요?"

처자식 이야기가 나오자, 유민들의 마음은 곰을 닮은 그의 말에 확 쏠렸다.

그리고 이미 대세는 기울었다.

이에 당황한 서운파의 무인은 저도 모르게 버럭 소리를 지르고 말았다.

"아, 이런 × 같은! 우리가 뭐를 위해서 네놈들에게 밥을 처 멕였는데! 이제 와서 이러면 안…… 헙!"

"……."

그는 얼른 자신의 입을 막았지만, 이미 늦어 버렸다. 그의 말을 들을 사람은 다 들었으니까.

"뭐여? 지금?"

"그러니까 우리를 이곳으로 데리고 와서 재우고 먹인 이유가 있었다는 거잖아?"

"저자의 말대로네?"

"와…… 이런 ××!"

유민들의 민심이 흉흉해지자, 그는 숨겨 놓았던 비수를 꺼내들며 외쳤다.

"이 쓸모없는 것들!"

그리고 얼른 그 옆에 있던 아이를 붙잡아 그 목에 비수를 대며 말했다.

"얼른 밖으로 나가! 우리가 죄가 없다고 하소연을 하든 덤벼들든 하란 말이야! 이 새끼 죽는 거 보기 싫으면!"

갑작스러운 인질극에 그 아이의 부모와 주변 이들이 당황했다.

쐐애액-!

퍽!

그때 그의 어깨에 암기가 날아와 박혔다.

"윽!"

그는 그 고통을 이기지 못하고 비수를 놓쳤고, 그 틈에 누군가 날아와 그를 제압했다.

"필이에게 암기 날리는 법을 배워놔서 다행이군."

"잘하셨습니다. 여 무사님."

그때 낡은 천을 뒤집어쓰고 있던 누군가가 모습을 드러냈다.

모두의 시선을 끌 정도로 잘생긴 미청년.

은서호다.

* * *

유민들은 놀란 눈으로 나를 바라보았다.

나는 그들을 둘러보며 말했다.

"사실, 저희는 황제 폐하께서 보내신 이들입니다. 폐하께서는 여러분이 억울하다는 것을 알고 계십니다. 제국 만백성의 아버지가 되시는 폐하께서는 여러분들에게 구명의 기회를 주고자 하십니다."

내가 이번 일을 해결하는 과정에서 가장 마음에 걸린 건 유민들이었다.

솔직히 그들이 무슨 죄가 있을까?

저번에는 민란을 일으켰으니 죗값을 치르게 했지만, 이번에는 이용당했을 뿐이다.

벌은 이들을 이용한 서운파가 받아야지.

하여 나와 팔갑, 그리고 호위들이 이 안에 잠입한 것이다.

나는 말을 이었다.

"한 줄로 서서 제 시종을 따르십시오. 서둘러 이곳을 벗어나야 합니다."

그 말에 그들은 일사불란하게 팔갑을 따라 움직였다.

하지만,

"가긴 어딜 가?"

"이대로는 못 가지! 우리에게 얻어먹은 거 다 갚으라고, 그 목숨으로!"

서운파의 무사들이 나타나 무기를 들고 유민들을 가로막았다.

그럼 그렇지, 이놈들이 쉽게 놔줄 리가.

스릉,

나는 검을 뽑았다. 이런 상황을 예상했기에 팔갑만 보내지 않고 호위무사들을 모두 대동한 것이기도 했다.

"모두 빠져나가십시오!"

챙-!

채챙!

우리가 저들의 공격을 막는 동안, 유민들이 서둘러 움직였다.

그리고,

"거기! 그쪽이 무슨 염치로 여길 빠져나가려고 합니까? 유민들 사이에 섞여 있으면 안 들킬 것 같았죠?"

"젠장!"

유민인 척 빠져나가는 자들도 처리했다.

그렇게 우리들이 시간을 끄는 사이, 모든 유민들이 빠져나갔다.

"전군! 공격!"

"와아아아아!"

곧 커다란 함성과 함께 병사들이 서운파 내부로 들이닥쳤다. 당연히 아군 식별 표식을 하고 있었기에 우리는 안전했다.

그들은 닥치는 대로 서운파 무사들을 추포하기 시작했다.

"여긴 이들에게 맡기고, 갑시다."

"네!"

우리는 즉시 움직였다.

이번 일을 처리하기 위해 가장 중요한 인물을 생포해야 했기 때문이다.

바로 서운파의 문주다.

하지만 잠시 멈칫하고 말았다.

문주의 정체를 모른다는 것에 생각이 미친 것이다.

가장 무공이 강한 자를 찾으면 되려나?

하지만 꼭 문주라고 해서 가장 무공이 강한 것은 아니다. 특히 이런 곳이라면 무림맹에 충성심이 강해서 문주가 되었을 수도 있기 때문이다.

그때였다.

"꾸이!"

내 옷소매에서 금령이 꾸이거렸다. 그와 동시에 하늘에서 느껴지는 낯익은 기운이 있었다.

그건 일전에 서신을 나르던 새의 기운이다. 그리고 이번에 금령이의 수하가 된 녀석이다.

그 새는 쏜살같이 날아왔고, 내 위에서 두 바퀴를 돌더니 어디론가 향했다.

따라오라는 거지?

나는 경공을 사용해 그 새를 따라갔다.

그곳에는…….

"제, 젠장! 도망가야 해! 그러니까 이딴 거 하기 싫다고 했잖아!"

분주하게 돈을 챙기고 있는 한 남자가 있었다. 지금 저 새가 문주가 있는 곳을 알려 준 것이다.

나는 이필 무사를 보았고, 그는 그 남자를 향해 암기를 날렸다.

쐐액!

팍!

"으악!"

어깨에 암기가 박힌 그는 비명을 지르며 우리를 되돌아 보았다. 그리고 겁에 질린 표정으로 외쳤다.

"나, 나는 아무것도 몰라! 나는 그냥 시키는 대로 했다 고!"

"네, 저는 그게 알고 싶은 겁니다. 뭐라고 시켰는지 저 들이 시킨 내용만 말해 주시면 됩니다."

.

.

.

그렇게 서운파는 정리되었다.

그리고 서운파의 문주 및 주요 인물들은 생포되어 승선 포정사사에 임시 설치된 뇌옥에 갇혔다.

그리고 피비린내 나는 심문을 받아야 했다.

"그, 그러니까…… 저에게 그 일을 시킨 자는 함송이라 는 자입니다."

"함송? 그자는 대체 누구지?"

"저도 잘 모릅니다. 그저…… 무림맹에서 한 자리 하고 있다고만 들었습니다."

그의 입에서 무림맹에 대한 이야기가 나왔다.

하지만 이걸로 무림맹을 어떻게 할 수는 없다.

이번에도 모르쇠로 나오든, 꼬리를 자르든 할 테니까.

하지만 계속해서 그럴 수는 없겠지.

나는 포정사 앞에서 그 이야기가 나온 것에 만족했다. 이것으로 포정사가 무림맹에 대한 신뢰를 접을 테니까. 그것만으로도 큰 수확이다.

* * *

그날 저녁.

나는 넷째 공자의 거처로 향했다. 내가 그에게 면담을 요청했기 때문이다.

"어서 오십시오."

"갑작스러운 면담 요청을 받아주셔서 감사합니다."

"아닙니다. 그나저나 무슨 일로 저를 만나고자 하셨습니까?"

그는 살짝 상심한 표정이었다. 그도 그럴 것이 그의 시종이 첩자였으니까.

하지만 나는 그 이야기를 하러 온 게 아니다.

"공자."

"네."

"자령 소저를 연모하십니까?"

"컥! 쿨럭! 쿨럭!"

그는 차를 뿜었다. 그리고 삽시간에 붉어지는 얼굴.

이것으로 확신했다.

자령 소저와 셋째 아들인 연명현 공자가 혼약을 했지만, 사실 내 앞의 연세문 공자도 자령 소저를 연모했던 것이다.

그러던 중 형이 자령 소저에게 줄 선물을 고민하는 것을 알게 되었고, 연세문 공자는 시종을 통해 차를 구해다 준 것이다.

그 차에 독이 들어 있음을 모른 채.

엇나간 연정이었던 것이지.

나는 차를 마시며 씁쓸함을 삼켰다.

그렇게 이번 일은 일단락되었다.

진짜 문제는 따로 있었지만.

(은해상단 막내아들 16권에서 계속)

회사때려치우고 카페합니다

펩티드 현대판타지 장편소설

야근에 잔업, 죽어라 일만 하던 어느 날
할아버지가 돌아가셨다는 연락을 받았다
하지만 회사의 반응은 싸늘한 업무 지시뿐

"이런 X같은 회사, 내가 나간다."

그렇게 사표를 던지고 내려온 고향
할아버지가 남긴 카페로 장사나 하려는데
이 카페, 뭔가 심상치 않다?

─상태 : 만성 피로, 극도의 스트레스
>김하나의 손재주

"뭔가 이상한 게 보이는데?"

손님의 고민을 해결하고 재능을 물려받자
바쁜 일상 속의 단비 같은 힐링이 시작된다!